BRINCANDO COM O DIABO

HAROLD ROBBINS
E JUNIUS PODRUG

BRINCANDO COM O DIABO

Tradução de
MICHELE GERHARDT MACCULLOCH

EDITORA RECORD
RIO DE JANEIRO • SÃO PAULO
2011

CIP-BRASIL. CATALOGAÇÃO-NA-FONTE
SINDICATO NACIONAL DOS EDITORES DE LIVROS, RJ

Robbins, Harold, 1916-1997
R545b   Brincando com o diabo / Harold Robbins; tradução de Michele Gerhardt. – Rio de Janeiro: Record, 2011.

    Tradução de: The devil to pay
    ISBN 978-85-01-08136-0

    1. Romance americano. I. Gerhardt, Michele. II. Título.

                                           CDD: 813
08-4901   CDU: 821.111(73)-3

Título original em inglês:
THE DEVIL TO PAY

Copyright © 2006 by Jann Robbins

Texto revisado segundo o novo Acordo Ortográfico da Língua Portuguesa.

Todos os direitos reservados. Proibida a reprodução, no todo ou em parte, através de quaisquer meios.

Direitos exclusivos de publicação em língua portuguesa somente para o Brasil adquiridos pela
EDITORA RECORD LTDA.
Rua Argentina, 171 – Rio de Janeiro, RJ – 20921-380 – Tel.: 2585-2000
que se reserva a propriedade literária desta tradução.

Impresso no Brasil

ISBN 978-85-01-08136-0

Seja um leitor preferencial Record.
Cadastre-se e receba informações sobre nossos lançamentos e nossas promoções.

EDITORA AFILIADA

Atendimento e venda direta ao leitor:
mdireto@record.com.br ou (21) 2585-2002.

Para Jann Robbins,
guardiã da chama.

Agradecimentos

Agradeço o esforço das pessoas que ajudaram na preparação deste livro. Entre elas: Bob Gleason, Eric Raab, Elizabeth Winick, Hilda Krische, Robert Rees e Barbara Wild. Além de Chuck Coffman e John Parks da Armeno Coffee Roasters, Ltd., que foram generosos ao explicar as técnicas de torrefação e preparação do café. Qualquer erro na descrição das técnicas é de minha exclusiva responsabilidade.

Harold Robbins

deixou uma rica herança de ideias de romances
e trabalhos inacabados quando faleceu em 1997.
O editor e os herdeiros de Robbins trabalharam com um
autor cuidadosamente selecionado para organizar e completar as
ideias de Harold Robbins, criando este livro,
inspirado em seu brilhantismo como
escritor e fiel ao seu estilo.

SEATTLE, 1993
CAPITAL AMERICANA DO CAFÉ

O café deve ser preto como o inferno, forte como a morte e doce como o amor.

— Provérbio turco

1

Café descafeinado com leite desnatado e adoçante

— Eu herdei o quê?

Fitei incrédula o homem que acabara de me contar que eu recebera uma herança. Atrás de mim estava minha cafeteria, Café de Oro, uma Fazenda Urbana de Café, em cinzas... literalmente.

Uma explosão destruíra não apenas meu negócio mas também minhas perspectivas financeiras para o futuro. Pior do que perder minha loja e ver o prejuízo causado nas lojas vizinhas era o fato de que um de meus funcionários estava morto. Eu mal conhecia a vítima, um imigrante chinês chamado Johnny Woo, que estava trabalhando para mim havia umas duas semanas. Não era um tipo muito agradável, mas tenho certeza de que alguém em algum lugar o amava.

Um vazamento de gás era a causa provável, pelo que me disse um bombeiro. Sem me importar com os gritos de protesto dos bombeiros, entrei nos escombros em chamas para procurar o cofre onde estava o faturamento do final de semana e um documento de vital importância. Saí de mãos vazias e coberta por uma camada de cinzas quase pretas, com os olhos e os pulmões cheios de fumaça e o rosto negro marcado por lágrimas que caíram quando descobri que meu negócio estava acabado e um funcionário, morto.

Quando saí, meio cega e desnorteada, dos escombros, um engravatado de rosto gordo e carregando uma pasta Gucci me esperava para me contar que eu recebera uma herança. Uma piada de mau gosto em um dia em que meu sonho se esvaíra em fumaça e uma pessoa morrera.

— Dane-se — disse eu.

Esse não era meu linguajar habitual, embora para os padrões atuais de mulheres de 31 anos fosse até moderado. Mas, com o meu negócio em ruínas, um empregado morto e os donos das lojas em volta sem dúvida alguma ligando para seus advogados para me processar, eu não estava a fim de brincadeira.

Lutando contra as lágrimas e arrasada demais para agredi-lo e destruir seu caro terno cinza com meus 56 quilos de fúria, passei por ele e fui procurar um táxi para me levar embora das ruínas em chamas.

Ele falou para as minhas costas:

— Sou da firma de advogados Kimball, Walters e Goldman. Você está dando as costas para uma herança substancial.

— Ele me parece um advogado mesmo — disse um bombeiro. — Eu conheço, minha esposa já me levou para o tribunal um monte de vezes.

Virei-me e avaliei o homem. O bombeiro estava certo, ele tinha a postura presunçosa de alguém que ganha sem se importar com quem perde. Um advogado comercial, não um advogado barato como Johnnie Cochran ou um ator carismático como Gerry Spence, mas do tipo que tinha um escritório em uma torre de marfim, que cobrava até para respirar e que era mestre nas sutilezas, nos ardis e nas chicanas de que Hamlet tanto reclamava.

Uma amiga advogada me disse que advogados comerciais usavam mocassim com franjas para acompanhar seus ternos Armani de 3 mil dólares, enquanto advogados criminalistas usavam botas de caubói.

Ele aproximou-se de mim, um pouco hesitante. Meus joelhos estavam bambos, meu coração, disparado; eu precisava de um banho, de chorar muito e de uma passagem de avião que me levasse para longe da bagunça que minha vida de repente se tornara. Do ponto de vista dele, acredito que eu parecia uma louca coberta de cinzas.

— Srta. Novak, representamos o espólio de Carlos Castillo. O Sr. Castillo era dono de uma fazenda de café.

— Minha loja...

— Sim, sua loja se chamava Fazenda de Café. Mas o Sr. Castillo possuía uma fazenda de verdade.

— Você quer dizer um lugar com plantação de café...

— Acredito que café dê em árvores.

— Isso é uma brincadeira?

— Só estou tentando explicar que...

— Só me diga uma coisa, isso é uma brincadeira?

— Não, isso não é uma brincadeira. O Sr. Castillo faleceu e deixou para a senhorita a fazenda dele.

— Deixou... para mim... a fazenda... dele.

Deixei as palavras dançarem em meu cérebro, tentando compreendê-las. Eu não conhecia nenhum Carlos Castillo nem ninguém que fosse dono de uma fazenda de café. Mas eu estava desesperada o suficiente para me agarrar ao que parecia um milagre. Ou um engano.

— O senhor tem certeza de que está falando com a pessoa certa? Meu nome é Nash Novak, mas não devo ser a única Nash Novak do mundo.

— Mas espero que seja a única Nash Novak dona de uma cafeteria em Seattle chamada Café de Oro. — Ele balançou a cabeça. — Não é um engano; o único endereço que temos é o de sua cafeteria. — Ele olhou para os escombros. — Sua ex-cafeteria.

— Certo, me diga exatamente o que está acontecendo; me diga o que interessa.

Ele deu um passo à frente mas continuou a uma distância segura de mim.

— A senhorita herdou uma fazenda de café. Entendo por que a notícia a surpreendeu. Fomos avisados de que a senhorita não conhecia o Sr. Castillo, seu benfeitor. Minha impressão é de que ele a conhecia e decidiu beneficiá-la.

— Eu herdei uma fazenda de café. De um estranho.

Eu podia repetir a informação, mas meu cérebro estava tendo dificuldades em assimilá-la.

Minha cafeteria ficava no Pike Place Market, um centro comercial antigo entre a First Avenue e a orla, com vista para o Puget Sound.* Olhei nessa direção, tentando organizar meus pensamentos. Era uma manhã escura, e a névoa ainda não se dissipara. Nem a confusão em minha cabeça.

Tentei pensar de maneira lógica: alguém, um estranho, morreu e me deixou uma fazenda de café. Uma fazenda de café de verdade, não apenas um nome que eu usava para a minha cafeteria. A extensão "fazenda de café" do nome da minha loja vinha da decoração interna, com plantas verdes de plástico e sacos de grãos de café.

Pensei e repensei no nome do homem, Carlos Castillo. Não me lembrava nada. O nome não trazia nada a minha mente, exceto

---

*Puget Sound é um braço do oceano Pacífico conectado ao resto do oceano apenas pelo Estreito de Juan de Fuca, no noroeste dos Estados Unidos. (*N. da T.*)

o fato de parecer espanhol ou português. Não era possível um estranho completo deixar uma herança para mim.

Mas era exatamente isso que aquele advogado com mocassim de franjas estava me dizendo.

— Esse lugar... essa fazenda... é valiosa?

— Não recebemos uma avaliação, mas pode-se imaginar que uma fazenda de café de verdade valha um bom dinheiro. Milhões, pelo que sabemos.

Eu quase desmaiei. Sei que mulheres modernas não desmaiam, mas ter seus sonhos e seu meio de subsistência transformados em cinzas pode arruinar o seu dia e mandá-la de volta aos fundamentos. Respirei fundo.

— Você está bem?

Balancei a cabeça.

— Tive uma manhã ruim, a pior da minha vida. Agora me fale sobre a cobra.

— Cobra?

— Tem sempre uma cobra no paraíso, uma condição, alguém ou alguma coisa para jogar um balde de água fria na minha sorte.

— Honestamente, não sei muito sobre a situação. Como você, eu também não conhecia o Sr. Castillo. Fomos contratados por uma firma de Miami apenas para notificá-la da herança.

— Onde fica essa fazenda?

— Na Colômbia.

— Colômbia? Na América do Sul?

Ele deu um risinho.

— Da última vez que olhei um globo, era um país na América do Sul. Abaixo do Panamá, acredito.

— Não é aquele lugar em que há muita violência? Guerra civil, sequestros, o governo sempre prestes a ser dominado por traficantes de drogas e guerrilhas comunistas?

— Acredito que a Colômbia tenha uma história problemática.
— Como pego o meu dinheiro?
— Seu dinheiro?
— Da herança. Esse lugar vai ser vendido...
— Realmente sei muito pouco sobre a situação. A firma de Miami nos instruiu a lhe passar o contato do advogado na Colômbia que está cuidando do espólio. — Ele levantou as sobrancelhas. — Sei que a fazenda fica na selva colombianas. A impressão que tive da firma de Miami é que eles também sabem muito pouco sobre a situação. Parece que as informações que saem do país não são confiáveis. Eles acreditam que a senhorita terá de ir à Colômbia para saber os detalhes e reivindicar sua herança.

Assenti, como se estivesse entendendo.

— Deixe-me ver se entendi. O senhor está dizendo que um estranho deixou para mim uma fazenda de café a milhares de quilômetros daqui e que, para reivindicá-la, terei de ir a um dos lugares mais perigosos do mundo?

Ele pigarreou.

— Naturalmente, a Kimball, Walters e Goldman espera um documento de isenção completa de responsabilidade por qualquer perspectiva de prejuízo que possa ocorrer na reivindicação dessa herança.

— *Nash! Sua piranha! Vou acabar com você!*

Vic Ferrara, o dono da peixaria ao lado da cafeteria, gritava e mostrava os punhos para mim. Dois bombeiros o seguravam. O cheiro de bacalhau queimado enchia o ar.

O advogado pigarreou de novo ao entregar-me um envelope.

— Estas são as informações para a senhorita entrar em contato com o advogado colombiano. Acredito que assim que conseguir resolver este... ãh... problema com sua seguradora, vai poder decidir o que quer fazer com sua herança.

— Seguradora?

Comecei a rir, não com humor, e soltei uma gargalhada histérica como a que daria para um médico se ele me dissesse que amputara a perna errada.

O papel de vital importância no cofre que não conseguiria encontrar nos escombros era o carnê atrasado de minha apólice de seguro.

2

Ainda tomada por horror e confusão, subi a rua, para longe de peixeiros furiosos e das ruínas da minha vida. Precisava de um táxi, ônibus, qualquer coisa que me tirasse daquela rua e que me levasse para o meu apartamento, onde eu poderia fechar a porta e trancar o mundo do lado de fora.

Fui em direção a um táxi que estava estacionado em frente a uma delicatéssen. Enquanto ia apressada até ele, abri o envelope que o advogado me entregara. Não havia nada além de um papel timbrado caro contendo apenas o nome, o endereço e o telefone do advogado em Medellín, Colômbia, e uma advertência de que a Kimball, Walters e Goldman não me representava e não assumia qualquer responsabilidade pelo meu bem-estar ou pela verdade e veracidade das informações que me passaram. Havia mais algumas outras advertências jurídicas no papel, mas meus olhos cansados e doloridos pularam essa parte.

Uma coisa eu não pulei: *Medellín*.

Pelas notícias dos jornais, reconheci a cidade como o lugar do "Cartel de Medellín", uma famosa organização de tráfico de drogas.

Maravilhoso. Herdei uma fazenda de café, mas fica no meio do território da guerra das drogas na Colômbia. Algo parecido com ganhar na loteria e receber a notícia de que está com câncer no mesmo dia.

Depois de ver a fúria de Vic Ferrara, uma viagem para os trópicos até que a poeira e a fuligem baixassem não era uma má ideia. Os "trópicos", como em uma sossegada ilha do Caribe, não a capital de assassinatos do mundo.

Quando abri a porta de trás do táxi, escutei um grito. Um homem moreno e de bigode fino estava correndo para o táxi com um olhar determinado. Ele acenou para mim.

Entrei logo e disse ao motorista para onde ia.

— Rápido, por favor.

Assim que saímos, suspirei e recostei a cabeça no encosto do banco, sentindo o cheiro de pastrami e mostarda. Meu carma ruim devia estar trabalhando em tempo integral para alguém tentar roubar o meu táxi quando estou entrando nele. Seattle não tinha a reputação das ruas de Nova York de brigas por táxis, pelo menos não quando não estava chovendo, o que acontecia com frequência em uma cidade que era famosa pela chuva, pelo café e por Bill Gates.

De repente percebi que o homem que correra para o táxi tinha uma aparência hispânica. Olhei pela janela de trás, mas não havia mais ninguém correndo atrás do táxi.

Afastei a ideia de que só porque o homem parecia latino tinha algo a ver com minha recente herança do enigmático "Carlos Castillo". Seattle era uma cidade multicultural.

Meu apartamento ficava em um prédio de quatro andares, espremido entre duas lojas. Muitas janelas e uma claraboia no quarto e no banheiro faziam com que o apartamento parecesse claro e aberto.

Por estar no último andar superior de um prédio com telhado inclinado, o apartamento possuía um ar de sótão. O fato de o prédio não ter elevador fazia com que fosse mais barato, já que a maioria das pessoas não gostava de subir quatro andares de escada; mas eu não me importava, gostava do exercício, e ainda mais do fato de pagar bem menos do que pagava pelo meu antigo apartamento em um condomínio.

Quando encontrei aquele apartamento, estava procurando um lugar menor e mais barato para morar porque ia abrir um negócio meu e precisava cortar as despesas. A caminho de um jantar com um amigo, notei um pequeno cartaz escrito a mão colado na entrada do prédio dizendo que havia um pequeno apartamento para alugar. Presumi que haveria um monte de candidatos na minha frente, já que era difícil encontrar apartamentos na cidade que tivessem vista, mas não custava tentar, então tentei. Acabei descobrindo que a senhoria era uma amável senhora filipina que gostou de mim. Ela havia colocado o cartaz naquela mesma tarde.

Algumas pessoas podem dizer que sou estranha, mas no momento em que entrei no apartamento senti boas vibrações; o lugar irradiava energias positivas.

Clara e alegre, a sala de estar, pintada em um tom claro de pêssego, tinha portas francesas que iam até o teto e levavam a uma pequena varanda. Em frente à sala ficava a cozinha, com uma copa e armários cor de creme. O banheiro tinha uma banheira antiga com chuveiro junto, pouco prática mas como eu sempre quis. Eu adorava ficar de molho e tomar banhos de espuma demorados. Era meu único vício, e ali eu podia relaxar totalmente. O quarto, com paredes azul-claras, era tranquilo e sossegado. O closet não era grande, mas, ao colocar algumas prateleiras, aumentei o espaço.

Também aproveitava o teto, pendurando cestas com diversas coisas, colocando prateleiras nas paredes para meus livros e porta-retratos; até a minha tábua de passar roupas ficava pendurada. Alguns móveis antigos aqui e ali, misturados com móveis modernos e dois quadros a óleo completavam meu apartamento eclético. Havia flores frescas em todos os lugares. Eu as comprava pelo menos uma vez por semana.

Eu não gostava apenas da tranquilidade do lugar, mas também da vista: a paisagem da Baía de Elliot Bay no Puget Sound, o porto, a orla, as montanhas verdejantes e lindos crepúsculos.

Minha cabeça estava latejando quando cheguei em casa. Precisava de um banho quente e relaxante e de um comprimido para acabar com a tensão no pescoço e nas costas.

Em vez disso, joguei a bolsa em cima da mesa de centro e peguei o telefone. Minha primeira ligação foi para o corretor de seguros. Naturalmente, ele não estava lá. Após navegar pelo sistema telefônico de autoatendimento que sempre criava esperanças de que em algum momento eu conseguiria falar com um ser humano, o que nunca acontecia, deixei um recado na secretária eletrônica:

— Mike, preciso falar com você; houve um incêndio; um dos meus empregados morreu. Você sabe que o cheque que dei para a seguradora voltou e eles cancelaram meu seguro, e eu estava com o cheque que eles exigiram para restabelecer o seguro, mas estava no meu cofre e... merda, me ligue, por favor, assim que puder.

Bati com o telefone na mesa. *Burra, burra, burra.* Era um cheque de 120 dólares e eu estava protelando enviar para a seguradora, achando que poderia precisar do dinheiro para completar o aluguel e a folha de pagamento. A Café de Oro começara bem, mas nos últimos dois meses parecia que algum "vírus" se proliferara ali: algumas pessoas passaram mal com o leite, agentes da vigilância sanitária fecharam o local por causa de baratas que de repente materializaram-se ali como se estivessem esperando os agentes entrarem, dois empregados foram presos em incidentes diferentes, e tive de contratar e treinar pessoal em um momento em que o faturamento caíra pela metade.

Agora a loja pegara fogo, queimando junto aquele pobre homem. Encarando o desastre por todos os ângulos, eu tinha dado um tiro no pé quando o cheque da renovação do seguro voltara por falta de fundos e quando adiara pagar a multa de restabelecimento.

Eu não poderia ter me saído pior se tivesse sentado e planejado um suicídio comercial.

O papel com as informações sobre o advogado colombiano dizia que o nome dele era Francisco de Veja Gomez, e tinha um endereço em Medellín, na Colômbia. Lamentei de novo ao pensar que a minha recém-descoberta herança estava localizada lá. "Caubóis da cocaína" era como a mídia chamava os chefes dos cartéis que desafiavam o governo colombiano em busca de poder, criminosos bilionários com exércitos particulares e bem equipados.

Após verificar na lista telefônica como poderia fazer uma ligação para a Colômbia, disquei o número. Muitos chiados depois, uma gravação em espanhol se desculpava por a ligação não ter sido completada e não explicava por quê. Eu falava bem o espanhol, uma herança da minha mãe, que fora voluntária dos Corpos de Paz na Colômbia, no início da década de 1960, mas minha habilidade linguística não ajudava a falar com uma gravação.

Ocorreu-me que meu benfeitor, o *señor* Castillo, podia ser alguém que minha mãe conhecera quando estava nos Corpos de Paz. Um pensamento muito mais relevante que zumbia na minha cabeça era de que ele podia ser meu pai. Não se deixa herança para uma estranha.

Minha mãe me criara como mãe solteira e revelara pouco sobre quem era meu pai.

Por anos, fiquei acordada na cama pensando nele. Fantasiava uma cena em que eu o conhecia e que na mesma hora nos abraçávamos e ele explicava onde estivera durante toda a minha vida...

Obviamente, uma herança de um colombiano que eu não conhecia e de quem nunca escutara falar colocava Carlos Castillo no topo da lista. Mas eu não tinha tempo para pensar em um possível vínculo, precisava desesperadamente de dinheiro e o único lugar do mundo onde eu encontraria era lá no sul do continente.

Sem conseguir falar com um telefonista humano na Colômbia, nem com a ajuda de um americano, desliguei o telefone e esfreguei o rosto. Não conseguia entender como a minha vida podia ter mudado de forma tão rápida e tão radical. Minha loja estava destruída. Eu não tinha seguro. *Meu Deus, um homem morreu.*

Entrei tropeçando no banheiro, lavei meu rosto e tirei a fuligem com uma toalha de rosto úmida. Minha imagem no espelho refletia perfeitamente meu estado mental: uma mulher desesperada. Além de estar vermelha e inchada, meus olhos tinham uma estranha expressão selvagem que atribuí ao choque e ao pânico.

Olhei para mim mesma, me perguntando como tanta coisa acontecera tão rápido em minha vida, e em tão pouco tempo. Um ano antes, deixara uma carreira de sucesso, em um caminho sem volta, e abrira um negócio no qual tinha certeza de que seria bem-sucedida. Aos 31 anos, a boa vida parecia pronta para começar. Não havia qualquer homem na minha vida, mas eu era a culpada já que estava tão atarefada... e talvez porque não visse mais graça em sexo e relacionamentos casuais e quisesse algo mais significativo e permanente.

Sexo por sexo não era satisfatório, nem sair com caras que esperavam um boquete em vez de apenas um beijo de boa-noite no primeiro encontro. Eu estava farta das consequências da revolução sexual da geração da minha mãe e só queria uma pessoa que eu amasse e em quem confiasse para me aninhar à noite.

Eu tinha uma silhueta esbelta e firme, mas não era muito musculosa; meu cabelo castanho e rebelde tinha um corte com franja e ia até embaixo das orelhas, e meus olhos eram castanho-escuros. Uma vez, experimentei uma peruca loura para ver como ficaria, mas cheguei à conclusão de que não combinava com meu tom de pele moreno. E eu não fazia o gênero atriz de cinema, a não ser para o papel da vizinha.

Pela minha aparência no espelho naquele momento, eu poderia ser convidada para interpretar a vítima depois de uma visita do maníaco dos filmes *Halloween*.

Tomei metade de um Valium. Minha vizinha me dera dois depois que a Vigilância Sanitária fechara a cafeteria por uma semana. Deprimida demais para tomar um banho, acabei limpando a fuligem do rosto e dos braços. Levei uma toalha úmida e gelada para a cama, deitei por cima das cobertas e coloquei a toalha sobre os olhos e a testa.

Enxaquecas não eram uma novidade para mim, mas aquela era a pior que eu já tivera. Meus olhos ardiam e eu me sentia enjoada. Não conseguia tirar a imagem daquele pobre homem da minha cabeça. Johnny Woo, um rapaz magro que falava inglês com um forte sotaque cantonês.

Um tipo sério que nunca sorria; honestamente, eu nem dava atenção a ele, o chinês não tinha personalidade nem capacidade linguística para trabalhar no balcão. Eu o contratei em um momento de desespero, ele apareceu na manhã em que descobri que um empregado estava no hospital por causa de um assalto. Mas eu não conseguia deixar de me sentir péssima por ele ter morrido devido a um acidente estranho na minha loja.

Afastando o rosto de Johnny Woo da minha mente, pensei na estranha coincidência do destino de uma herança na América do Sul aparecer na minha vida no mesmo dia em que vivi um desastre. Sempre senti que tinha um vínculo com a Colômbia pois minha mãe voltara de lá grávida depois de uma viagem com os Corpos de Paz. Mas o fato de receber uma herança do nada, 31 anos depois, era simplesmente inacreditável. Assim como as circunstâncias que me levaram à ruína financeira.

Quando saí da faculdade, fui trabalhar em uma vinícola em Napa Valley. Com MBA em Marketing, eu queria trabalhar no setor de comidas e bebidas, tendo a ambição de um dia dirigir uma rede de restaurantes de prestígio. Quando descobri que a vinícola precisava de um diretor de marketing, corri para conseguir uma entrevista, pois ela tinha prestígio apesar de ser pequena.

Acabei trabalhando lá por três anos, aprendendo como o vinho era produzido e comercializado. Gostava do emprego, mas tudo a respeito do vinho era lento demais para mim: levava anos para cultivar, produzir e envelhecer. Segui adiante, trabalhando em diversas áreas, antes de descobrir que tinha talento para analisar operações comerciais.

No meu último ano de mestrado e durante os três em que trabalhei na vinícola, tive um relacionamento com um executivo promissor da área publicitária em São Francisco. Gostava dele e cheguei a pensar em casamento e filhos, mas percebi tarde demais que faltava alguma coisa no nosso relacionamento: ele não estava tão comprometido quanto eu.

Quando surgiu a oportunidade de me mudar para Seattle para assumir um cargo muito bem-remunerado em uma consultoria, descobri que ele não estava pronto para se casar, pelo menos não comigo. Eu contei a ele que recebera a oferta de um emprego em Seattle mas recusaria para ficar com ele em São Francisco; fiquei surpresa quando ele disse que eu deveria aceitar.

— É um passo importante em sua carreira — disse ele.

— *Seu cretino maldito* — foi a minha resposta.

Também não costumo falar assim, mas às vezes essas coisas saem da minha boca antes que eu consiga impedir.

Mas ele estava certo, era uma oferta de mais dinheiro e uma oportunidade; então estava na hora de deixar São Francisco para trás e seguir para o norte.

A firma de "consultoria" em Seattle resolvia problemas de grandes corporações e as ajudava a atingir seus objetivos: aumentar as vendas, diminuir as despesas, expandir ou contratar, abrir um novo território, acabar com uma antiga linha de produtos, desenvolver uma nova. O processo analítico era o mesmo, independente do problema ou objetivo, um grupo multidisciplinar se reunia para pesquisar e discutir a situação, bem parecido com a forma como as "consultorias" militares resolviam os problemas das forças armadas.

Com uma natureza questionadora, eu era perfeita para o cargo. Ambiciosa e workaholic, em dois anos passei de chefe de equipe a vice-presidente responsável por análises operacionais, o segmento mais lucrativo da empresa. No caminho, ganhei um anel de noivado do homem com quem esperava passar o resto da vida.

David era chefe do departamento financeiro, o cara que contava o dinheiro da firma. A adorável e caduca tia dele era viúva de um dos fundadores. Eu e David percebemos imediatamente que éramos compatíveis e nos tornamos amantes quando fui promovida a vice-presidente; eu não queria que ninguém achasse que cheguei lá por qualquer outro motivo que não fosse muito trabalho. Depois que ganhei essa promoção, começaram a correr boatos no escritório de que, quando o outro fundador se aposentasse, eu certamente assumiria o cargo.

David me pediu em casamento e eu aceitei. Parecia que a vida tinha inúmeros caminhos, todos bons.

Balancei a minha cabeça dolorida ao pensar nisso. Apenas um ano antes, eu tinha uma carreira segura, um contracheque regular, um apartamento em um condomínio, dinheiro no banco... e um noivo. Mas eu estava trabalhando demais e estava cega demais para ver as minas terrestres.

Embora eu estivesse indo bem na empresa e conseguisse me ver dirigindo a consultoria, sempre tive um desejo secreto de ter meu próprio negócio. Não um negócio pequeno, mas um que se tornaria um império financeiro. Meus modelos de negócios eram a Sra. Fields, dos famosos biscoitos, e Martha Stewart.

Minha mãe fora tirada de mim em um acidente de carro quando eu tinha 20 anos, mas antes disso ela sempre falava sobre nós duas abrirmos uma cafeteria, uma rede de lojas especializada em drinques com café, como aquelas na Europa. Depois que ela trabalhara na região do café na Colômbia quando esteve nos Corpos de Paz, voltou viciada em café.

Minha mãe fez a transição, como os tibetanos sabiamente descrevem a morte, na mesma época em que uma empresa de Seattle que vendia café estava se expandindo pelo país com uma rede chamada Starbucks.

Com minha experiência em análise de negócios, achei interessante que o caminho para o sucesso nacional da Starbucks fosse parecido com o da mais bem-sucedida rede de lanchonetes do planeta, McDonald's. Em ambos os casos, um empresário inteligente que não era do ramo descobriu que alguém estava fazendo alguma coisa certa e levou essa "coisa certa" para todo o país.

O sucesso do McDonald's começou quando Ray Kroc, um vendedor de máquinas de milk-shake em Chicago, foi para o oeste, para San Bernardino, uma cidade árida e empoeirada a uma hora de Los Angeles, para descobrir por que uma única rede de lojas de hambúrgueres chamada McDonald's estava usando oito de suas máquinas de milk-shake que faziam cinco de cada vez. Ele descobriu que os irmãos McDonald's tinham talento para fazer fast-food popular. E Kroc tinha talento e ambição para construir um império.

Starbucks era uma pequena rede com cinco ou seis lojas em Seattle quando chamou a atenção de um vendedor de produtos de plástico chamado Howard Schultz. Ele se perguntou por que uma pequena empresa encomendava tantas cafeteiras da fábrica sueca que ele representava. Assim como a percepção de Ray Krok de que os irmãos McDonald's tinham uma fórmula de sucesso que ele poderia melhorar, Schultz percebeu que o mundo estava esperando a xícara certa de café. O resto é história...

Mas a oportunidade de mergulhar no meu próprio negócio começou mais como um afogamento.

Acho que David me amava de verdade, pelo menos espero que sim, mas ele era daquele tipo de homem polígamo demais para ser fiel. Talvez se eu fosse uma mulher compreensiva que entende esse que alguns homens pastam e depois voltam, teria sido diferente. Mas não foi apenas a minha falta de compreensão e compaixão pelo filho da puta que me traiu; ele resolveu colocar o pinto no lugar errado; neste caso, na minha nova e bela assistente que tinha tudo o que eu não tinha: seios fartos, lábios carnudos, bumbum firme, todas as marcas de uma mulher moderna que passa cada minuto livre fazendo cirurgias plásticas.

Tudo bem, não sei se tudo era falso, mas isso não importa; a questão se reduz a lealdade e bom-senso: não se transa com o noivo da chefe.

A pior parte é que eu estava tão ocupada trabalhando para a empresa ganhar dinheiro que era a única que não sabia que os dois estavam trepando no escritório dele.

Uma amiga do trabalho insinuou para mim o que estava acontecendo enquanto fazíamos compras de Natal num shopping. Quando voltei para o escritório e vi as trocas de olhares entre os dois quando a vagabunda foi na direção da sala de David, o amor se transformou em ódio. Ele não apenas me magoara como mulher; ele me humilhara no escritório.

O cretino e a vagabunda tinham de pagar.

Planejar uma vingança era natural para uma mulher especializada em analisar problemas da mesma forma que militares analisam situações de conflito. Vi a questão apenas como mais um problema a resolver: como eu poderia ficar quite com David, cortando seu pinto para que nenhuma outra mulher sofresse a mesma humilhação e cortando os joelhos da vagabunda para que ela nunca mais pudesse se ajoelhar para pagar um boquete para nenhum outro homem do escritório.

O período de Natal se encaixou bem ao meu plano. Como tínhamos muitos clientes, dávamos duas festas para eles e mais uma para os funcionários e suas famílias.

Sabia que, com toda a bebida e flerte comuns em festas de Natal, seria inevitável que David e a vagabunda fossem escondidos para a sala dele para dar uma rapidinha; então, comprei uma câmera com detector de movimento, que ligava o aparelho quando algum movimento era feito dentro do seu alcance. Escondi-a na sala dele durante a primeira festa e não consegui nada, exceto as idas e vindas de David. Na segunda festa, tive mais sucesso: David entrou na sala; a vagabunda também; ele trancou a porta.

A câmera pegou tudo: ele deitou-a de costas sobre a mesa, levantou o vestido, abaixou a calcinha dela (ela não usava meia-Calça, claro). Quando ela já estava sem calcinha, ele se abaixou e beijou as duas nádegas dela.

Meu Deus. Ela rebolou e riu quando ele as mordeu.

Ela se virou e abriu o zíper da calça dele. Chamando o pênis dele de "meu herói" (*meu Deus!*), ela se ajoelhou e engoliu-o, chupando-o como um pirulito, abrindo a boca para olhar de forma provocante para ele com saliva escorrendo pelo canto de sua boca.

Sem muito tempo, ele a deitou na mesa, levantou o vestido de novo, enfiou o pinto nela e bombeou, gozando rápido.

A vagabunda atingiu o êxtase, gemendo e se contorcendo como se tivesse transado com Don Juan.

A piranha fingiu o orgasmo.

Quando assisti à fita mais tarde, com um drinque em uma das mãos e um lenço para enxugar as lágrimas na outra, caí na gargalhada quando percebi que os gemidos de prazer dela eram tão falsos quanto os de uma prostituta. Como ela.

E então ela disse que aquele tinha sido o melhor sexo de sua vida.

Uivei de tanto rir, derramando vinho no meu vestido e no tapete, mas não me importei. Ela era toda falsa, e ele era tão vaidoso que acreditou em cada gemido falso e piscadela dos cílios postiços extralongos dela.

Deus, homens que pensam com a cabeça de baixo são tão burros.

O vídeo era inestimável. Minha intenção era apenas deixar em cima da mesa dele junto com a minha carta de demissão e então ir embora, certa de que ele sofreria de amor...

Mas depois de ver como ele era burro, e que piranha ela era, decidi compartilhar essa obra de arte com o mundo.

Na festa de Natal dos funcionários, embrulhei cópias da fita em papel de presente e coloquei embaixo da árvore. Rotulei de "Festa do Escritório".

Eu gostaria de ter sido uma mosca nas casas dos nossos colegas quando eles colocaram a fita para a família e os amigos...

3

Metade de um Valium costumava ser suficiente para me fazer cair no sono, mas meu corpo e minha mente estavam tensos demais. Pelo menos não sentia mais náusea, e a dor em volta dos meus olhos tinha diminuído.

Levantei da cama, abri a porta e saí para a varanda, enrolada com o cobertor.

Eu amava a vista de Puget Sound. A água ficava metálica sob o céu cinza. O Sound era um braço do oceano Pacífico entrando pelo Estado de Washington. Tinha quase 160 quilômetros de comprimento, e era navegável para navios e barcos de lazer; o Sound fazia com que Seattle fosse um importante porto a quilômetros do mar aberto. O nome era uma homenagem a um oficial da marinha britânica chamado Puget, que acompanhou o explorador George Vancouver ao noroeste do Pacífico, no final do século XVIII.

De outra janela, eu também podia ver a Space Needle, local da feira mundial de 1962. Esse obelisco, com mais de 180 metros de altura, fora construído para a feira e tinha um restaurante giratório no topo. Eu ouvi falar que, na época em que era moda ficar nu, foi feita uma proeza bizarra, um homem ficou pendurado nu em um pequeno avião enquanto este circulava a Space Needle na altura do restaurante. Quinze minutos de fama por deixar tudo de fora.

Eu quis morar na área próxima ao centro da cidade por causa da energia e da animação do coração da cidade. Com uma caminhada ou uma rápida viagem de ônibus, eu chegaria aos principais pontos históricos, shopping centers, restaurantes e à orla.

Meu local favorito era o Pike Place Market. Foi por isso que o escolhi para a minha cafeteria. O mercado tinha alguma coisa para todo mundo, de bijuterias a obras de arte únicas. A First Avenue, com todas as suas árvores, tinha uma variedade de butiques de roupas, restaurantes e cafeterias. Até a primeira loja da Starbucks ficava nas redondezas.

E não muito longe, ficava o bairro Pioneer Square, para quando eu quisesse vida noturna. A atração turística mais extraordinária de Seattle ficava nesse bairro: uma "cidade" subterrânea que se estendia por uma área de cinco quadras. Calçadas subterrâneas e vitrines de lojas acabaram ficando no subsolo quando elevaram o nível das ruas em 10 metros, logo após o desastroso incêndio mais de cem anos antes.

Eu andava muito, embora tivesse um Fusca que pertencera à minha mãe. Ele fora meu meio de transporte durante a faculdade e agora continuava funcionando graças a um bom mecânico que eu tive a sorte de encontrar.

Eu gostava de Seattle, tanto quanto gostava de São Francisco quando morava lá. A cidade estava construída em uma área montanhosa, cercada por lindas paisagens: as Olympic Mountains a oeste e os picos de montanhas vulcânicas de Cascade Range, incluindo o monte Rainer, a leste.

Seattle é conhecida como a Cidade Esmeralda porque a chuva e a névoa mantêm tudo em volta verde e viçoso, mas a temperatura média não é tão baixa porque a corrente do Japão aquece a cidade, e no inverno, as Olympic Mountains a protegem do excesso de chuva, e Cascade Range, das rajadas de vento.

A cidade tem uma história interessante de Velho Oeste. Em 1851, após a Corrida do Ouro na Califórnia, exploradores brancos construíram o primeiro assentamento, que mais tarde veio a ser a área do centro conhecida como Pioneer Square. Os exploradores nomearam a cidade em homenagem a um cordial chefe indígena chamado Sealth. A primeira pretensão de fama da cidade foi como centro de serraria. De fato, a expressão *"skid row"* (favela) veio do comércio de lenha: a estrada pela qual a lenha era transportada costumava ser chamada de "skid road", que acabou se tornando "skid row" quando suas margens foram povoadas por casas de lenhadores pobres.

Nessa época, havia poucas mulheres, então um homem de coragem foi para o leste e convenceu 11 boas moças da Nova Inglaterra a embarcarem com ele para Seattle a fim de arranjarem um marido entre os exploradores. Ele voltou de novo e recrutou cem viúvas da Guerra Civil. Muitas famílias de hoje têm o orgulho de serem da linhagem dessas mulheres.

Construída de madeira, a cidade foi destruída em 1889 pelo Grande Incêndio, que começou quando um pote de cola de um pintor pegou fogo. Além do fogo, de enchentes e da fome, a cidade sobreviveu a ataques indígenas, lenhadores bêbados e protestos antichineses.

O desenvolvimento da cidade foi lento até que a estrada de ferro transcontinental chegou a Seattle. Quando um barco chegou, vindo do Alasca, com uma "tonelada de ouro", em 1897, a Corrida do Ouro de Klondike começou, transformando Seattle em uma cidade próspera. O porto da cidade transformou-se em um dos maiores portos do mundo. A indústria aeroespacial e a Boeing estimularam seu crescimento. Nos anos 1980, a Microsoft e outras empresas de informática chegaram à região e a cidade assistiu a mais uma era de prosperidade.

Eu achei que faria parte do Grande Boom do Café de Seattle, mas meu sonho agora tinha virado cinzas.

Depois de pedir demissão da consultoria, vendi o meu apartamento, esvaziei a minha conta bancária e fiz alguns empréstimos para abrir a Café de Oro. Para que ela se parecesse com uma pequena "fazenda de café", espalhei por toda a loja cafeeiros que pareciam de verdade, com folhas verdes e brilhantes e cachos de "café" além de sacos cheios de grãos crus vindos de todo o mundo.

Também comprei uma pequena cafeteira moderna, mas que me fazia lembrar aqueles antigos trens a vapor que os índios chamavam de "cavalos de ferro". Um ventilador levava o cheiro aromático do café para a calçada em frente à loja.

Completavam a decoração uma máquina de espresso vinda de Milão e uma meia manchada de café, junto com um bule surrado: no Velho Oeste, para fazer café, os caubóis botavam grãos de café um uma meia e a colocavam em água fervente na fogueira.

Espera-se que eles, pelo menos, usassem meias limpas.

Eu achei que podia fazer com café e bolinhos o que a Sra. Fields tinha feito com biscoitos. Abri mão de comer fora, ir ao cinema e até dos encontros, meus três passatempos preferidos, não necessariamente nessa ordem, para me dedicar ao meu negócio. Levou quase um ano para o projeto ficar perfeito, abrir a minha loja matriz e assistir às pessoas fazerem fila para comprar cafés com leite, cappuccinos e bolinhos. Com base no sucesso da loja, eu já estava negociando com um investidor para abrir mais seis lojas nos três anos seguintes.

Levou menos de dois meses para tudo ser arruinado. Nada no meu treinamento universitário ou na minha experiência como consultora de grandes empresas me preparou para lidar com agentes da vigilância sanitária em busca de leite contaminado por bactérias, com baratas que pareciam ter se materializado do nada e com empregados que sofreram agressões.

Eu colocara tudo o que tinha para abrir uma loja interessante em um lugar caro no coração da cidade. Quando os clientes sumiram, junto com o investidor, de repente me vi sem dinheiro. E com cheques sem fundos.

O mais importante era o do pagamento do seguro contra incêndio.

Isso tinha sido um tremendo azar e na hora errada.

Lamentando as minhas perdas e a morte do pobre Johnny Woo, escutei baterem na porta da frente e fui atender. O Valium estava começando a fazer efeito, e eu estava um pouco grogue e mal-humorada quando me arrastei descalça até a porta e a abri. E me arrependi na mesma hora quando vi um homem alto com uma cicatriz no pescoço.

Com meu 1,70 metros, de altura, quando levantei o olhar para fitá-lo, o traço que mais chamou a minha atenção foi a cicatriz. Sua pele era morena, o cabelo e o bigode fino, pretos, ele parecia hispânico, e a cicatriz sobressaía, mais escura do que a pele. Não era um ferimento irregular, e sim uma cicatriz fina, que, na minha mente poluída pelos filmes, parecia resultado de um estrangulamento com corda de piano.

Imediatamente percebi que era o homem que correra atrás do táxi. Mas parecia que estava correndo atrás de mim.

— Tenho uma oferta pela fazenda.

— Fazenda? Minha loja... ou você está falando daquela outra coisa?

— A fazenda de café, você deve vendê-la para mim.

— Devo?

Era a segunda vez naquele dia que eu respondia de maneira lacônica.

— Você não precisa dela. E precisa do dinheiro.

O sotaque dele era carregado e definitivamente hispânico. Seu tom de voz não era uma afirmativa e sim uma ordem, o que despertou a minha ira.

— Quem o senhor pensa que é? O que...

Ele levantou o dedo indicador na minha cara e eu dei um passo para trás.

— Dez mil dólares. Vou entregar o dinheiro amanhã. *Comprende?*

Vozes e o som de passos vieram da escada.

Ele olhou para trás, depois voltou a olhar para mim. Seus olhos eram escuros, cor de lama.

— *Mañana.* — Amanhã.

Ele virou as costas e saiu, descendo as escadas enquanto um homem e uma mulher subiam. Eu já estava fechando a porta quando o homem me viu e disse:

— Srta. Novak?

— Sim.

— Detetive Evans. — Ele mostrou o distintivo ao se aproximar. Ele era baixo, tinha uma barriga de cerveja, pele clara e cabelo louro cortado à moda dos anos 1950. A gravata estava frouxa no colarinho aberto da camisa; o terno cinza era de poliéster. Ele apontou para a mulher. — Minha parceira, detetive Stacy.

Stacy era descendente de africanos, também baixa mas sem barriga.

Eu estava aliviada Cicatriz ter ido embora, mas a linguagem corporal dos dois detetives não era animadora.

— Vocês viram esse homem que passou? — perguntei.

— Difícil não notar — disse Evans. — Ele quase esbarrou em mim. Por quê? Ele a estava incomodando?

— Eu... — O que eu poderia dizer? Ele não fizera nada realmente ofensivo; apenas me oferecera dinheiro. Mas seu tom de voz me assustara. — Nada. Eu simplesmente não gostei dele. Vocês querem falar comigo sobre a minha loja?

— Precisamos falar sobre o incêndio. Podemos entrar?

Não era exatamente uma pergunta. Dei um passo para trás e eles entraram sem esperar ser convidados.

— Vocês são do Corpo de Bombeiros? — Tinham me dito que um investigador do Corpo de Bombeiros me procuraria.

— Polícia de Seattle. Onde estava quando a sua cafeteria pegou fogo?

— No escritório do meu contador. Fica a poucos minutos da cafeteria.

— Pode me dar o nome, endereço e telefone dele, por favor?

— Claro. Vou dar o cartão dele. — Ir até a escrivaninha para pegar o cartão me deu uma chance de pensar. Entreguei a Evans e perguntei: — Tem alguma coisa errada?

Ele levantou as sobrancelhas.

— Deveria haver?

Não, imbecil, policiais vêm ao meu apartamento todos os dias. Tentei controlar a irritação na minha voz.

— Minha loja está em cinzas, um empregado, morto, a polícia está me interrogando; estou vivendo o pior dia da minha vida. Só espero que não estejam aqui para piorar ainda mais as coisas.

— Por que acha que poderíamos piorar ainda mais?

Percebi que esse era um tipo de método de interrogatório da polícia, talvez para irritar o suspeito e fazê-lo soltar alguma coisa, mas eu não fazia ideia de por que o oficial estava fazendo aquele joguinho comigo.

— Por que estão aqui? O que querem saber? — Não consegui afastar a irritação da minha voz.

— Há quanto tempo conhecia Ho Lung?

— Ho Lung?

— O homem que morreu no incêndio na sua loja.

— Johnny Woo...

— O nome verdadeiro dele era Ho Lung. Há quanto tempo o conhecia?

— Umas duas semanas; ele começou a trabalhar no dia 12. Por que disse "o nome verdadeiro dele"? Por que ele precisava de um nome falso?

— Por que o contratou?

— Eu precisava de ajuda; ele lavava a louça, limpava a loja — dei de ombros —, esse tipo de coisa.

— Colocar fogo na sua loja fazia parte das tarefas dele?

Isso foi dito pela detetive Stacy.

Fitei-a boquiaberta.

— Colocar fogo? Houve um vazamento de gás...

— Arranjado por ele para incendiar o lugar — disse Evans.

— Vamos parar de enrolar e falar do que interessa. Por que não nos conta logo a verdade?

O mundo todo está enlouquecendo.

— Contar o quê? O bombeiro disse que vazou gás, teve uma explosão...

— Lung é membro da gangue mais perigosa de Vancouver, no Canadá. Ele não atravessou a fronteira para lavar pratos e esfregar seu chão. Ele é conhecido como o Incendiário. Sua especialidade são incêndios criminosos.

— Incêndios... criminosos? Quer dizer que ele provoca incêndios? Está dizendo que ele é um incendiário?

— Não estou dizendo só isso; ele é um incendiário profissional. Às vezes, a própria gangue o contrata, outras vezes faz trabalhos freelances; de qualquer forma, ele incendeia lugares para ganhar dinheiro.

— Incendeia para ganhar dinheiro. — Repeti as palavras pois não faziam sentido. — Por que ele iria incendiar a minha loja?

— Foi isso que viemos perguntar. — Ele sorriu. — Obviamente não podemos perguntar ao próprio Ho Lung.

— Por que estão me perguntando? — Percebi a estupidez da pergunta assim que as palavras saíram da minha boca. — Vocês acham que eu tive alguma coisa a ver com isso? *Que contratei esse homem para colocar fogo na minha própria cafeteria?*

A enormidade da pergunta me deixou sem ar.

— Por que simplesmente não nos conta tudo? — A voz da detetive Stacy era afetuosa, reconfortante. — Deixe-nos ajudá-la; sabemos o quanto as coisas têm sido difíceis, que só fez o que achou melhor. Estava contra a parede, não foi isso?

Se estivesse com a consciência pesada, eu sentaria ao lado da detetive e abriria meu coração.

— Isso é loucura. Por que acham que eu contrataria um incendiário profissional?

Evans começou a contar nos dedos.

— Você o contratou, isso é fato. Ele não lava louças, ele coloca fogo. Ele é um profissional do outro lado da fronteira, difícil de rastrear, pois um dia está aqui e, no outro, já sumiu. Parece que ele causou o vazamento de gás no porão para que explodisse depois que ele sumisse.

— Mas alguma coisa deu errado. O lugar explodiu antes que ele conseguisse sair. Seus vizinhos no Pike Place Market nos disseram que o negócio estava afundado em dívidas; que não sabiam como ainda estava com as portas abertas. O senhorio disse que o aluguel está atrasado e que a esperança de suporte financeiro desapareceu quando a vigilância sanitária fechou a cafeteria. O fogo e a explosão não foram um acidente. Sair do mercado com um *incêndio* é uma tradição antiga de donos de negócios falidos.

Quando os dedos dele acabaram, a minha força também acabou. Endireitei-me e encarei os dois.

— Isso é loucura. Vocês acabaram de descrever um caso completo, mas o problema é que nada disso é verdade.

— Procuramos seu corretor de seguros. Três meses atrás, você triplicou o seu seguro.

— Foi uma exigência de um investidor que planejava entrar no meu negócio. — Mantive a voz controlada, mas minha lucidez estava no limite. Queria gritar. — Vocês não sabem do que estão falando. Eu nem tenho seguro; o cheque explodiu junto com a loja.

— Foi azar. Mas se o cano de gás não estivesse quebrado quando Lung mexeu nele, levaria umas duas horas para o lugar ir pelos ares. E você teria tido tempo mais que suficiente para levar o cheque ao seu corretor.

— Você acha que tentei arruinar o meu próprio negócio? Aquela cafeteria era o meu sonho; tudo que eu tinha estava...

— Você sabe que é assassinato, não sabe?

Desta vez, foi a detetive Stacy que falou.

Encarei-a.

— Assassinato?

— Quando um cúmplice morre enquanto está cometendo um crime, o outro cúmplice é culpado de assassinato. — A mulher sentou-se no sofá ao meu lado. — Detetive Evans, por que não vai comprar um café e um donut enquanto eu e a Srta. Novak batemos um papo?

Levantei-me do sofá.

— Não, não, não, policial boazinha, policial mau. Não sou uma criminosa, não vou bater papo nenhum. Vou ligar para o meu advogado. Obrigada, podem se retirar agora.

Stacy saiu primeiro, e Evans parou para colocar seu cartão em uma prateleira perto da porta. Ele me olhou e disse:

— Parece que Lung provocou um grande vazamento de gás enquanto tentava provocar um pequeno. Ele estava tentando sair da loja quando o termostato ligou e mandou um sinal para acender o forno. Parece que alguém mexeu no termostato.

— Ele não estava funcionando direito; toda manhã eu tinha de... de...

Ele sorriu para mim.

— Como eu disse, alguém mexeu no termostato. Que sorte a sua, não? — Ele levantou as mãos. — *Boom*! Todas as evidências e um incendiário que poderia chantageá-la foram pelos ares quando o termostato de repente ligou.

Bati a porta.

O *boom* de Evan ficou ecoando na minha cabeça enquanto eu tropeçava até o telefone e ligava para a minha amiga Christen, cujo número eu sabia de cabeça. Christen era advogada, aquela que me explicou sobre o lance dos sapatos de advogados. O namorado dela era o melhor amigo do meu ex-noivo, e saímos juntos os dois casais algumas vezes. Ela era mais do que uma conhecida, mas não chegava a ser uma amiga íntima, não daquele tipo com quem eu compartilharia minha intimidade. Eu era meio solitária e não tinha amigas chegadas. Ela trabalhava em uma firma de advocacia e examinara meu contrato de aluguel quando abri a loja. Cobrando honorários de 2.500 dólares.

Pressionei as teclas do telefone para navegar pelo sistema de telefonia automático da firma dela. A secretária eletrônica dizia que ela estava ao telefone ou não estava no escritório e que retornaria a ligação. Deixei um recado longo, respirando fundo e tentando não gaguejar, expliquei que minha cafeteria explodira, e que a polícia estava me acusando de contratar e assassinar um incendiário profissional.

Aquele cretino imundo. Eu passara a manhã lamentando a morte dele. Agora eu torcia para que ele queimasse para sempre no fogo do inferno.

Cambaleante, fui até o banheiro e engoli a outra metade do Valium.

4

Nem o Valium conseguiu me fazer relaxar ou dormir. Fiquei deitada na cama, tremendo, balançando o pé direito enquanto tentava juntar os pedaços do dia em que os Quatro Cavaleiros do Apocalipse invadiram a minha vida.

O sedativo deixou a minha mente lenta, mas não fez mais que isso. Toda vez que eu começava a desligar, uma revelação fazia com que despertasse de novo.

Leite contaminado. Agentes da vigilância sanitária aparecendo de forma um tanto conveniente no dia em que as baratas resolveram dançar no chão da minha cafeteria. Minha loja destruída por um profissional.

Johnny Woo, Ho Lung, qualquer que fosse seu nome, era um homem pequeno, taciturno, que dizia ter 35 anos. Tinha um forte sotaque chinês. Nem a descendência chinesa nem o sotaque eram raros em Seattle, a cidade tinha uma grande população chinesa, desde o século passado. Além disso, imigrantes que quase não sabiam falar inglês eram comuns.

Mas ele cruzar a fronteira do Canadá para destruir a minha loja não era comum. Vancouver, Columbia Britânica, Canadá, não era longe dali. Também tinha uma grande população chinesa. Alguém cruzara a fronteira para contratar um canadense porque ele poderia desaparecer depois do incêndio.

Mas quem iria querer destruir a minha cafeteria?

Acrescente a isso um advogado me dizendo que herdei um fazenda de café e um colombiano com uma cicatriz e uma postura ameaçadora que queria comprá-la... Minha mente tentava desligar com a ajuda do Valium. Mas os meus pensamentos não deixavam, e a minha cabeça latejava.

O telefone tocou, e meus nervos à flor da pele fizeram com que eu levantasse em um pulo.

— Srta. Novak? Aqui é Steve Berger; sou sócio de Christen Levine. Ela passou a sua ligação para mim, pois sou advogado criminalista.

Comecei a contar detalhadamente a minha conversa com os dois policias. Ele me cortou.

— Conheço Evans; liguei para ele depois que Christen me ligou. A teoria dele é que você é o modelo perfeito de quem quer sair do mercado. Aumentou o seguro, colocou um incendiário na folha de pagamento...

— Isso tudo é loucura; alguém está fazendo isso comigo.

— Certo, conversaremos sobre isso depois, mas agora você precisa se preparar.

— Preciso me preparar para quê?

— Para ser presa.

Ah, meu Deus!

— Você teve sorte em uma coisa: esses casos de incêndio com vítima exigem uma burocracia grande dos policiais e bombeiros, relatórios, resultados de exames. Vai levar alguns dias até que Evans consiga acertar tudo, talvez até uma semana, mas não acredito que ele vá esperar tanto. É o tipo de caso que ele levaria para o grande júri para uma acusação formal, em vez de uma audiência de contestação da causa provável perante um juiz.

— O que isso significa?

— Significa que você não será presa hoje, mas estará algemada em poucos dias. Hoje é quinta-feira; ele provavelmente fará a acusação formal na semana que vem.

Ah, meu Deus!

Eu estava sem ar. Não conseguia respirar, não conseguia falar.

— Não se preocupe; é por isso que está me contratando: eu me preocupo com tudo e nós vencemos. Dinheiro é a salvação nesses casos.

— Quanto? — Não consegui afastar o tremor da voz.

— Meus honorários são 100 mil; isso até o julgamento. Se formos mesmo a julgamento, são mais 5 por dia; sinceramente, pelo menos mais 100.

Tentei somar tudo que ele estava falando, mas meu cérebro não estava funcionando.

— São 200 mil dólares se formos a julgamento, sem reembolso. Esses casos são instáveis por causa dos gastos com testemunhas especialistas. Precisaremos de um especialista em incêndios para mostrar como você não poderia estar envolvida. Conheço uma pessoa que podemos usar, Bob Rees, um especialista em incêndios que trabalha para seguradoras, mas ele não é barato. Também precisaremos de um contador para comprovar que seu negócio estava falindo. Pense em uns 25 para cada um. Usaremos um psiquiatra para provar que Lung estava desequilibrado pois se encostava sob o domínio de drogas.

— Sério?

— Se pagarmos um especialista, ele dirá isso. Neste ramo, você ganha pelo que paga. A maioria dos especialistas que testemunham com frequência em julgamentos tem a mesma ética das profissionais da mais antiga profissão do mundo. Mas isso é bom para você; a promotoria não tem dinheiro para contratar gente de primeira.

Nem eu.

— Quanto isso vai custar no total?

— Em números inteiros, podemos pensar em 300 mil. Você também terá de pagar a fiança, provavelmente na casa de meio milhão. Pode diminuir isso para dez por cento com um fiador, 50 mil, mas o fiador precisa ter bens ou comprovantes de depósitos equivalentes a mais de meio milhão antes de aceitarem...

Ele continuou, mas minha atenção não era toda dele. Incluindo a fiança, que teria de ser paga integralmente porque eu não tinha como conseguir um fiador, os números que Berger estava me dando somavam quase 1 milhão.

Eu tinha algumas centenas de dólares no banco, 2.286 na gaveta de cima da minha cômoda, que estava guardando para cobrir as despesas com a loja, e um cartão de crédito com poucos milhares ainda restando no meu limite de crédito.

Ele me fez uma pergunta, e voltei a atenção para ele.

— Desculpe, o que você disse?

— Eu disse que essas despesas não incluem o caso federal.

— Caso federal?

— Ho Lung era estrangeiro. Agora, esse é um crime local, Evans é um policial de Seattle, mas os federais podem entrar alegando que Ho Lung cruzou a fronteira para fazer o serviço.

— O que isso quer dizer?

— Quer dizer que você pode acabar com dois casos, um estadual e um federal. Os federais são uns cretinos, é difícil negociar com eles, são muito mais ariscos do que os daqui; os juízes são mais severos, e as sentenças, mais longas. Então os custos sobem muito, se o caso se tornar federal. Quais são os seus bens? Contas bancárias, propriedades?

Respirei fundo.

— Tenho uma grande propriedade fora do estado.

Muito longe do estado. Talvez a milhares de quilômetros ao sul da fronteira com o México, bem abaixo do Canal do Panamá...

— Espero que não seja longe, pois você não conseguirá sair sob fiança sem entregar seu passaporte.

— Entregar meu passaporte?

— Para garantir que não saia do país. Mesmo pagando fiança, o juiz mandará que você entregue seu passaporte ao promotor antes de sair do tribunal.

Parecia que tinha alguém com um travesseiro sobre o meu rosto, pressionando-o e me sufocando.

Eu disse:

— Preciso entrar em contato com uma pessoa a respeito da minha propriedade. Ligarei de volta para você. — Desliguei.

Fiquei parada, trêmula, por um momento, tentando esfriar a cabeça. Finalmente, liguei para a Colômbia de novo. E ouvi a mesma gravação pedindo desculpas por minha ligação não ter sido completada. Coloquei o telefone no gancho.

Levantando-me, um pouco zonza por causa do calmante, disse:

— Certo, você tem de juntar tudo. Tem de cuidar disso da mesma forma que cuida de um problema de negócios. Já fez isso antes; é moleza.

Sentei e chorei.

UMA HORA DEPOIS, estava em pé na varanda, olhando para a rua escura. Estava deprimida demais até para acender as luzes do meu apartamento. A névoa caíra sobre a cidade, deixando a noite sombria e as luzes borradas. Meus olhos estavam vermelhos e inchados, e minha cabeça latejava por causa do calmante e do vinho que eu tomara para ajudar na cura.

Queria ligar para alguém, compartilhar a minha tristeza, mas não havia ninguém na minha vida a quem eu pudesse recorrer. Pela primeira vez, senti as consequências de sempre fazer tudo sozinha. Agora não tinha a quem recorrer. Dizem que as mulheres precisam mais das outras pessoas que os homens e que, em uma crise emocional, uma mulher precisa conversar enquanto a maioria dos homens fica muito tensa para expressar seus sentimentos. Era verdade, porque naquele momento eu precisava de alguém.

Na rua escura, um homem apareceu na parte iluminada pelo poste da esquina. Ele parou e pegou um cigarro.

Tive a impressão de que ele olhou para a minha janela antes de sair.

Afastei-me da porta e puxei as cortinas da varanda. Por precaução, coloquei uma cadeira de madeira prendendo a maçaneta da porta da frente. Provavelmente não era o Cicatriz que eu vira, ele dissera "*mañana*"; mas um pensamento perturbador insistia em minha mente, apesar do vinho e do comprimido.

O policial disse que o termostato acendera o forno do porão depois que o incendiário inadvertidamente causara um grande vazamento de gás. Eu podia imaginar o que acontecera.

Como ele não tinha chave para entrar, existiam duas opções: ou ele arrombou a porta ou usou uma chave roubada das que eu tinha como reserva na minha sala. Antes de descer para o porão, ele devia ter desligado primeiro o termostato. O controle ficava na entrada dos fundos da loja.

O que ele não sabia era que o termostato estava com problemas, que a máquina passara a ter vontade própria. Eu estava tão sem dinheiro que acabara convivendo com o problema em vez de chamar alguém para consertar.

A suspeita de que eu mexera no termostato para matar o homem que contratara para colocar fogo na minha loja era uma conclusão lógica para a polícia. Mas como eu era inocente, o fato de o termostato ter acendido o forno e criado uma explosão era ainda mais assustador.

A intenção do incendiário fora causar um pequeno vazamento, deixando o gás acumular no porão. Mais pesado que o ar, o gás se acumularia no chão de concreto.

Toda manhã, eu seguia a mesma rotina quando entrava. Acendia as luzes e aumentava o termostato para ligar o forno. Naquela manhã, tinha passado no escritório do meu contador, mas ainda assim eu teria chegado à loja antes da hora de abrir.

Se Woo/Lung não tivesse dado uma mancada, teria sido eu quem teria entrado e ligado o termostato, acendendo o forno, criando uma chama com o porão cheio de gás abaixo dos meus pés.

Aquele era um pensamento assustador.

Será que havia alguém que não gostava de mim a ponto de me matar?

Como explicar o fato de a minha loja ter explodido no mesmo dia em que me disseram que tinha herdado uma fazenda de café na Colômbia?

Quem estava por trás disso?

Minha mente estava perturbada demais para chegar a uma conclusão. Ou ver através da teia de mentiras na qual eu estava presa.

5

Analisar a situação e chegar a uma solução para os problemas não era difícil para mim. "Os problemas seguem um padrão lógico, só temos de usar uma abordagem analítica, considerar todas as opções" — esse era o mantra da consultoria em que eu trabalhara.

Uma análise lógica me levava a uma conclusão: *siga o dinheiro*.

Não me lembrava onde eu escutara essa frase, se fora alguém que trabalhara comigo na consultoria ou se eu escutara em alguma série investigativa na televisão. Mas era o ponto lógico no qual me basear, já que a minha cafeteria tinha sido destruída por um incendiário profissional. Alguém pagou um bom dinheiro para importar um criminoso do Canadá. Alguém com um motivo.

Eu não tinha inimigos pessoais, pelo menos ninguém me odiava o suficiente para querer destruir a minha loja. Bem, talvez duas pessoas: meu ex-noivo e sua coprotagonista no vídeo de Natal ficariam felizes se meu negócio falisse. E tenho certeza de que eles não ficariam tristes se eu morresse logo. Entretanto, eu os eliminei; ambos tinham um motivo, mas nenhum deles tinha coragem nem imaginação para me jogar pelos ares.

Não, não era pessoal; eu estava certa disso. Alguém planejara me tirar do ramo, e talvez até me matar. Eu não tinha certeza se a intenção era que eu morresse na explosão; talvez Woo/Lung tivesse planejado uma explosão para antes de eu chegar, mas eu também não podia afastar a ideia.

A pessoa também precisaria de um contato no mundo do crime: não se coloca anúncio em um jornal procurando um incendiário profissional, nem se pergunta a um garçom do seu restaurante favorito se ele conhece alguém para explodir uma loja.

A conclusão era que tinha de haver uma motivação financeira por trás da destruição da minha cafeteria. E seguindo o dinheiro, eu só conseguia pensar em um suspeito: o meu senhorio.

Por coincidência, como Woo/Lung, ele era chinês. Diferente de Woo/Lung, ele não era imigrante, sua família se estabelecera em Seattle havia várias gerações.

Outra "coincidência" era que eu sabia que meu senhorio tinha familiares em Vancouver, que também tinha uma grande população chinesa. Isso não significava muito. Seattle ficava a apenas umas duas horas de carro de Vancouver; muita gente tinha amigos e parentes lá, mas eu não gostava do meu senhorio, nem ele de mim...

Pior do que possíveis coincidências, ele também era um cretino ganancioso, uma característica comum à maioria dos senhorios de imóveis comerciais em cidades grandes com os quais lidei na minha carreira profissional. Eu conseguira um contrato de aluguel longo com um bom preço porque os dois últimos inquilinos da loja faliram, sendo que um deles arrastou meu senhorio em um caro processo de falência.

Quando viu que a minha cafeteria estava decolando como um foguete, tentou entrar de sócio. Recusei porque, diferente de um investidor, ele seria uma constante dor de cabeça na administração do negócio, abrindo a caixa registradora todo dia sob o pretexto de esconder o dinheiro dos cobradores de impostos.

Se eu seguisse o dinheiro, a pessoa que mais lucraria com o seguro seria meu senhorio. Não tinha feito seguro apenas da minha loja; o contrato de aluguel tinha uma cláusula padrão segurando o prédio dele e a renda do aluguel, caso fosse destruído.

Se eu não tivesse atrasado o pagamento da seguradora, ele estaria a ponto de receber um cheque bem gordo pela perda.

Estremeci. Ele provavelmente não sabia que minha apólice de seguro não tinha mais validade. Se ele não queria me matar antes, com certeza ia querer assim que descobrisse que eu estava sem dinheiro e sem seguro.

A ideia de o meu senhorio ter contratado o incendiário despertou a minha ira e me deixou arrepiada.

Mas a coincidência mais estranha era a notícia da herança e a sinistra oferta de compra da fazenda de café. Eu não conseguia fazer uma ligação entre o que acontecera aqui, com um incendiário chinês de Vancouver, e um colombiano que queria comprar a minha herança — eu presumia que o Cicatriz fosse colombiano.

Sem dúvida, era uma coincidência estranha eu ficar sabendo da minha herança no mesmo dia em que a minha loja fora destruída, mas eu não conseguia pensar em um motivo para alguém que tivesse alguma coisa a ver com a fazenda destruir a minha loja e me matar. Faria mais sentido se eu tivesse um negócio bemsucedido em Seattle e não quisesse ir embora.

Acabar comigo também não fazia sentido. O Cicatriz, ou quem quer que o tivesse contratado, queria comprar a fazenda. Se eu estivesse morta, eles ainda teriam de lidar com a minha herdeira. Eu não tinha testamento, e Christen uma vez me disse que se eu morresse, os meus bens iriam para o meu parente mais próximo, no caso, uma prima em Cleveland que eu só vira uma vez.

Se eu seguisse o dinheiro, o rastro levava de volta ao meu senhorio, não ao Cicatriz; por mais ameaçador que parecesse, ele queria me dar dinheiro, não tirar.

A oferta de 10 mil dólares me fez chegar a outra conclusão: a fazenda valia muito mais. O Cicatriz provavelmente acreditava que eu venderia barato já que a fazenda estava a milhares de quilômetros de distância em um país mais perigoso que a Lista de Procurados do FBI.

Agora que a minha mente estava funcionando com mais clareza, não conseguia evitar pensar em um cenário ainda mais sombrio. Eu seria presa. Se eu não conseguisse pagar a fiança, e não conseguiria, ficaria na prisão durante meses até o julgamento. E se não tivesse dinheiro para uma defesa, e eu não tinha, passaria o resto da minha vida na cadeia.

Não conseguia me lembrar se naquele estado havia pena de morte, mas mesmo se não houvesse, eu me mataria antes de passar o resto da vida em espaços minúsculos, encostando em mulheres malucas que mataram seus bebês, enquanto ganhava privilégios pagando boquetes para os guardas da prisão.

— Siga o dinheiro — repeti para mim mesma.

Dessa vez, eu queria dizer dinheiro para a minha defesa.

E só havia um lugar para consegui-o.

Pouco antes do amanhecer, saí do apartamento. Meu carro estava estacionado em frente ao prédio, mas saí pela porta dos fundos, desci a rua e fui até um ponto de ônibus. Eu estava usando uma bandana como disfarce e um casaco comprido para dias de muita chuva, pois achei que poderia me esconder ali dentro. Carregava uma pequena mala que servia tanto para levar coisas para o trabalho como para uma viagem. Embaixo do casaco, eu estava com duas mudas de roupa para que a minha mala continuasse pequena, mais tarde colocaria as roupas extras nela.

Peguei um ônibus para o centro da cidade até perto do Hotel Hilton, onde peguei um táxi.

— SeaTac — eu disse para o motorista.

Recostei no banco de trás do carro para a minha viagem até o aeroporto Seattle-Tacoma.

Anos antes na faculdade, aprendi em psicologia que os filhos ou seguiam os passos de seus pais ou seguiam a direção oposta. "A síndrome da filha do pastor", foi como o meu professor politicamente incorreto chamou isso: a filha do pastor se transformava em uma piranha ou em uma beata.

Minha mãe era nômade. Vivíamos nos mudando. Seu espírito inquieto a levava para empregos diferentes em cidades diferentes quase todo ano, como uma ave migratória. Como filha única, suponho que eu poderia ter me transformado em uma pessoa arraigada permanentemente ou uma verdadeira nômade que nunca criava raízes.

Por sorte, eu não estava em nenhum dos extremos, mas em algum lugar entre eles. Não era a migrante que a minha mãe fora, mas estava sempre pronta para cortar meus laços e virar as costas quando necessário. Eu não era como algumas pessoas que nunca queriam se mudar porque temiam mudança e se sentiam felizes em continuar no mesmo lugar, sem nenhum desejo de aventura. Eu gostava de viajar para lugares novos, conhecer gente nova. E não tinha medo de juntar as minhas coisas e ir embora se a situação exigisse. Eu estava acostumada a me mudar.

Além disso, era bom mudar. Trazia aventuras e experiências completamente novas. Minha mãe costumava dizer:

— Não tenha medo de buscar e experimentar coisas novas, abrace a vida, tente novas aventuras, se arrisque. Qual é a pior coisa que poderá lhe acontecer? Você sairá uma pessoa mais forte.

Ela estava certa, até certo ponto, claro. Construir relacionamentos e carreiras levava tempo. Minha mãe havia tido uma carreira que permitia que ela migrasse, e ela evitava relacionamentos duradouros, então estar sempre com a mala pronta funcionava bem para ela. Eu tinha prática em pegar a minha mala e ir embora, mas só escolhia deixar tudo para trás quando a minha vida estava indo por água abaixo, como naquele momento.

Pensei na minha mãe enquanto o táxi me levava para o aeroporto.

Minha mãe, Sonja Marie Novak, nasceu em Cleveland. Seus pais eram de ascendência eslava, segunda geração de iugoslavos. O pai dela foi mecânico da ferrovia e morreu quando ela tinha 10 anos. Ela saiu de casa aos 18 e nunca olhou para trás nem voltou para visitar ninguém.

Nunca entendi realmente a situação entre a minha mãe e a mãe dela. Minha mãe não falava muito sobre aquela época. Não conheci a minha avó; ela morreu quando eu tinha 5 anos. Eu sabia que minha mãe era contra religiões organizadas e se mostrava radical em seus pontos de vista políticos, e tenho a impressão de que as duas atitudes devem ter tido alguma influência na separação entre ela e a mãe.

No final da década de 1950, minha mãe se mudou para a Califórnia e se matriculou em Berkeley, antes do tumulto causado pela Guerra do Vietnã e das fogueiras de sutiãs da guerra entre os sexos. Ela tinha uma alma livre, moderna e independente mesmo antes de os hippies entrarem em cena. Ela se juntou aos Corpos de Paz assim que eles abriram as portas, e foi mandada para a Colômbia para ajudar a educar a população rural carente. Lá, ela trabalhou em uma fazenda de café para ficar mais perto das pessoas a quem deveria ajudar.

Era por isso, claro, que eu suspeitava que Carlos Castillo, meu misterioso benfeitor colombiano, pudesse ser meu pai.

A ideia de que meu pai era dono de uma fazenda de café se encaixava com perfeição ao modelo de pai que eu criara em minha mente: ele era o bonito e charmoso filho de uma família rica e tradicional, um homem que andava a cavalo pela sua grande propriedade, e parecia um astro de cinema latino. Naturalmente, ele tivera de abrir mão da minha mãe, apesar de amá-la, para se casar com uma moça rica e burra para salvar a família da ruína financeira.

Tenho certeza de que devo ter perdido coisas por não ter tido uma figura paterna, mas, por causa da minha mãe, eu não via isso como um vazio na minha vida.

No mínimo, eu não tinha tempo para ficar pensando no fato de não ter um pai, já que vivia viajando e me adaptando a novos ambientes. Se em algum momento desejei que o carrossel parasse, não me lembro. A parte mais difícil era fazer novos amigos e deixá-los, entrar em outra escola e ter de começar tudo de novo. Mas minha mãe sempre dizia que eu ia encontrá-los de novo.

— A vida é uma jornada — dizia ela; sempre haveria altos e baixos. — Tudo tem uma razão para acontecer.

Depois de perder a minha mãe, comecei a pensar mais no fato de que eu podia ter um pai vivo em algum lugar, sendo a Colômbia o lugar mais provável. Mas eu não fiz nada para procurá-lo porque estava ocupada, e a Colômbia ficava longe demais.

Lembro-me de perguntar a minha mãe sobre ele quando era pequena. Eu tinha curiosidade sobre meu pai porque, quando ia para a escola, todas as outras crianças falavam de seus pais. Foi provavelmente na terceira ou na quarta série que voltei para casa e perguntei para a minha mãe por que eu não tinha pai. Lembro-me que eu me aproximava de estranhos e perguntava se eles tinham pai. Isso deve ter ficado escondido na minha mente. Talvez me incomodasse mais do que eu percebia ou queria admitir. De dois em dois anos, a pergunta voltava casualmente, não em brigas.

Às vezes ela ficava exasperada com as minhas perguntas e se tornava impaciente, soltando o que quer que passasse pela sua cabeça na hora. Uma vez, ela disse que ele tinha sido um revolucionário que encarara um pelotão de fuzilamento porque lutava por mudanças sociais; outra vez, ele era um traficante de drogas que morrera em um confronto com a polícia. Outra vez, ela disse que fora estuprada por guerrilheiros na selva.

Em outras palavras, minha mãe era totalmente evasiva sobre quem era meu pai. Nunca entendi por quê.

— Não faça mais perguntas; nós nunca o veremos — disse ela finalmente para mim. — Um príncipe sul-americano me engravidou. Ele foi deposto em uma revolução, e o povo que ele governava o enforcou.

Sabendo que nunca conseguiria uma resposta direta, finalmente desisti de perguntar. Mas eu tinha algumas dicas. Ela falava sobre as atividades nos Corpos de Paz e explicava o que fazia na fazenda de café na Colômbia para realmente se aproximar das pessoas: trabalhava o mesmo número de horas dos outros trabalhadores, comia a mesma comida e dormia em uma barraca de trabalhador.

Os olhos dela se iluminavam quando falava dessa época, mas ela nunca mencionou um relacionamento com um homem que fez com que ela voltasse para os Estados Unidos grávida de mim.

Olhando para trás, acho que ela estava apenas tentando me proteger. O que eu teria feito se ela tivesse me dado um nome? Teria ido bater na porta dele, claro. E qual seria a reação dele, parado ali, com esposa e família? Sem dúvida, me olharia horrorizado. Antes de bater com a porta na minha cara.

Como minha mãe me disse mais de uma vez:

— Nós conseguimos sobreviver bem, só nós duas. E então, ela me dava um sermão de como uma mulher era tão capaz quanto um homem. É claro que, hoje em dia, as mulheres da minha idade esperam ter os mesmos direitos dos homens, mas ela teve de lutar por eles.

De qualquer forma, de volta à Califórnia depois dos Corpos de Paz, minha mãe me colocou nas costas e me levou com ela quando voltou para a faculdade para fazer mestrado. Naquela época, já estavam acontecendo a Guerra do Vietnã, a revolução sexual, a guerra entre os sexos pelos direitos das mulheres e a luta das minorias por direitos iguais. Como a época sobre a qual Dickens escreveu era a melhor época e a pior época... mas uma época e tanto; até eu carregava uma cicatriz desses tempos.

Meu comentário favorito para impressionar em uma festa era contar para as pessoas que eu tinha sido ferida na Guerra do Vietnã. E era verdade. Minha mãe usava seu tempo livre entre as aulas em Berkeley para participar de manifestações antiguerra. Uma vez, enquanto ela fugia de uma barragem da polícia com mangueiras d'água e gás lacrimogêneo comigo amarrada nas costas, fui atingida no ombro por uma bomba de gás lacrimogêneo. Eu ainda tinha a cicatriz.

Minha mãe conseguiu terminar o mestrado em algo chamado administração pública, que, como ela explicou, a capacitava para se tornar uma burocrata, uma palavra que resumia tudo que ela odiava na política. Mas sua loucura tinha um método: na cabeça dela, o mestrado lhe dava o direito de se infiltrar na política e levar um pouco de honestidade e trabalho ao jogo.

Ela tinha uma maravilhosa personalidade efervescente e animada, e um impulso sincero e incontrolável de ajudar os pobres coitados. Francamente, ela tinha um lado persuasivo e um dramático. Essa combinação fazia com que fosse maravilhosa em arrecadar fundos para causas sociais, o que se tornou seu forte.

Arrecadar fundos era um passatempo que nos mantinha em movimento, enquanto o número de causas merecedoras cresciam e a distância entre elas aumentava. A dinâmica de se mudar também combinava perfeitamente com a personalidade da minha mãe. Eu aprendi a sobreviver com uma mala, mudando de escolas e fazendo e perdendo amigos regularmente.

Quando eu reclamava, minha mãe me fazia ler as experiências de Nellie Bly, a primeira mulher repórter investigativa dos Estados Unidos, que, em 1889, dera a volta ao mundo sozinha de barco, trem e carruagem para superar os oitenta dias do personagem fictício de Julio Verne, Phineas Fogg.

— E isso foi antes dos aviões, caixas eletrônicos e absorventes íntimos — minha mãe lembrava.

Se acompanhar a minha mãe com alma de cigana me ensinou alguma coisa, foi a cair fora. Eu estava usando agora essa habilidade para fugir da polícia antes que eles conseguissem me prender em um lugar onde eu ficaria impotente e sem passaporte, não podendo sair do país nem se eu escapasse.

Eu precisava de dinheiro para a minha defesa, e a Colômbia era o único lugar onde eu poderia conseguir. O fato de o país ter mudado desde a época dos Corpos de Paz da minha mãe era um balde de água fria.

Os jornais diziam que a Colômbia era o lugar mais perigoso do mundo.

E Medellín era a capital de assassinatos da Colômbia.

XANGAI

PROSTITUTA DO ORIENTE

Ninguém perguntava por que alguém tinha ido a Xangai.
Supunha-se que todos tinham alguma coisa para esconder.

— LADY JELLICOE

6

Xangai, três meses antes

— Deusa de Ouro.

Foi como o estrangeiro a chamara. Ela estava de pé em frente a um espelho de corpo inteiro em seu quarto em uma casa de prazeres e se perguntou como o "estrangeiro" a via, e os outros homens que se beneficiavam do prazer que lhes dava. Estava nua, exceto pelos longos brincos de brilhante que pendiam de suas orelhas.

Seu nome era Lily Soong, mas não era verdadeiro. Seu signo era tigre. Era bonita e esperta, ambas características do animal de seu signo.

Pele de marfim dourado, como o pelo castanho-dourado de uma gazela recém-nascida. Seu cabelo, preso no alto da cabeça, mostrando o longo pescoço de gazela, tinha o brilho do veludo preto. O cabelo negro contrastava com os lábios vermelhos e os perfeitos dentes brancos, tão perfeitos que eram chamados de "dentes de diamante".

Seus olhos eram amendoados e ficavam parcialmente ocultos pelas pálpebras, e as sobrancelhas eram finas, pouco mais do que riscos feitos a lápis.

Ela sabia que havia mulheres em Hong Kong e Tóquio que faziam cirurgia plástica para abrir os olhos "puxados", mas ela as achava tolas; as pálpebras caídas das mulheres do oriente falavam de mistério e de exóticas portas de templos que guardavam segredos.

Tocou seus seios, colocando as mãos embaixo dos pequenos montes, levantando-os. Filha de um fazendeiro pobre, aos 12 anos, quando o sangue veio, foi vendida para uma "barraca de bolinhos de peixe" em Nanshi, o distrito da Cidade Antiga de Xangai. As pequenas barracas eram especializadas em fornecer meninas para sexo rápido com homens ocupados, uma espécie de fast-food do sexo. As lojas eram chamadas de "bolinhos de peixe" porque os peitos das meninas eram pequenos, brancos e moles como os bolinhos em uma sopa de peixe.

O estrangeiro gostava de tocar seus seios, de beijar e chupar seus mamilos enrijecidos. Os homens chineses não tinham tanto interesse nos suplementos mamários das mulheres como os ocidentais; embora alguns tivessem um fetiche único: durante séculos, o interesse sexual dos homens chineses era despertado não por seios, nádegas ou pernas, mas pela horrível deformidade de pés atados. Os pés das meninas, ainda bebês, eram presos em ataduras para evitar que crescessem normalmente, fazendo com que eles se dobrassem até que eles, quando parassem de crescer, tivessem apenas alguns poucos centímetros.

Um eufemismo para aqueles cotos horrorosos que cabiam em chinelos de seda infantis eram os "pés de lírio", chamados assim quando a concubina de um imperador amarrou seus pés com os dedos para baixo para que andasse como um lírio sendo levado pela brisa. A prática não era mais usada, mas muitos homens ainda apreciavam pés pequenos. Até a geração mais jovem, que considerava a prática nostálgica.

O traço mais erótico em Lily Soong e que mais atraía os homens era seu monte pubiano liso como o de um bebê. Sua barriga era seca, firme, a pele, quente e sedosa. As curvas de seu abdome terminavam em sua púbis nua. Mas, diferente de outras mulheres na casa de prazeres que raspavam os pelos pubianos, essa área do corpo de Lily Soong era naturalmente desprovida de pelos.

Por séculos, os grandes escultores da história recriaram o corpo feminino em mármore sem pelos na área privada. Para os antigos e os artistas da Renascença, pelos eram algo muito animalesco para se colocar em uma deusa de pedra. A púbis nua de Lily fazia dela uma deusa também, uma deusa dourada. Esse fora um dos motivos para ela ascender de uma "barraca de bolinhos de peixe" a um palácio de prazeres para praticar a mais antiga das profissões.

A porta de seu quarto abriu sem fazer barulho, e uma pequena mulher curvada, mas de idade indeterminável, vestida de preto, entrou. Ela se movia em silêncio, suavemente, como uma sombra.

Apenas quando a mulher estava ao lado de Lily, ela percebeu sua presença.

— Grande Mãe.

— Você está limpa? — perguntou ela.

A mulher idosa chamada de Grande Mãe passara a maior parte de sua vida na Casa do Portão Celestial, começou como criada na época extraordinária em que Xangai exalava entusiasmo e aventura, sendo um banquete para os sentidos de gângsteres e mulheres bonitas da noite, onde espiões e militares se esbarravam, segredos eram vendidos e a vida era barata.

Com o passar das décadas, a mulher idosa aprendera a arte das prostitutas sem nunca ter sido uma, se tornando mestre em treinar moças para perderem sua inocência e permitirem que seus corpos fossem violados, geralmente por homens com idade suficiente para serem seus avôs. Mesmo assim, nunca se deitara com um homem. Não via prazer nos assuntos carnais, e abordava a conversão de meninas em prostitutas com pouca diferença filosófica, como uma freira apresentando meninas a Deus.

— Sim, estou pronta.

Nenhuma parte do corpo de uma mulher era sagrada para o prazer do homem. Cada parte do corpo, cada centímetro de sua pele, tinha de estar pronta para dar prazer. Os homens particularmente achavam a área privada de Lily Soong excitante. Quando as mulheres raspavam a área, ou tiravam os pelos com cera, sempre ficava um resíduo ao tocar, ou até na aparência, que fazia com que o homem se lembrasse do pelo que estava ali. Mas a área pubiana de Lily Soong era tão macia e pelada quanto a de um bebê.

— Você sabe o que tem de fazer? Já recebeu as instruções do estrangeiro?

Ela usou a palavra mandarim para estrangeiro, *waiguoren*. Madarim era o idioma oficial do país, a língua comum usada nacionalmente, mas um dialeto de Xangai ainda era muito usado na cidade. A senhora, que tinha o coração e a alma burocráticos da antiga classe dos eunucos imperiais que dominaram imperadores chineses por séculos, falava apenas o idioma oficial, recusando-se a usar o dialeto local ou mesmo o cantonês, que era sua primeira língua. Os eunucos imperiais entraram para a história, mas sempre haveria pessoas com a sua paixão pela burocracia e a sua mentalidade limitada.

Quando ela falava do estrangeiro, seu tom de voz mostrava o desprezo que os eunucos imperiais tiveram pelos ocidentais, pessoas que eles consideravam demoníacas e bárbaras. Lily não teria ficado surpresa se a mulher tivesse usado uma palavra ainda mais antiga para estrangeiros, uma que demonstrava a suposição de que eles eram realmente demoníacos e bárbaros, *fan kuei*.

Lily Soong mergulhou o dedo em um pote de creme e passou a loção em seus seios. Havia óleo de sementes de papoula nele. Diziam que funcionava como um afrodisíaco para os homens que o cheiravam e lambiam.

— Sim, eu sei o que devo fazer.

O EXÓTICO ORIENTE. *Exótico e louco*, pensou ele. Sendo um homem ocidental, o estrangeiro era bem mais alto do que a maioria das pessoas na multidão, mas isso não tornava mais fácil abrir caminho pelas ruas abarrotadas, quase intransitáveis.

Os chineses provavelmente eram o povo mais educado e cortês do mundo, ainda mais com estrangeiros. Sob circunstâncias normais, quando eles viam um estrangeiro se aproximando, um homem com uma cor de pele diferente e tão mais alto do que a maioria que andava na calçada, eles desviavam, abrindo espaço para ele. A maioria dos chineses era educada demais, e suas cidades, populosas demais, para serem grosseiros e bancarem os donos da rua como em Nova York e Chicago.

Mas era o Ano-Novo do antigo calendário chinês, e 1 *bilhão* de pessoas estavam comemorando, e ele tinha certeza de que a maioria deles estava exatamente na rua que pretendia atravessar.

Chegara a Xangai uma semana antes e caminhara por aquelas mesmas ruas da Cidade Velha diariamente, desde seu hotel no Bund. Mesmo quando a cidade não estava comemorando, as ruas de trás e os becos da Cidade Velha eram um pandemônio de pessoas, cheiros e sons que agrediam os sentidos: *ri nao*, era como os chineses chamavam. Barulhos entusiasmados. Barracas de comida, com seus odores picantes de cabeça de peixe, alcatra de porco e os caranguejos suculentos e cabeludos da cidade, junto com as conversas sem fim, ofereciam boa parte da confusão.

A importância da comida era caracterizada por um cumprimento comum: *Ni chi fan le mei yo?* Já comeu seu arroz?

Algumas cidades evocam imagens de intrigas estrangeiras, ruas perigosas e personagens misteriosos usando sobretudos: Istambul, Cairo, Tânger, Casablanca, Macau. Xangai era outra cidade que ostentava a reputação de opressora e imoral. Se havia uma Sodoma e Gomorra no Oriente, era aquela cidade, onde prazer e pecado sempre foram sinônimos.

Era diferente de qualquer outra cidade que já conhecera ou mesmo imaginara.

A China era um país comunista governado com mão de ferro, e Xangai era sua maior cidade. Esses fatos levavam a crer que a cidade poderia ser chata e estéril, com o seu espírito de individualismo amenizado pela burocracia comunista: os comunistas eram rivais dos famosos eunucos imperiais por sua habilidade em afogar os humanos sob um lamaçal burocrático.

Mas Xangai era um estereótipo ideal do socialismo urbano. Ao ver o fracasso econômico da Coreia do Norte, da União Soviética e do Leste Europeu, e preocupada com o "milagre" econômico da Coreia do Sul, do Japão, de Taiwan, de Cingapura e de Hong Kong, no meio da década de 1980, a China Comunista afrouxou a correia burocrática em Xangai para que a cidade pudesse alcançar sua antiga posição como um império financeiro de nível mundial, com uma vida social liberada e maravilhosa.

Em seus dias decadentes de Sodoma, antes da Segunda Guerra Mundial e a vitória de Mao, a cidade se autointitulava a Paris do Oriente, mas era uma filha bastarda, meio oriental, meio ocidental, uma mistura que dava à cidade uma personalidade provocante e própria. Agora, os soberanos comunistas da cidade moderna a vendiam como a Pérola do Oriente. Mas era chamada de Prostituta do Oriente pelos antigos frequentadores da China, os executivos e diplomatas que viveram na cidade quando o demônio amarelo, o ópio, era o rei, quando assassinato e sexo, gângsteres e garotas de programa esbarravam com militares e revolucionários nas casas noturnas.

No século XIX, os poderes ocidentais, liderados pela Inglaterra, invadiram a China e colocaram os governantes de joelhos para forçá-los a permitir que o ópio fosse vendido para o povo deles, criando dezenas de milhões de viciados. Mas, assim como a proverbial vingança oriental, um estrangulamento lento em vez de uma bala na cabeça, chegaria o dia em que a China exportaria o subproduto mais poderoso do ópio, a heroína, para milhões de viciados na Europa e nos Estados Unidos.

O ESTRANGEIRO teve de sair do táxi a algumas quadras de distância e abrir caminho entre a multidão de pessoas nas ruas. Pisando na sarjeta, ele caminhou por uma rua toda ao lado de um dragão vermelho comprido que deslizava pelo meio da rua, movendo sua cabeça de um lado para o outro e cuspindo fogo, o que fazia as crianças soltarem gritinhos.

Distraído por um mar infinito de pessoas animadas, fantasias fantásticas e monstros da mitologia chinesa, ele não percebeu que estava sendo seguido por um assassino.

O HOMEM PEQUENO e magro se movia como um fantasma atrás do estrangeiro. Seu nome verdadeiro havia muito tempo ficara esquecido por falta de uso e agora ele era conhecido pelo seu número, 186, e o nome que os colegas de gangue lhe deram: Cobra, um tributo à sua habilidade de se esgueirar atrás de uma vítima sem ser notado.

Se o estrangeiro que ele estava seguindo soubesse do Cobra, o chamaria de um gângster da "tríade". Mas a palavra "tríade", uma referência a uma organização criminosa chinesa como a Máfia, era uma palavra usada apenas pelos ocidentais quando se referiam à organização secreta, não pelos orientais.

As sociedades secretas sempre foram comuns na China. Com rituais, juramentos e castigos severos por violação de regras, as sociedades foram criadas para fortalecer diversos clubes para ajudar trabalhadores e executivos. Elas geralmente eram mantidas em segredo para evitar que governos opressivos as destruíssem. Mas muitas sociedades secretas encontraram seu *tao*, ou seja, seu caminho, no crime. Essas eram chamadas sociedades negras.

O nome tríade surgiu da obsessão que as sociedades negras tinham com coisas associadas ao número 3. Portanto, um triângulo representando a existência tripartida, céu, terra e homem, tornou-se seu símbolo, e coisas em trios passaram a ser usadas nas cerimônias. O número da gangue do Cobra era 186, que, como todos os números de gangue, era divisível por três. Talvez o fato de o número 9 ser considerado o número da sorte na China se enquadrasse bem nessa equação de três.

A gangue do Cobra era chamada Sociedade 24 Quilates. Era bem forte tanto em Xangai quanto em Hong Kong. Não era de se surpreender que os comunistas nunca tivessem conseguido acabar com as gangues, nem na China nem nos outros países comunistas.

Na colônia britânica Hong Kong, que deveria voltar a pertencer à China em 1997, a gangue já fora usada por agentes da inteligência, uma espécie de KGB, para fazer o trabalho sujo, ou seja, assassinatos. Em outros tempos, a gangue fora usada para sequestrar e trazer de volta dissidentes e cientistas que fugiram para território estrangeiro.

O Cobra não era um gângster internacional com um carro luxuoso, uma mansão e mulheres bonitas, mas também não era um simples "soldado" que lidava com drogas ou roubava informações de computadores. Sua especialidade era o assassinato silencioso e eficiente. Como seu nome dizia, ele se esgueirava atrás de suas vítimas e atacava sem aviso. Seu trabalho não lhe trazia nem prazer nem arrependimento, foi simplesmente o caminho que sua vida tomou.

Como Lily Soong, a garota de programa, seu próprio caminho foi traçado quando veio ao mundo como mais uma boca para ser alimentada em uma família que tinha uma dieta menos nutritiva e menos cuidados médicos do que a maioria dos gatos e cachorros nos Estados Unidos.

7

Quando estava a uns 150 metros da Casa do Portão Celestial, o estrangeiro abriu caminho pela multidão até conseguir chegar à porta da frente. O térreo do prédio de cinco andares era um bar de caraoquê. Ele entrou.

O bar era um caraoquê típico: um homem e uma mulher cantavam com um acompanhamento instrumental, pessoas bebiam e riam. Mas ali era Xangai, e nada era o que parecia ser. As mulheres davam a dica, seus olhos eram sábios demais por já terem visto coisas demais; elas eram mundanas demais para serem namoradas ou esposas; suas roupas cobriam muito pouco e custavam muito caro. Elas usavam vestidos tradicionais femininos, o *chi-pao*, uma túnica longa com uma fenda na lateral, mas, em vez de usar calças compridas por baixo, suas pernas nuas ficavam expostas pelas fendas que subiam até as coxas. Seus sapatos eram de salto agulha, que estavam sempre na moda.

"Bonecas de porcelana" era como os ocidentais viam as garotas dos bares, corpos pequenos em vestidos de cetim vermelhos ou amarelos, se equilibrando em saltos altos. As garotas pareciam tão frágeis quanto as bonecas, mas faziam os homens tremerem quando faziam sexo.

O caraoquê era uma versão moderna dos clubes e "casas de chá" onde dançarinas e prostitutas tomavam bebida falsa: chá gelado bem escuro, vendido para os clientes como uísque muito caro, e ofereciam mais do que uma conversa inocente para os marinheiros e executivos.

Havia outros bares e salões, lugares onde qualquer perversão ou apetite podia ser satisfeito, mas seu destino era um quarto particular no quinto andar, onde Lily Soong estava esperando.

Lily Soong atendeu a uma discreta batida na porta. Abriu-a para o Cobra.

Ele fitou-a com um olhar questionador.

— Ele está lá embaixo no bar — disse ela. — Eles vão me avisar quando ele sair.

Cobra entrou, fechando a porta.

— Alguém o viu subindo?

Ele balançou a cabeça.

— Você acha que eu deixaria o Portão Celestial me ver?

— Não se pretende continuar vivo.

— Se eu morrer na guerra, muitos irão comigo.

A "guerra" que Cobra mencionara era uma briga por território. As gangues tríades operavam abertamente em Hong Kong e existiam desde sempre em Xangai, mas eram mais discretas na cidade por causa do rígido controle comunista nas últimas décadas. Enquanto Xangai se encaminhava para o mercado livre e afrouxamento do controle, a famosa sociedade criminosa 24 Quilates, de Hong Kong, tentava entrar na cidade, iniciando um conflito com a antiga tríade de Xangai: os Protetores do Portão Celestial.

— Quero meu dinheiro — disse Lily Soong.

— Quando o trabalho estiver terminado.

Ela estendeu a mão.

— Quero agora.

Ele hesitou mas puxou um rolo de notas e entregou a ela.

— Tenha paciência; talvez você ganhe ainda mais.

Ela sorriu timidamente para ele.

— Como posso saber que o estrangeiro não vai me matar?

Cobra riu e zombou.

— O Mestre da Montanha sabe quem enviar. Sou o melhor.

O Mestre da Montanha era o chefe de uma organização tríade, uma posição parecida com a de um "dom" que comandava uma família mafiosa. O título vinha dos tempos em que as sociedades criminosas realizavam suas reuniões secretas no alto de colinas.

— Você pretende dizer ao estrangeiro por que ele vai ser assassinado?

Ele soltou um riso abafado.

— Talvez eu diga ao seu fantasma que ele fez negócio com as pessoas erradas.

Ela vestia uma camisola fina. Sua silhueta nua ficava visível por baixo da seda.

— É você que tem a águia careca — disse ele. — Quando o trabalho estiver terminado, você vai me deixar vê-la?

— Talvez. Você tem dinheiro?

— Muito.

— Por que não agora? Eles me avisarão quando ele subir.

Ela foi até um sofá perto das janelas cobertas por cortinas pesadas. Fechou-as. Sentou-se no braço do sofá e levantou a camisola até os joelhos.

— Venha até aqui. — E apontou para o chão à sua frente.

Ele ajoelhou-se no chão. Ela levantou a camisola devagar. Com os olhos arregalados e boquiaberto, ele observou-a mostrar suas coxas nuas. Ela deixou que ele admirasse por um momento antes de levantar ainda mais a camisola até que ele pudesse ver o V entre suas pernas. Ele fitou-a, imóvel, enquanto ela levantava a camisola e afastava as pernas.

Ele ficou sem ar. Já vira púbis nuas antes, mas apenas em meninas pré-adolescentes. Em adultas, aquela nudez não era natural, mas hipnotizadora e erótica. Ela era uma lenda, não uma das prostitutas da rua que ele costumava pagar para fingirem orgasmos e admiração por sua masculinidade.

O cheiro de jasmim de Lily enchia suas narinas e atrapalhava seus pensamentos.

Ela colocou as mãos atrás da cabeça dele e a trouxe para a frente, levantando as pernas e afastando-as ainda mais. Puxou a cabeça dele com força.

Ele abriu os lábios, colocando a língua para fora e deslizando-a pelos lábios rosados da vulva de Lily.

A cortina atrás deles se abriu, um homem saiu e, usando as duas mãos, afundou uma longa faca na base do pescoço do Cobra, atingindo sua medula espinhal.

O assassino da tríade caiu e rolou por um momento, tentando respirar. Seus olhos rodaram e ele se contorceu como se estivesse tendo uma convulsão.

O estrangeiro fitou Lily Soong, com a faca ensanguentada nas mãos.

Suas mãos tremiam. Não estava acostumado a matar.

COLÔMBIA

ALERTA DE VIAGEM
Departamento de Estado dos Estados Unidos da América

Este alerta está sendo emitido para lembrar aos cidadãos americanos das questões de segurança existentes na Colômbia; aconselhar a não viajar para este país e destacar uma ameaça contínua.

A violência de grupos narcoterroristas e outros elementos continua a afetar todas as partes do país.

Americanos vítimas de sequestro e assassinato incluem jornalistas, missionários, cientistas, ativistas de direitos humanos, executivos, assim como turistas ou pessoas que visitaram suas famílias.

Ninguém deve se considerar imune.

Como é política dos Estados Unidos não fazer concessões nem negociar com terroristas e criminosos, a capacidade do governo dos Estados Unidos de ajudar cidadãos americanos sequestrados é extremamente limitada.

8

Saí do avião em São Francisco e olhei para os monitores à procura do primeiro voo previsto para qualquer lugar ao sul da fronteira. Era um voo fretado para Cancún, a cidade turística na costa caribenha do México.

Um grande mapa na parede me mostrou que Cancún ficava a um pulo da Colômbia, com a América Central e um pouco de água entre elas. O melhor do voo para Cancún era que decolaria logo, e o destino era fora do país e na mesma direção da Colômbia.

Os passageiros já estavam embarcando quando corri até o balcão para comprar uma passagem.

— O Sr. Sully, aquele cavalheiro de paletó azul, é o gerente do voo fretado — disse o recepcionista. — Precisa da permissão dele para comprar uma passagem se não tem reserva.

O Sr. Sully era um homem de meia-idade que usava calça cinza e mocassim branco de franjas para combinar com o paletó azul. Perguntei-me se ele era advogado.

Apresentei-me e perguntei se podia comprar uma passagem para o voo.

— Outro amigo de última hora? — perguntou ele.

Eu não sabia de quem poderia ser amiga, mas tentei me justificar:

— Desculpe, foi uma decisão de última hora.

— Tudo bem, mas terá de seguir as regras da nossa sociedade, ou aplicaremos sanções.

Murmurei que concordava e corri para comprar a passagem. Não sabia quais eram as regras, provavelmente alguma coisa religiosa, mas, naquele momento, eu seria capaz de fazer um pacto com o diabo para entrar naquele avião.

Quando entreguei meu cartão de embarque no portão, vi um símbolo para o voo: *Sociedade do Mimetismo*, a Unidade entre Nós e a Natureza.

Achei que já tinha ouvido falar do grupo antes. Uma organização para pessoas inteligentes, pelo que me lembrava. Um amigo da faculdade entrara para o grupo.

O avião era médio, com três poltronas de um lado e duas do lado em que eu estava. Minha poltrona ficava na janela ao lado de um homem de uns 30 e poucos anos. Atraente, com pele escura e cabelo curto revelando sua ascendência afro-americana, ele parecia mais atlético e aventureiro do que cerebral. Ele sorriu e levantou-se para me deixar passar para a minha poltrona.

Suspirei aliviada e fechei os olhos assim que nos afastamos do portão. *Adios, polícia de Seattle! México, aqui vou eu!*

— Fiquei sabendo que não poderemos começar até que o avião esteja estável e que o sinal de apertar os cintos de segurança se apague — disse meu companheiro. — Esta é a minha primeira vez. Você já foi a muitos eventos?

— Ah, não, primeira vez também.

— Parece que temos de ser discretos em Cancún; os mexicanos não são tão liberais a respeito dessas coisas como o restante do Caribe.

— Hmmm.

Uma resposta oca foi o melhor que consegui murmurar. Não podia imaginar o que os mexicanos poderiam ter contra um grupo de visitantes gênios. Cancún podia ser vista como uma Meca para férias, tolerava qualquer coisa. E os passageiros daquele avião, um grupo com membros entre 30 e 50 anos com aparência um tanto conservadora, estaria no topo da lista de turistas que a cidade adoraria atrair.

Correndo de um avião para outro, eu não tinha tido a chance de ir ao banheiro antes de embarcar. Assim que o avião se estabilizou, levantei-me e fui para a parte de trás. Sorri para um comissário de bordo louro e bonito que me deu licença para passar. Ele tinha covinhas que o faziam parecer ainda mais jovem do que os 20 e poucos anos que devia ter. Na mesma hora, me perguntei se ele era gay. Ou casado. Ou ambos.

Resolvi meus problemas no banheiro. Vi o sinal do cinto de segurança se apagar enquanto estava lavando as mãos e o rosto. Fiquei imaginando o que o homem sentado ao meu lado quis dizer quando falou que não poderiam começar até que o sinal do cinto de segurança se apagasse. Esperava que eles não começassem nenhum tipo de jogo intelectual em que precisava ser um gênio para poder participar. Para mim, já era bem difícil parecer inteligente sem precisar agir como tal.

Saí do minúsculo banheiro e quase caí nos braços de um homem nu. Involuntariamente, meus olhos na mesma hora foram atraídos para sua genitália.

Tive compostura suficiente para congelar no lugar e não gritar, mas fiquei de boca aberta.

— Com licença.

Ele passou por mim para entrar no banheiro.

Meus pés estavam plantados no chão quando virei a cabeça e olhei para o corredor.

As pessoas estavam tirando as roupas, ou já tinham tirado. Estavam no corredor ou ajoelhados em seus assentos, tirando blusas e calças. Tudo. Homens e mulheres. Jovens e velhos. Gordos e magros. Brancos, negros, amarelos, mulatos e todas as tonalidades intermediárias.

No mundo havia muitos tipos, e todos eles estavam naquele avião, nus em pelo.

Pensei em fugir para outro banheiro, mas suspeitariam de mim se passasse as próximas horas lá.

Respirando fundo, levantando a cabeça e olhando para a frente, o quanto consegui, forcei um pé na frente do outro e atravessei o corredor. Era impossível não roçar em pessoas nuas, alguns animados, outros mais controlados, enquanto eu passava. Automaticamente, eu murmurava desculpas.

Minha poltrona ficava no meio do avião, e foi a maior caminhada que eu já fizera.

O pânico estava tomando conta de mim. Tinha de me decidir. O que eu faria? Aquelas pessoas eram todas nudistas taradas; eu não sabia ainda exatamente o que eram, mas não queria participar de nenhum jogo que eles tivessem a intenção de começar. Estávamos a 11 mil metros de altura. Sair pela porta mais próxima não era uma opção, nem ignorar o fato de que eu seria a única pessoa vestida naquele avião.

O que o gerente do voo dissera no aeroporto? Alguma coisa a respeito de *sanções* se eu não seguisse as regras da sociedade; não sabia o que ele quisera dizer com isso, mas a última coisa de que precisava era chamar a atenção. E desta vez eu não poderia me esconder atrás da minha esperteza nem das minhas roupas.

Parei ao lado do meu vizinho de poltrona. Ele estava nu, mas lendo uma revista que cobria seu colo.

— Você não prefere se despir antes de se sentar? — perguntou ele.

Não na frente de duzentas pessoas.

— Prefiro fazer isso sentada. Pode haver uma turbulência.

Ele se levantou, me deixando passar. Tentei olhar para a frente, mas meus olhos involuntariamente olharam para baixo enquanto me sentava.

Sua masculinidade era exemplar. Graças a Deus ele não estava excitado. Eu teria ficado roxa de vergonha.

Coloquei o cinto de segurança.

— Você deve ter mesmo muito medo de turbulência — disse ele.

Lancei-lhe um olhar vazio.

— Nunca vi ninguém tirar a roupa usando cinto de segurança.

Merda. Estava chamando atenção.

— Ah, eu estou meio distraída, estou com enxaqueca.

Devagar, desabotoei a minha blusa e a tirei. Dobrei-a e coloquei no meu colo. Depois, tinha um agasalho de algodão. Que também tirei. Dobrei e coloquei na pilha que estava fazendo no meu colo. Olhei pelo canto do olho para ele. Agora meu sutiã cor-de-rosa estava à mostra, mas sua atenção ainda estava voltada para a revista.

Era hora de tirar as calças. Estava usando calça jeans, daquele tipo pelo qual pagamos caro em uma butique quando poderíamos comprar por muito menos em uma ponta de estoque. Tirei os sapatos e, lentamente, fiz o mesmo com as calças. Acrescentei a calça à pilha no meu colo.

De calcinha e sutiã cor-de-rosa, olhei para ele pelo canto do olho. Ele não estava mais lendo, mas não parecia nem um pouco interessado no fato de que havia uma mulher atraente, eu, quase nua ao seu lado.

Levantei o olhar quando o comissário de bordo bonito passou. Ele sorriu para mim.

— É melhor se apressar. O Sr. Sully quer todo mundo pronto quando começarmos nossos exercícios de respiração e alongamento.

Que ótimo, respiração e alongamento. Respiração eu conhecia, mas o que ele queria dizer com alongamento? Esperava que não precisássemos ficar no corredor alongando os músculos do bumbum.

Estava na hora de libertar o fantasma. Soltando um pequeno gemido de vergonha, ou, mais exatamente, falta de autoconfiança de que meu corpo nu seria considerado bonito em comparação ao de outras mulheres infladas em mais partes do que eu poderia me dar ao luxo de aumentar cirurgicamente, tirei o sutiã.

Lancei um olhar de relance para o homem atraente que estava ao meu lado. Nem sequer um olhar, nem mesmo sorrateiro, do bonitão.

Mas que inferno! Como esse homem podia ficar sentado ali lendo uma revista quando eu estava nua?

Peitos nus e partes masculinas soltas andavam para cima e para baixo no corredor enquanto as pessoas conversavam como se estivessem em uma festa ou em um churrasco depois da missa. Mas eu ainda estava horrorizada com a ideia de ficar completamente nua. Não que eu fosse puritana; apenas tinha vergonha... ficava constrangida... não estava satisfeita com meu corpo. Todas aquelas coisas que qualquer mulher que não passa o dia em uma academia e não segue uma dieta rigorosa sentiria. E eu me sentiria da mesma forma mesmo se tivesse o corpo de uma modelo.

Mas não podia fazer nada; chorar não ajudaria. Tinha de ir em frente ou chamaria atenção e receberia sanções.

Além disso, quem está na chuva...

Tirei a calcinha.

O senhor bonitão levantou o olhar da revista.

— Quer que coloque essas coisas no compartimento de bagagem aqui em cima? — perguntou ele, se referindo à pilha de roupas atrás da qual eu estava me escondendo.

Nossa! Que força de vontade — ou falta de interesse? Ele olhou nos meus olhos, sem desviar para checar meus seios ou minha região pubiana.

Toda vez que eu olhava para ele, perdia o controle dos meus olhos, que involuntariamente desciam até suas partes íntimas, mas ele não desviou o olhar.

Eu escutara falar que pessoas que frequentam colônias de nudismo não ficam andando por lá excitadas — quer dizer, os homens. Isso fazia sentido. Seria terrivelmente constrangedor se um homem ficasse excitado ao conversar com a esposa de outro homem.

Talvez para aquele homem ao meu lado, estar ao lado de uma mulher nua fosse como contar dinheiro no banco. Depois de um tempo, os milhões de dólares que os bancários contam acabam se transformando apenas em papel verde, não? Se eles vissem como *dinheiro*, como um carro novo, uma casa maior, um cruzeiro pelo Caribe... a maior parte dos assaltos a bancos seria trabalho interno.

Isso ajudava a acalmar meu frágil ego. Na verdade, eu estava gostando da liberdade de não estar com roupas, tomando uma taça de vinho e conversando com meu vizinho de poltrona, cujos olhos nunca desviavam para meus seios, quando uma pergunta surgiu na minha cabeça. O nome dele era Will, um executivo de uma empresa de informática em Phoenix.

— Eu esqueci... como se chama aquela organização de pessoas que se acham inteligentes?

— Mensa?

Era isso; eu errara na forma como se escrevia. Pelo menos a ansiedade acabara, agora eu sabia que as pessoas que estavam naquele avião praticavam apenas nudismo inocente. Nenhum sexo em grupo estava acontecendo no corredor. As pessoas estavam com taças de vinho ou copos de cerveja nas mãos, conversando sobre a última praia de nudismo em que estiveram.

Recostei-me e fechei os olhos. Estava relaxada por causa do vinho e pelo fato de estar a mais de 1.500 quilômetros da jurisdição dos Estados Unidos quando meus olhos de repente se abriram e percebi que o órgão masculino de Will estava vivo.

Estava levantando... levantando. Inchando. Subindo como um zepelim. Pulsando... ansioso, ávido, desejoso.

Ah, meu Deus. Ele finalmente me notara.

Satisfeita comigo mesma, um pouco tonta por causa do vinho e da minha fuga da polícia, comecei a me aproximar dele para que soubesse que eu estava interessada, quando percebi que ele estava olhando para o fim do corredor.

O comissário de bordo bonitinho deixara cair alguma coisa. Estava abaixado com o bumbum virado para nós.

Ele também tinha covinhas no traseiro.

9

Estava sonolenta e cansada, provavelmente porque dormira pouco na noite anterior e depois pegara um avião para sair de Seattle bem cedo naquela manhã.

Ou talvez por ter tomado vinho com o estômago quase vazio. Normalmente, eu não ligava para vinho tinto. Todo mundo dizia que fazia bem para a saúde, mas sempre que eu tomava, ficava com dor de cabeça. Também achava muito pesado para mim. Preferia vinho branco seco, um pinot grigio ou sauvignon blanc, mesmo quando a comida pedia um tinto.

Por alguma razão, naquele dia senti vontade de tomar vinho tinto. Muitas pessoas no avião estavam tomando, e Will já estava na segunda taça. Eu não era uma especialista em vinho. Depois de trabalhar no setor, sabia muito sobre o assunto, mas bebia o que gostava e não o que algum *sommelier* dizia que devia beber. E às vezes me sentia culpada por comprar uma marca só porque gostava do rótulo. Mas assistir Will curtir seu vinho despertou em mim um desejo de tomar uma taça. Talvez fosse alguma coisa sexual. Quando olhava para a cor vermelha escura, me lembrava de paixão... amor... romance...

Eu mal conseguia manter os olhos abertos.
Olhei para Will.
— Vou tirar um cochilo. Não me acorde para a comida.
Como qualquer pessoa de bom gosto, eu não ligava para comida de avião. Sempre recusava quando viajava pois, geralmente, era horrível. De vez em quando, comia um omelete, e às vezes até isso era intolerável. Eu costumava comer alguma coisa antes do voo. Mas naquela manhã mal tive tempo de jogar algumas barras de cereais na minha bolsa.

O comissário de bordo passou de novo, e o olhar lascivo de Will mais uma vez encarou as covinhas do bumbum do rapaz. Will nem se dignou a olhar para mim quando disse:
— Certo.
— Você poderia pegar um travesseiro para mim no compartimento de bagagem? — perguntei, quebrando sua concentração.
— E um cobertor — acrescentei. — Estou com um pouco de frio.
— Claro.
Apesar de eu já estar me acostumando com o fato de estar sentada ao lado de Will enquanto ambos estávamos nus, ainda não me sentia confortável em mostrar meu corpo para estranhos. Tirar a roupa para um homem era uma coisa, mas andar por aí para o mundo inteiro ver era outra coisa. Além disso, eu ficava pensando em quantos germes estavam ocultos no assento do avião. Quando ele se levantou e me encarou, o pênis dele levantou.

As ereções dele destruíram a minha teoria sobre os nudistas nunca ficarem excitados. Desta vez, eu mal olhei. Como contar dinheiro no banco, quando um homem me mostra que sou do sexo errado, perco o interesse.

Antes de ele se sentar, pedi outro cobertor para que eu pudesse sentar.

Depois de me enrolar, a última coisa da qual me lembro antes de ter adormecido foi ver Will conversando com o comissário de bordo e o seguindo pelo corredor com uma taça de vinho tinto.

10

Caí em um sono profundo. Uma imagem de filas e filas de videiras folhosas com cachos de uvas vermelhas girava em minha cabeça sonolenta...

Eu caminhava na tarde quente e ensolarada entre as intermináveis videiras, sem saber ao certo onde estava. Bem longe, em cima de uma colina, havia uma casa branca com telhado vermelho.

Peguei um cacho que uvas vermelhas, saboreando sua doçura ao morder a fruta madura.

O sol estava agradável enquanto eu caminhava em direção a um lugar bem distante. A celebração anual da colheita já começara. Eu escutava pessoas cantando, músicas, risos. No meio da festa, havia um grande barril, bem alto, que parecia um barril de madeira gigante. Três mulheres estavam ali dentro, rindo e cantando enquanto pisavam nas uvas, com roupas e rostos respingados de suco.

De repente, quis mergulhar nos sucos vermelhos e roxos e absorver seu sabor e aroma intensos. Queria amassar as uvas com os pés.

Ansiosa, juntei-me às três mulheres no enorme barril enquanto elas amassavam as suculentas uvas com seus pés. De repente, em vez de estarem com roupas manchadas, elas estavam nuas, os corpos cobertos de suco e casca de uvas. Sem nenhuma vergonha, tirei a minha própria roupa.

As pessoas à nossa volta cantavam e batiam palmas enquanto dançávamos sobre as uvas, amassando-as com os nossos pés.

Amassei e amassei, tentando me equilibrar no denso volume das frutas. Senti uvas amassadas nas minhas costas. Virei-me. Uma das mulheres estava com a mão cheia de uvas amassadas. Tinha um olhar maroto, pronta para jogar mais. O corpo dela era bonito e flexível, os seios redondos, cheios e firmes, as mãos no quadril, que se mexia de forma sugestiva para a frente e para trás.

Enchi a mão com as uvas amassadas e joguei nos seios dela, quase fazendo-a perder o equilíbrio. Ela prontamente revidou com mais força, me fazendo cair para trás, ficando coberta até o peito pela fruta amassada.

Na mesma hora, ela se jogou em cima de mim e nós lutamos, nossos corpos inteiros, dos pés à cabeça, cobertos pelo suco de uva.

Finalmente nos soltamos, exaustas, recostadas nas laterais do barril, com a boca cheia de uva. Ambas caímos na gargalhada.

Foi apenas quando paramos de rir que notei que estávamos sozinhas. Todos os outros tinham desaparecido.

Estávamos sentadas uma ao lado da outra, ainda tentando recuperar o fôlego. O riso agora substituído por desejo quando os olhos dela fitaram meus mamilos, rijos de excitação. Os dedos dela os contornaram, descendo pela minha barriga e entrando pelas minhas coxas, onde parou. Eu estava começando a sentir um formigamento na parte de baixo do meu abdome. Não queria que ela parasse... queria que continuasse... queria que ela me penetrasse mais fundo com o dedo...

Senti uma mão em meu ombro.

— Não pare — disse eu.
— Não parar o quê? Acorde.
— Não... — Abri os olhos.
Era Will.
— Desculpe acordá-la.
— Não, tudo bem.
— Vamos aterrissar em alguns minutos.
— O quê? Você está dizendo que dormi esse tempo todo?
— Dormiu. Achei melhor acordá-la antes de darem o último aviso. Para poder se vestir. Não pode sair do avião nua.
— Obrigada. Acho que realmente apaguei.

Foi só naquele momento que percebi que ele já estava vestido, assim como a maioria dos passageiros. Alguns estavam esperando até o último minuto. De repente, senti-me muito nua, embora estivesse coberta pelo cobertor.

— Você deve ter tido um sonho muito bom.

Uma onda de constrangimento tomou conta de mim. Percebi que minha mão estava entre as pernas. Corei. Será que havia tido um orgasmo? Perguntei-me por quanto tempo Will estivera sentado ali. Será que ele ficara me observando?

— Será? Por que você diz isso?
— Você está suando. E ficava repetindo "não pare, não pare". Talvez eu não devesse tê-la acordado.
— É... quer dizer, não, não aconteceu nada — menti. — Bem, é melhor eu me vestir. Obrigada por me acordar.
— De nada. Vou à cozinha pegar um copo d'água. Quer tomar alguma coisa?
— Não, obrigada. Continuei enrolada no cobertor enquanto fui em direção aos banheiros nos fundos do avião. Entrei em um e tranquei a porta. Tomei um banho rápido com papel-toalha e

me vesti. Uma banheira com água quente teria sido melhor, mas tinha de me contentar com aquilo.

Will ainda não voltara quando retornei à poltrona. Não tinha dúvidas de que ele não fora apenas pegar água na cozinha, mas qualquer outra coisa que o comissário de bordo estivesse servindo.

11

O voo seguinte na direção da Colômbia saindo de Cancún era para a Cidade do Panamá. Peguei.

Assim que cheguei ao aeroporto na Cidade do Panamá, embarquei em um avião para Bogotá, capital da Colômbia. Um voo direto para Medellín sairia da Cidade do Panamá três horas depois, mas decidi não esperar. Era no Panamá que ficava o tão importante canal e havia uma forte influência americana no pequeno país. Uns três anos antes, tropas dos Estados Unidos invadiram o país, prenderam o ditador Manuel Noriega e o levaram para Miami para um julgamento sob a acusação de tráfico de drogas.

Eu não achava que o meu problema em Seattle valeria uma invasão, mas o cenário me mostrava uma influência americana maior do que eu gostaria no momento.

Além disso, com a terrível reputação de Medellín como centro de drogas e violência, uma parada em Bogotá para me orientar no país parecia uma boa ideia.

Como eu só tinha uma mala de mão, estava livre do aborrecimento de precisar despachar bagagem. Comprei minha passagem e embarquei quase imediatamente, certa de que poderia entrar para o *Livro dos Recordes* por passar menos tempo em aeroportos entre voos internacionais.

Antes de embarcar, só tive tempo para comprar um guia de viagem da América do Sul na livraria do aeroporto. Assim que me acomodei na poltrona, comecei a ler o guia, deixando-o de lado para recostar-me e fechar os olhos quando o avião começou a decolar. A sensação do avião acelerando e subindo sempre me entusiasmava. Esse momento e quando o avião aterrissava eram os melhores momentos do voo; eu já lera que também eram os únicos momentos em que os passageiros poderiam sobreviver se houvesse um acidente.

Pensei nas inúmeras vezes em que eu e minha mãe partimos para um lugar diferente, em como ficávamos animadas pela perspectiva de conhecer um novo território. Minha mãe sempre fazia com que parecesse uma aventura divertida. Agora eu estava partindo em uma nova aventura, fugindo para um país completamente diferente. Só que dessa vez eu estava um pouco apreensiva sobre o que esperar quando chegasse. Eu sempre lembrava que a parte da "aventura" só vinha depois, quando contávamos a história; aventuras costumam ser puro sofrimento enquanto estão acontecendo.

De repente desejei que minha mãe estivesse aqui comigo. Ela conseguiria fazer a fuga da polícia e uma acusação de homicídio parecerem divertidas. Às vezes, eu realmente sentia saudades dela, e aquele era um desses momentos. Ela sempre estivera ao meu lado quando precisei de um ombro para chorar, me dando bons conselhos, mas escondendo sua sabedoria por trás de um pouco de humor para não parecer um sermão.

Olhei pela janela com a imagem dela em mente, tentando imaginar o que ela me diria se estivesse ali, mas não consegui me concentrar.

Voltei para o guia e comecei a ler sobre a Colômbia. Não lera muito ainda quando um homem muito bonito se aproximou e apontou para a poltrona do corredor que estava vazia ao meu lado.

— *Buenos días* — disse ele com um grande sorriso. Ele parecia latino, o tipo de sul-americano que aparecia nos filmes da década de 1930 e que usava terno de linho branco quando não estava vestindo suas roupas de vaqueiro. Os dentes dele eram surpreendentemente brancos. — Esta poltrona está vazia?

Várias outras poltronas estavam vazias, por que ele escolhera a que ficava ao meu lado? Eu não me considerava uma mulher linda, nem mesmo bonita. Já tinham me dito que meu bem mais precioso era o sorriso, que era contagiante. Minha mãe sempre dizia que eu tinha uma personalidade que atraía as pessoas, mas eu sabia que não era nenhuma estrela quando se tratava de homens, estava mais para alguém com quem conversar durante o intervalo do show.

— Está sim.

Com certeza estava para ele. Não é todo dia que um homem bonito se senta ao seu lado.

— Então, se me permite...

— Claro. — Tirei minha mala de mão da poltrona.

O inglês dele tinha um leve sotaque intrigante. Ele era alto e magro, tinha cabelo castanho-claro e bronzeado um pouco mais escuro que o meu. Cílios longos e olhos verde-esmeralda, ele era sensual e parecia muito rico, definitivamente dinheiro de família, daquele tipo que sabe como gastar mas nunca suja as mãos para ganhar. Ele tinha um ar autoconfiante que era muito mais atraente do que o daqueles tipos de macho que adoram cerveja.

O que foi mesmo que uma mulher desconhecida, mas muito perceptiva, disse? Café, chocolate e homens são melhores quando são ricos.

Depois que ele se acomodou, disse:

— Espero que não se incomode em ter companhia. A pessoa que estava ao meu lado na primeira classe está resfriada.

— Não, entendo perfeitamente. Em aviões o ar que circula é viciado. Às vezes acho que deveríamos usar máscaras cirúrgicas.

— Ótima ideia. Já vi pessoas usando essas máscaras no Japão, para não espalhar nem pegar gripe. Ramon Alavar — disse ele, estendendo a mão.

— Nash Novak.

A mão dele estava gelada, e não tão firme quanto eu esperava, mas macia. Certamente, as únicas coisas nas quais ele já colocara as mãos eram mulher e dinheiro. Senti um leve arrepio de excitação ao soltar a mão dele. Ramon era um homem que irradiava sexo. Se ele estivesse no voo do nudismo, eu teria arrancado as minhas roupas com prazer.

— Tem certeza de que não estou atrapalhando? Tenho de confessar, escolhi você por ser a mulher mais atraente do avião.

Ai, meu Deus.

— E havia um lugar vazio — murmurei, sem saber receber o elogio.

Ele sorriu.

— Isso ajudou também.

Meu rosto de repente ficou quente. Será que havia corado ou ficara mais quente dentro do avião?

Os olhos verdes brilhantes me avaliaram.

— Você tem um sorriso muito bonito.

Murmurei um obrigada e comecei a folhear meu guia de viagem. Nossa, aquele homem exalava atração sexual por todos os poros, de uma forma que eu não estava acostumada. Não era comum eu ficar perturbada e começar a murmurar como uma idiota quando um homem se interessava por mim.

Meu guia de viagem dizia que cerca de sessenta por cento da população da Colômbia era mestiça, uma mistura criada por casamentos inter-racias entre europeus, principalmente espanhóis, e índios. O restante eram europeus puros ou índios puros. A incrível aparência de Ramon me parecia a melhor coisa que a Colômbia tinha a oferecer.

A comissária de bordo se aproximou e sorriu para meu vizinho de poltrona.

— *Señor*, estava no meu voo de Bogotá. Já está voltando? Não deve nem ter conseguido sair do aeroporto.

— Uma emergência de negócios.

Depois que a comissária se afastou Ramon virou-se para mim.

— Percebi que está lendo sobre o meu lindo país. Sem dúvida, o guia fala muitas coisas negativas sobre ele. Deixe-me dar-lhe um conselho: não acredite em nada que lê. Os norte-americanos não entendem a cultura da América Latina e esperam que tudo esteja em ordem, a tempo e que seja preciso; mas tanta precisão tira o mistério e a magia da vida, não acha?

Limpei a garganta e li um resumo no guia de viagem. O livro não atacava o país. Só repetia fatos e informações que vinham das estatísticas do Departamento de Estado dos Estados Unidos.

— "A maior causa de morte na Colômbia não é infarto nem câncer, e sim homicídios. A guerra entre o governo, os cartéis de cocaína e os grupos de rebeldes extremistas políticos é aberta. Nos últimos anos, quatro candidatos a presidente, várias dezenas de juízes, o ministro da Justiça e centenas de policiais, junto com cerca de duas dúzias de jornalistas, foram assassinados. Em um incidente, explodiram um avião com mais de cem passageiros por acreditarem que um candidato à presidência estava a bordo."

Ele deu de ombros e levantou as sobrancelhas.

— *Plata o plomo.*

Eu sabia o que as palavras significavam, prata ou chumbo, mas não compreendi a referência a elas.

— Não entendi.

— Dom Pablo Escobar e seus *compañeros* do cartel de Medellín fizeram uma oferta ao governo: não tentar extraditá-los para os Estados Unidos e darem a eles anistia pelos seus crimes, e eles derramariam dinheiro na economia colombiana, um dinheiro que é muito necessário. O governo recusou a oferta. Agora Escobar oferece prata ou chumbo aos políticos, juízes e policiais, aceitar as propinas dele ou chumbo quente de seus *sicarios*.

— Sicários?

— Pistoleiros. Uma expressão bíblica. Os assassinos políticos da Terra Sagrada durante a era romana eram chamados *sicarii*. É o sobrenome que a história dá a Judas. Corre um boato de que Escobar tem uma escola para seus *sicarii*, que eles aprendem a matar, a não serem pegos e o que fazer se forem. Como o Velho Homem das Montanhas.

— Velho Homem das Montanhas?

— A palavra assassino vem de um nome árabe para haxixe. O Velho Homem das Montanhas foi o nome dado ao líder de uma seita islâmica terrorista que existiu centenas de anos atrás. Eles se drogavam antes de saírem para cometer um assassinato. Prometiam a eles um harém no paraíso com vinte lindas mulheres se eles fossem mortos.

Ele se aproximou e disse baixinho:

— Um candidato à presidência de quem Dom Pablo não gostava deveria estar naquele avião que explodiu. Dom Pablo mandou um dos seus subalternos embarcar naquele avião, carregando uma pasta com uma escuta. Você imagina o que tinha na pasta?

— Deixe-me adivinhar... uma bomba?

— Exatamente, para surpresa dos homens dele. E, claro, o candidato tinha cancelado a viagem, então todos os passageiros inocentes morreram em vão.

Abri um sorriso.

— Que bom que a Colômbia moderna se enquadra tão bem na violência antiga e na atual. Parece um país maravilhoso. Mal posso esperar para sair do avião e ser assassinada.

Ele deu uma gargalhada genuína.

— Você tem de entender que as pessoas que estão sendo assassinadas são aqueles que estão envolvidas com o tráfico de drogas ou se opõem a ele. Pessoas comuns não são assassinadas, a não ser que estejam no lugar errado, na hora errada.

— É reconfortante saber disso, a não ser que eu esteja no fogo cruzado.

— Não se preocupe; os caubóis da cocaína e o revolucionários não são diferentes dos outros homens da Colômbia: não atiramos em mulheres bonitas; nós as adoramos e as cobrimos de joias.

Ele me acha bonita? Ou era apenas uma cantada?

Quem se importava? Foi bom escutar.

Ele teve a decência de dar um tapinha no meu braço, não no meu joelho como muitos homens fariam.

— Não se preocupe; os criminosos não vão estragar a sua visita. Você está indo para a Colômbia a negócios?

Eu ia dizer sim, mas me segurei. Não sabia nada sobre negócios na Colômbia. Decidi contar a ele uma versão da verdade.

— Vou visitar meu tio. Ele tem uma fazenda de café.

— Excelente. Café é o coração do meu país. Onde fica a fazenda do seu tio?

Não queria dar a localização para ele. De qualquer forma, nem eu mesma sabia onde ficava. Eu sabia que o escritório do advogado era em Medellín. E não queria mencionar a cidade, pois era meu destino final.

— Bogotá. — O nome da capital foi o único que surgiu na minha cabeça.

Ele levantou as sobrancelhas.

— Que interessante. A capital não é uma região de plantações. Sua altitude não permite o cultivo de café.

Merda. Agora ele sabe que estou mentindo.

— Qual é o nome do seu tio?

— Juan Valdez — escapou dos meus lábios. Foi o primeiro nome que passou pela minha cabeça.

— Um nome muito comum. — Ele sorriu. — Suponho que algo parecido com John Smith para vocês. Achei que talvez eu pudesse conhecê-lo, o nome é familiar, mas não me lembro de nenhum Juan Valdez cultivando café na capital.

Dei um sorriso falso.

— Isso seria bem improvável, não acha? Quero dizer, o país não é pequeno. Tem mais de 30 milhões de habitantes, não é?

— Verdade, mas de certa forma, estou no mesmo ramo que seu tio.

— Você tem uma fazenda de café?

Será que eu estava cavando minha própria cova? Não fazia ideia de quantas plantações de café havia no país. Talvez só houvesse poucas e todos se conhecessem.

— Não, mas sou muito ligado ao ramo. Sou do Departamento de Agricultura. Tenho a honra de ser o vice-diretor. Minha divisão lida diretamente com a indústria do café.

Droga, droga, droga. Sorri corajosamente.

— Que interessante.

— É claro que você sabe que a maioria das fazendas de café é muito pequena, e existem mais de cem mil. Se o seu tio fosse dono de uma fazenda grande, eu provavelmente o conheceria.

— Não, ele tem uma fazenda pequena. Acredito que se dedique apenas em meio expediente.

— Ah, existem muitos assim. Alguns *cafeteros* dirigem suas fazendas de café de forma similar aos produtores de vinho de Napa Valley, no seu país, e na Europa. Eles passam anos desenvolvendo sua própria classe *premium* de cafeeiros. Você sabe como é a produção de café?

— Infelizmente a minha única experiência relacionada ao café é tomá-lo.

Não ousei contar que tinha uma cafeteria e que já trabalhara em uma vinícola em Napa Valley. Tudo o que eu dizia parecia se voltar contra mim.

— Então tem um banquete à sua espera. Café é mais do que algo que se coloca na cafeteira. É claro que você deve saber que a Colômbia produz o melhor café do mundo. O Brasil produz a maior quantidade de café, mas nós somos os maiores produtores do café arábica, o único que vale a pena ser degustado, o que tenho certeza que seu tio lhe ensinará.

Eu sabia que havia duas classes de grãos de café, arábica e robusta, e que o gosto do arábica era considerado mais moderado e saboroso. Era o único café que eu vendia na minha loja. O robusta era mais barato, com um sabor mais forte e mais cafeína. Mas fingi completa ignorância, o que não era difícil. Sabia muito sobre *vender* café para consumidores, mas nada sobre cultivá-lo.

— Você vai direto do aeroporto para a fazenda do seu tio?

— Não, ele não estará lá. Vou passar alguns dias em Bogotá antes de encontrá-lo. — Essa parecia uma boa resposta; de outra forma, seria um convite para Ramon andar pelo aeroporto comigo para conhecer meu tio, "o *cafetero*".

— Onde vai ficar em Bogotá?

Ainda não tinha escolhido um lugar.

— Ainda não sei. Às vezes conseguimos os melhores lugares conversando com os motoristas de táxi.

Ele balançou a cabeça.

— Você é muito inocente. Está chegando na cidade que acredita ser a mais perigosa do mundo e não fez nem reserva em um hotel. — Ele levantou aquelas sobrancelhas lindas. — *Señorita*, terei de mantê-la embaixo da minha asa e protegê-la. Não pode confiar em motoristas de táxi nem em funcionários de hotel. Apesar de a maioria dos assassinatos ocorrer por causa do tráfico de drogas, a temporada de caça a turistas está sempre aberta. Meu motorista estará esperando com o carro no aeroporto. Vou levá-la a um hotel seguro e providenciar para que saibam que está sob a minha proteção. Depois, vou acompanhá-la ao melhor restaurante da cidade e apresentá-la aos vinhos e comidas da melhor cidade do mundo.

Ele se aproximou. O cheiro de seu perfume masculino encheu minhas narinas.

Admito que sempre tive um fraco por homens de sangue quente. Odeio homens que preferem seus carros, músculos ou times esportivos. Apenas me dê um homem, a qualquer momento, que queira transar louca e apaixonadamente.

— Tenho uma *hacienda* em Llanos. Talvez quando se cansar de cafeeiros, me dê a honra de uma visita. Mostrarei a você a charmosa cultura da Antiga Colômbia.

— Parece interessante.

Dei a resposta padrão vazia para quase qualquer coisa, mas tinha de tentar não babar ao pensar nesse homem me levantando do chão, me colocando em seu cavalo branco e me levando para sua *hacienda* enquanto galopávamos em direção ao pôr do sol. Deus, nunca conheci ninguém que tivesse uma *hacienda*.

O joelho dele roçou levemente no meu, e, mais uma vez, meu corpo foi tomado de excitação. De repente, me peguei desejando transar loucamente com ele.

Puxei meu cobertor até o pescoço, fechei os olhos e me perguntei se tirara a sorte grande. Eu precisava de um guia e de um protetor, e Ramon Alavar era uma dádiva dos céus.

Talvez ele tivesse tanto dinheiro que poderia pagar para resolver meus problemas em Seattle.

Ah, esse era um pensamento agradável, conhecer um cara sensual que se apaixonasse loucamente por mim e resolvesse todos os meus problemas com seu talão de cheques. Já aconteceu com outras mulheres. Como ganhar na loteria...

Droga, na mesma hora me perguntei onde estava a cobra, aquela serpente que sempre aparece no paraíso para acabar com a diversão. Olhei para ele pelo canto do olho: Ramon tinha de ser de verdade; ele era perfeito demais para trazer uma serpente junto.

UM POUCO MAIS tarde, quando estávamos voando sobre a Colômbia, de repente percebi por que ele me olhara daquela forma estranha quando disse que o nome do meu tio era Juan Valdez. Percebi horrorizada e constrangida por que o nome saíra da minha boca com tanta facilidade.

Juan Valdez era o nome de um cultivador de café fictício usado em propagandas de café da Colômbia. Seu rosto, poncho, chapéu de abas largas e seu burro carregado de sacos cheios de grãos de café era reproduzido por todo o mundo pela indústria de café colombiana.

Era tão inteligente quanto dizer para alguém na Virgínia que meu tio era o Homem de Marlboro.

Merda.

12

Acordei quando o piloto anunciou que aterrissaríamos em trinta minutos. De repente, percebi que estava com a cabeça deitada no ombro de Ramon.

— Desculpe, não tinha a intenção de incomodá-lo — disse a ele enquanto me endireitava na poltrona. — Acho que dormi a maior parte do voo.

— Não tem problema. Que bom que meu ombro estava disponível.

Ele fixou os maravilhosos olhos verdes nos meus, e me senti como uma adolescente apaixonada. Por alguma razão, aquele homem fazia com que o meu corpo inteiro ficasse arrepiado toda vez que demorava seu olhar em mim. Abaixei o olhar e fingi verificar meu cinto de segurança. Estava bem fechado.

Talvez eu estivesse apenas excitada. Não tinha relações sexuais havia semanas; não, agora que estava pensando a respeito, havia meses. Será que eu ficara assim tão preocupada com a cafeteria? Parecia que os dias tinham se transformado em semanas, e estas em meses muito rapidamente. Alguns dias eram tão exaustivos que eu me jogava direto na cama.

— Se me permite mais um conselho: Bogotá fica a mais de 2.500 metros de altitude. Não faça muito esforço até se acostumar à altitude. Meu motorista cuidará da sua bagagem.

— Na verdade, não tenho bagagem, apenas uma pequena mala de mão.

Ele levantou as sobrancelhas.

— Você é a primeira mulher que conheço que viaja quase sem bagagem.

— Bem, isso me dá uma desculpa para fazer compras; você sabe, como não tenho nada para vestir, tenho de comprar.

— Excelente. Bogotá é uma cidade de primeiro mundo. Se não se importar, ficarei feliz em acompanhá-la às melhores lojas.

Eu não tinha dinheiro para comprar nada nas melhores lojas, mas suspeitava que o *señor* Alavar era o tipo de homem que não deixaria uma mulher pagar por nada. Pelo menos, essa era a imagem que eu criara.

Olhei pela janela e vi as verdes montanhas dos Andes abaixo, com alguns picos cobertos de neve, separadas por profundas e estreitas depressões. A paisagem era linda.

— A maior parte do nosso povo mora nas cidades — disse ele —, e grande parte das cidades grandes fica nos vales ou nas laterais da nossa grande cadeia montanhosa dos Andes. Também temos florestas e grandes planícies.

Bogotá era impressionante vista de cima; estendendo-se entre montanhas e dividida organizadamente em quadras.

— Apesar de estarmos próximos à linha do Equador, temos três climas — disse Ramon. — O tempo depende da altura em que se está. Nas áreas mais baixas, é muito quente e úmido, é nessa zona que estão as florestas tropicais. Quando se sobe um pouco, para o que chamamos de *tierra del café*, a região moderada ao lado das montanhas, onde o café é cultivado, o clima é mais moderado o ano todo com chuvas também moderadas. A região mais alta abaixo da linha da neve é a *tierra fria*. É onde fica Bogotá, a mais de 2.500 metros de altitude, quase o dobro da cidade de Denver, que vocês consideram alta, mas não tão fria. Você vai achar a temperatura agradável, fria, porém mais amena que Seattle.

Recostei-me e olhei pela janela, uma pergunta preocupante de repente zuniu na minha cabeça.

Eu disse a ele que vinha de Seattle?

Não conseguia me lembrar. Achava que não, mas eu estava jogando com ele, quem sabe o que posso ter dito. Além disso, Seattle é um ponto de referência assim como Denver.

Afastei a suspeita, certa de que saíra de Seattle de forma rápida e engenhosa demais para alguém ter me seguido. Eu conhecera aquele homem em um avião, como alguém poderia saber que eu comprara uma passagem em Cancún para a Cidade do Panamá e de lá para Bogotá?

Além disso, não havia chance de aquele homem rico e sensual, que mexera com meu furor feminino e com meu ego, estar envolvido na loucura em que minha vida se transformara.

Eu deixara tudo para trás em Seattle. Era um novo dia, um novo país, novos amigos. Ramon seria o meu salvador.

Podia apostar a minha vida nisso.

Ramon mostrou sua identidade oficial aos agentes da alfândega. Meu passaporte foi carimbado sem nenhuma formalidade, nem mesmo uma pergunta ou inspeção da minha mala. Fomos escoltados pelo resto do caminho até a área para pegar a bagagem.

Ele sorriu quando viu minha expressão surpresa.

— É verdade, a minha posição concede alguns privilégios, mas, na realidade, o pessoal da alfândega não está preocupado com a possibilidade de alguém *trazer* algum contrabando para o país — disse ele.

Quando chegamos à área lotada onde ficavam as esteiras, o motorista de Ramon estava esperando para pegar sua bagagem.

Ele apontou para a limusine preta, parada perto da calçada, visível através da porta de vidro.

— Assim que a minha bagagem chegar, podemos ir embora. Por que não deixa a sua mala com Rafael para que ele vá colocando na limusine?

— Vou precisar dela por um momento; preciso ir ao toalete.

Usei essa desculpa porque o minúsculo espelho do avião não me dera a chance de dar uma boa olhada nas condições da minha maquiagem e do meu cabelo. Depois de pentear o cabelo e colocar um pouco de blush no rosto, voltei para a área das esteiras. Rafael, o motorista, ainda estava lá, de costas para mim enquanto esperava a bagagem de Ramon ser trazida pela esteira. Através da grande janela, vi Ramon ao lado da limusine conversando com um homem.

Congelei.

O homem era o Cicatriz, o homem com aparência ameaçadora que insistira que eu vendesse a minha fazenda de café para ele.

Dei meia-volta e fui na direção oposta, voltando para o terminal. Andei rápido e sem destino, apenas querendo aumentar a distância entre mim e quaisquer conspirações que estivessem sendo feitas contra mim na limusine.

Felizmente, meus pés sabiam exatamente o que fazer, porque meu cérebro estava congelado. Quando meus sentidos voltaram, o pânico tomou conta de mim.

Como poderiam ter me seguido de Seattle para São Francisco, de Cancún para a Cidade do Panamá, onde aquele cretino estava me esperando como um abutre pronto para arrancar meu fígado? Apenas os governos tinham autoridade para conseguir informações com as companhias aéreas. Como ele poderia...

Como eu era burra, ali era a Colômbia. Como Ramon dissera, o país não funcionava exatamente como os Estados Unidos. Era só dar um dinheiro para alguém no aeroporto para rastrear meu itinerário.

Eu viajara milhares de quilômetros para fugir dos meus problemas em Seattle e um deles estava me esperando ali.

E eu achando que Ramon era o meu príncipe encantado em um cavalo branco. O fato de um oficial do alto escalão do ministério colombiano do café ter se sentado ao meu lado no avião era muita coincidência; ele era perfeito e sensual demais para eu perceber. O que a comissária de bordo dissera? Ele acabara de chegar de Bogotá e pegara um voo de volta sem nem mesmo sair do aeroporto.

Eu devia saber que ele era perfeito demais para ser verdade. E que eu não era bonita o suficiente para um homem lindo e rico se apaixonar por mim à primeira vista. As comissárias de bordo provavelmente lhe entregavam bilhetinhos com os números de seus telefones quando ele saía dos aviões.

Mas o que Ramon e o Cicatriz queriam estava além da minha compreensão. Só havia uma possibilidade: eles queriam roubar a minha herança por uma ninharia. Era o motivo óbvio para a oferta de 10 mil dólares do Cicatriz em Seattle. A ligação de Ramon com a indústria do café significava que era provável que ele soubesse exatamente quanto valia a fazenda de Carlos Castillo. Pelo trabalho que Ramon e o Cicatriz estavam tendo me perseguindo, a fazenda devia valer muito.

O que será que eles planejavam fazer comigo na limusine ou no lugar para onde me levariam? Fariam com que eu assinasse uma promessa de compra e venda com sangue? Percebi que estava olhando para trás à procura de Ramon ou do Cicatriz. Não os vi.

Subi as escadas rolantes e continuei andando, sem destino, aumentando a distância entre mim e os homens que estavam me esperando lá fora. Pouco mais de um minuto se passara; eles provavelmente não estavam atrás de mim, ainda. O sonho agradável de passar uma noite apaixonada com um homem bonito tinha sido substituído por um arrepio de medo e raiva. Eu estava cansada de ser um saco de pancadas.

Deus, o que eu fizera para merecer todo o inferno no qual a minha vida se transformara de repente? Balancei a cabeça e continuei movendo meus pés freneticamente. Mas ainda não conseguia entender: a minha loja fora explodida, a polícia achava que eu era uma assassina, uma herança de um estranho se tornara uma intriga internacional... meu carma parecia estar infectado com um daqueles vírus de computador sobre os quais eu lera a respeito.

Passei por um monitor que mostrava os voos que estavam chegando e partindo naquele momento. Um voo partiria para Medellín em trinta minutos. Sem hesitar nem por um momento, corri para comprar a passagem e embarquei. Fui a última pessoa a embarcar, meu modus operandi, como diziam nos filmes policiais.

Enquanto decolávamos, Ramon provavelmente estava se perguntando se eu fora levada pela descarga do banheiro. Ou pior, se eu fora sequestrada *por outra pessoa*.

LOUCA TERRA DA COCA

Atualmente, a Colômbia é o lugar mais perigoso do Ocidente, e talvez do mundo...

Se viajar para a Colômbia, você será alvo de ladrões, sequestradores e assassinos... É comum civis e soldados serem parados em barricadas nas estradas, arrastados para fora de seus carros e sumariamente executados...

Os turistas são drogados em bares e boates, depois assaltados e mortos.

*— FIELDING'S THE WORLD'S
MOST DANGEROUS PLACES*

13

Medellín

Pouco mais de uma hora depois, eu estava no aeroporto de Medellín, que ficava em Rionegro. Uma fila de táxis esperava na calçada. Perguntei-me se Ramon e o Cicatriz já tinham me rastreado e providenciado um comitê de recepção.

Fiz o que era natural para mim: deixei tudo para trás. Recusando o primeiro táxi, entrei no segundo. O motorista olhou para mim com as sobrancelhas levantadas, mas não liguei. Eu poderia explicar que um amigo uma vez me contou que Sherlock Holmes sempre se recusava a pegar o primeiro táxi da fila, mas achei que ninguém entenderia do que eu estava falando.

O simples fato de ser esperta ao pegar um táxi não significava que eu estava segura. Ramon disse que a alta taxa de assassinatos no país estava reservada para os defensores e opositores dos cartéis de droga. E os bandidos de colarinho branco que roubavam plantações de café? Será que eles estavam incluídos nas taxas de assassinatos? Será que Ramon e o Cicatriz estavam me fazendo uma oferta que eu não poderia recusar, bem no estilo colombiano: prata ou chumbo?

Um comissário de bordo me recomendou um hotel e me garantiu que era um lugar seguro.

— Hotel Vista Verde — disse eu para o taxista.

Poucos minutos depois de sairmos do aeroporto, entramos na estrada principal pegando um retorno. Passamos por uma coisa que me deixou de queixo caído: havia o corpo de um homem estendido no acostamento da estrada. Sua camisa branca estava manchada de sangue.

Virei-me para trás e olhei pelo vidro traseiro, boquiaberta. Um corpo. Uma morte violenta. Um assassinato? Um atropelamento? Por perto, não havia nenhum carro de polícia, nenhuma fita amarela isolando o local, nenhum policial afastando as pessoas, nenhum perito colhendo evidências. Apenas um corpo estendido no chão da autoestrada. Os motoristas que passavam apenas levantavam as sobrancelhas. Era isso?

— O que aconteceu com aquele homem?

Ele deu de ombros.

— Alguém o matou.

Ele fez soar como se fosse algo comum. Pensei no gesto dele com os ombros, era um sinal apenas de ignorância sobre o que acontecera com o homem ou indiferença?

— Isso eu percebi. Mas o que... o que fizeram com ele? Parece que alguma coisa foi enfiada no pescoço dele.

— Não, *senõrita*, não foi enfiada, foi arrancada.

— Arrancada?

— A língua dele. É chamado de gravata de Medellín... — Ele, mais uma vez, deu de ombros de maneira enigmática.

Era indiferença, pude perceber; o taxista não se importava com o homem com... *a língua arrancada.*

Falei, com o máximo de calma que consegui:

— O que você quer dizer com "a língua dele foi arrancada"?

— Uma gravata de Medellín. Ou de Cali. — Ele se virou no banco e olhou para mim. — Depende de onde se está, em Medellín ou Cali, quando a língua é arrancada.

Fique calma. Estou em um país diferente. Não estou nos Estados Unidos. Lembrei-me mais uma vez do que Ramon me dissera: as coisas eram diferentes ali. O guia de viagem e tudo que eu já lera ou escutara a respeito diziam que era um lugar perigoso. Mas ver o horror era diferente de apenas ouvir falar.

— O que...?

— A garganta dele é cortada, entende? — O taxista passou o dedo indicador pela própria garganta. — Eles cortam a garganta e arrancam a língua.

— A língua?

— *Sí, sí,* a língua é arrancada pela garganta através do buraco que fazem. A língua é maior do que pensamos, entende?

Limpei a minha garganta. Agora estava tudo ficando tão claro quanto lama para mim. Mais uma vez, falei devagar, com clareza e de forma concisa para que ele entendesse meu espanhol.

— Por que alguém faria isso?

Eu queria agarrá-lo e sacudi-lo. *Meu Deus*, um homem morto estendido no acostamento da estrada, a garganta cortada, a língua arrancada. Isso significava que alguém, o assassino, teve de colocar a mão na garganta cortada, agarrar a língua e arrancá-la.

Agh! Gritei em silêncio. Mas queria soltar um grito que fosse escutado dali até Bogotá. Que tipo de país era aquele? As pessoas não eram civilizadas? Por que deixariam algo tão brutal acontecer — e ignorariam?

— Por quê? — repeti.

Ele deu de ombros de novo. Essa parecia ser a linguagem nacional dos taxistas para explicar por que corpos ficavam estendidos em acostamentos de estradas. Eu podia ver a mente dele funcionando enquanto tentava explicar os costumes locais de assassinato para uma estrangeira ignorante.

— Quem sabe? A polícia da capital invade o bairro de Los Olivos e mata as pessoas que eles acham que apoiam Dom Pablo. Os homens de Dom Pablo se vingam e matam as pessoas que acham que falam muito abertamente com a polícia. — Ele fez o sinal da cruz. — Aquele lá, só Deus sabe quem ele ofendeu. Falou abertamente com a polícia, então os *sicarii* do Dom Pablo o castigaram... ou se recusou a falar para a polícia o que queriam escutar, então eles... — Ele passou o dedo pela garganta de novo. — Não é algo agradável de ser ver, *señorita*, mas não é raro em nossa cidade. — Ele me olhou pelo canto do olho. — Foi deixado lá como um aviso.

— Um aviso para quem?

Ele deu de ombros.

— Para a quem quer que o homem fosse leal. Um aviso para os *compañeros* dele, quando forem interrogados, darem as respostas certas. Talvez o homem tenha ofendido Dom Pablo... Dizem que ele manda matar homens apenas por não gostar da forma como olham para ele.

— Dom Pablo... você quer dizer Pablo Escobar, o... — Eu ia dizer o "senhor das drogas", mas me controlei. Eu não sabia de que lado o taxista estava.

— *Sí*, o próprio doutor.

Das minhas aulas de espanhol, eu sabia que "doutor" era um título de honra dado a pessoas educadas e cultas. "Dom" era um título ainda mais antigo de honra e respeito, mais do que simplesmente "*señor*". Antigamente, era usado como o "Sir" era usado para se dirigir aos cavalheiros britânicos.

— Dom Pablo ainda mora em Medellín? Alguém me disse que ele teve, ãh, um desentendimento com o governo.

Uma "guerra" com o governo seria mais preciso, mas a mutilação grotesca daquele homem na estrada fez com que eu usasse uma linguagem mais civilizada. O tom de voz do taxista ao falar de Pablo Escobar era de respeito.

— Dom Pablo *está* em Medellín. Ele é o rei da nossa cidade e o nosso benfeitor. Dizem que ele vende cocaína para os *norteamericanos*, mas...

Ele olhou para mim pelo espelho retrovisor. Levantou as sobrancelhas ao mesmo tempo que dava de ombros como se dissesse: *Quem se importa com aqueles cretinos ricos que ficam lá no norte e olham de cima para nós, pobres?*

E disse:

— Eu poderia levá-la para conhecer a cidade e mostrar muitas coisas que ele construiu, prédios de escritórios e apartamentos, campos de futebol, rinques de patinação no gelo, parques, praças, hospitais, muitas coisas, até restaurantes e boates onde as pessoas dançam. Fora da cidade, onde jogam o lixo, e famílias inteiras passam o dia procurando coisas para comer e vender, ele construiu lugares para os pobres morarem.

Mais uma vez o taxista levantou a sobrancelha pelo espelho retrovisor.

— Agora me responda, quem mais constrói para os pobres? O governo? Os ricos?

O taxista balançou o dedo indicador.

— A *señorita* entende, dizem que ele ganha dinheiro vendendo cocaína. Mas eu pergunto, importa a forma como ele ganha dinheiro... ou como gasta? Ele tira dos ricos e dá para os pobres. Os políticos de Bogotá tiram dos ricos e guardam para si.

Olhei pela janela e tentei curtir a paisagem enquanto ele continuava falando sobre os ricos que ficavam mais ricos. Eu me perguntava por que as pessoas eram tão burras... Não ele; era apenas um taxista, provavelmente trabalhando até não aguentar mais para colocar comida em casa. Não, me perguntei sobre os ricos: será que não ocorria a eles que seriam pessoas muito melhores se investissem um pouco de dinheiro no povo em vez de em garrafas de champanhe de mil dólares e suítes de hotel de 10 mil dólares?

Alguns minutos depois, ele parou em frente a um hotel com aparência moderna mas hospitaleira. Parecia limpo e bem conservado por fora, com vários jarros com plantas na entrada. O melhor de tudo, parecia seguro de toda a loucura que estava acontecendo entre "Dom Pablo", a polícia e o tipo peculiar de festa macabra que era praticada na Colômbia.

Dei a ele uma boa gorjeta, torcendo para ele gostar de mim por isso; torcendo para ele voltar para casa, jantar e se esquecer que levara uma *norte-americana* para o hotel.

Depois de me cadastrar e subir para meu quarto no segundo andar, pedi o jantar no quarto e procurei o advogado de Medellín no catálogo enquanto esperava a comida.

O número do catálogo era o mesmo para o qual tentara ligar de Seattle. Disquei do quarto do hotel e escutei a mesma gravação que dizia que a ligação não podia ser completada. Descobri por que na recepção. Equipamentos da rede de telefonia tinham sido danificados em uma batalha entre a polícia e um grupo dos "outros".

Parecia que no dia seguinte eu teria de fazer uma visita inesperada ao advogado, o que era meu plano original. Já estava imaginando que a polícia estaria me esperando com um pedido de extradição.

Esgotada de tanta preocupação e da viagem, depois do jantar, tomei um banho quente e fui para a cama.

Meus olhos ardiam de tanta ansiedade e de tantos cochilos nos voos. Eu precisava de uma boa noite de sono, mas, acima de tudo, precisava que me deixassem em paz. Os malditos cães pareciam estar atrás de mim.

Ramon, seu cretino lindo, espero que apodreça no inferno.

Eu nunca deveria ter confiado em um homem tão bonito. Homens lindos são como mulheres lindas: são vazios porque sempre conseguem tudo o que querem sem precisar ser verdadeiros ou honestos.

Eu estava realmente decepcionada pelo homem estar mais interessado na minha fazenda de café do que no meu charme feminino.

Eu estava com raiva de mim mesma por ter acreditado no papo dele. *"Eu a escolhi porque era a mulher mais atraente do avião."*

Puxei meu cabelo. *Idiota.* Burra, burra, burra.

Eu realmente caí nesse papo?

Eu tinha de admitir que o cara me conquistara. Mas no final das contas, isso não importava. Só uma coisa importava.

Não ser assassinada.

14

Acordei no meio da noite pensando na minha mãe e considerando uma possível ligação entre Carlos Castillo e ela.

Era imperdoável ela não ter me falado nada sobre meu pai, mas crescer com a minha mãe foi como crescer com uma mulher que nunca cresceu de verdade. Em alguns aspectos, foi como ser criada por uma irmã mais velha — e muito louca.

Sempre fazíamos coisas divertidas quando achávamos que a rotina estava tomando conta das nossas vidas ou quando estávamos entediadas e precisávamos de diversão. Ir ao cinema, ver vitrines em um shopping, dirigir até um lugar novo ou comer fora, minha mãe nunca se satisfazia com o normal. Nunca vou me esquecer das inúmeras vezes que ela dizia: "só se vive uma vez" ou "da vida nada se leva" que era o motivo para nunca termos dinheiro guardado.

Assim, vivíamos um dia de cada vez, nunca planejando nada a longo prazo, pois a frustração sempre aparecia quando as coisas não aconteciam conforme planejado. Espontaneidade era o tempero da vida. Acho que isso vinha da criação da minha mãe em uma família religiosa do Centro-Oeste, onde a vida era estruturada e construída em volta da igreja e dos vizinhos. Minha mãe, definitivamente, não era do tipo que cantava hinos na igreja todo domingo.

"Mudança" e "espontaneidade" também eram as palavras-chave para os relacionamentos dela com os homens. Fanática por sua independência, ela nunca teve um relacionamento duradouro, pelo menos não que eu soubesse.

Isso não a impedia de fazer sexo: ela tinha ideias muito liberais a respeito de sexo, e de tantos em tantos meses aparecia um homem novo, mas ela mudava de amantes com a mesma frequência que mudava todos os outros aspectos da vida.

Uma vez ela disse que fazia uma "concessão para o amor" e depois se mudava em vez de se amarrar para sempre.

Refletindo sobre isso agora, acho que ela provavelmente tinha medo de ser magoada ou de sofrer uma decepção. No momento em que o relacionamento começava a ficar sério, ela ficava com medo e trocava de companheiro. É claro que na época eu não fazia ideia. Eu era apenas uma criança; achava que tudo estava bem em nossas vidas. Nunca havia gritos ou troca de ofensas entre ela e os homens que namorava, pelo menos não na minha frente.

Percebo agora que, embora a minha mãe fosse uma pessoa forte, quando se tratava de compromisso com homens, ela tinha medo de arriscar. O medo de o relacionamento não dar certo esteve sempre lá, sem nunca ter sido expressado, era como uma doença latente que acabava arruinando os namoros.

Os homens na vida dela eram todos decentes. Ela nunca namorou um cara estranho ou maluco. Na verdade, eu ficava com pena de alguns deles e sempre sabia quando o tempo deles tinha acabado. Era a mesma rotina todas as vezes. Ela inventava desculpas para não os encontrar, não retornava as ligações ou fingia não estar em casa quando eles apareciam. Logo logo eles percebiam e desistiam.

Ela nunca queria simplesmente dizer que tinha acabado. Suponho que achasse mais gentil evitá-los até que eles se tocassem. Funcionava com ela, mas nunca funcionou comigo: quando estava acabado entre mim e um homem, eu sempre deixava claro exatamente quais tinham sido os pecados dele; pelo menos foi assim com os dois homens com quem me relacionei por mais tempo.

Não sou uma cigana no amor, mas sei que uma mulher precisa se achar sensual, e estava claro que eu tinha menos confiança na minha capacidade de atrair o sexo oposto do que deveria ter. E parecia que eu havia tido mais relacionamentos curtos do que a média. Não que eu gostasse de ficar com homens por apenas uma noite. Eu precisava conhecer o homem e gostar dele antes que o sexo entrasse em cena.

Minha mãe era uma dama ao lidar com homens, e eu realmente tomei consciência do sexo, além dos risos e cochichos com outras meninas sobre a anatomia masculina, quando a vi com um de seus namorados.

Eu tinha 12 anos na época e ainda não tivera a aula sobre "de onde vêm os bebês" que era tão comum naqueles dias. Estávamos no meio da década de 1970 e a maioria das mães ainda não falava abertamente sobre sexo com suas filhas, a não ser que alguma coisa acontecesse, e mesmo assim elas tentavam evitar o assunto e agir como se nada tivesse acontecido.

Isso seria hipocrisia para uma mãe como a minha, que queimara o sutiã em uma fogueira em Berkeley e se rebelara contra a postura sexual dos pais, mas tenho certeza de que a única motivação dela era me proteger. Ela me ensinou a valorizar meu corpo e o que eu compartilhava com um homem.

Talvez ela estivesse esperando a hora certa para conversar comigo. Algumas outras mães tinham esperado até suas filhas ficarem menstruadas para conversar com elas. Eu ainda não havia menstruado, e talvez ela tivesse adiado a conversa por causa disso.

Minha primeira aula completa sobre sexo aconteceu quando dormi na casa de uma amiga, mas tivemos uma daquelas briguinhas de pré-adolescentes e eu não quis mais ficar lá, então voltei andando para a minha casa.

Quando cheguei, havia um carro que eu não conhecia parado em nossa garagem. Imaginei que fosse algum novo amigo da minha mãe. Ela não levava homens para passarem a noite em casa, a não ser que eu fosse dormir fora. Eu nunca tinha me perguntando por que; sexo não era algo em que eu pensava naquela época.

Eu ia apenas me esgueirar até o meu quarto e ligar o som para que eles soubessem que eu estava em casa quando escutei vozes vindo da sala de estar. Parei e esperei alguns segundos. Eles estavam na sala, o que era estranho, já que minha mãe sempre ia para o quarto dela quando queria um pouco de privacidade com um homem. Mas ela não estava esperando que eu voltasse para casa, então acredito que não estivesse preocupada.

Não sei por que, mas fui na direção da sala de estar. A porta estava entreaberta. Fui em silêncio até lá e olhei através da abertura. Tínhamos um grande espelho na parede e eu quase não conseguia vê-los através dele. Com cuidado, abri a porta um pouco mais.

Eles estavam muito envolvidos um com o outro para me notar. Ambos estavam pelados. Quando olhei para baixo, vi a blusa da minha mãe no chão perto do meu pé. Obviamente, eles não conseguiram esperar até chegar no quarto. Coloquei a mão na boca para abafar uma gargalhada. Já vira a minha mãe sem roupas muitas vezes, mas aquela era a primeira vez em que eu via um homem completamente nu. Bem, eu só o vi de costas. Lembro-me de pensar em como o bumbum dele era bonito, forte e firme, como o dos garotos do time de futebol do colégio.

Sabia que era errado observá-los, mas uma parte desobediente de mim não conseguiu resistir, eu já ia sair, mas desisti. *Só mais um pouquinho*, disse para mim mesma, *depois vou embora.*

Quando olhei para o espelho, vi que ele encostara minha mãe na parede. As mãos dele exploravam o corpo dela todo enquanto eles se beijavam. Agora o corpo dele se movia devagar para a frente e para trás. Não consegui ver o rosto dela, mas ela parecia gostar do que ele estava fazendo. As mãos dela também exploravam o corpo dele.

Minha mãe teria me matado se soubesse que eu estava espionando. Olhei para baixo pensando que deveria sair, mas fiquei pregada na porta.

Pelo espelho, vi que ele estava se mexendo mais rápido agora. Minha mãe soltou um gemido. Eles estavam definitivamente fazendo sexo. De repente me senti culpada por assistir à minha mãe transando com um homem. Não podia mais ver. Sexo era algo particular entre duas pessoas e fiquei envergonhada por observá-los. Deixei a porta da forma como estava antes.

Queria que ela soubesse que eu estava em casa, então bati a porta da frente e gritei bem alto:

— Mãe, voltei para casa mais cedo.

E subi correndo para o meu quarto e liguei o som.

15

Nunca comentamos nada sobre aquela noite. Entretanto, alguns dias depois, ela finalmente decidiu ter aquela conversa comigo sobre "de onde vêm os bebês". Eu já sabia quase tudo que havia para saber. O que não aprendíamos com as outras garotas, descobríamos na aula obrigatória de sexualidade e reprodução. E sempre havia algum idiota que fazia piadinhas sobre a anatomia de alguma garota.

É claro que diziam para não fazermos sexo até nos casarmos. Quem fazia ficava grávida. Mas havia a camisinha, se a garota realmente quisesse.

Eu deixava os rapazes me beijarem, até beijo de língua se eu gostasse de verdade, mas se algum deles ultrapassasse o limite e colocasse a mão embaixo da minha blusa ou da minha saia, levava um soco no estômago. Provavelmente, ele nunca mais me convidaria para sair, mas eu não ligava. Havia muitos outros rapazes que queriam apenas se divertir sem ir até o final. Eu não era nenhuma puritana, mas também não era fácil. Quando estivesse pronta, me entregaria para um homem, mas não faria isso para ser popular ou arranjar namorados.

Enquanto estava deitada na cama de um hotel estranho em um país estranho, a imagem da minha mãe e seu amigo nu fizeram com que me lembrasse da minha primeira experiência sexual, aos 16 anos.

As curvas tinham finalmente aparecido nos lugares certos do meu corpo e eu tinha orgulho de exibi-las. Acho que até demais.

Minha mãe estava namorando um cara atlético, que não fazia muito o seu tipo. Ele tinha mais músculos do que neurônios, mas era um cara legal, e acho que seu bom caráter a atraiu, além do físico escultural. Seu nome era Guy, e eu o chamava de Sir Guy por causa de uma história que tinha lido.

Naquele ano, estávamos morando em San Diego. Minha mãe estava angariando fundos para um candidato radical a prefeito, destinado a perder em uma cidade yuppie, e nós tivemos sorte de conseguir uma casa com piscina.

O tempo finalmente tinha esquentado e eu estava aproveitando. Adorava o sol quente queimando a minha pele. Eu estava deitada de costas, bronzeando a parte da frente do meu corpo. A alça do sutiã estava desamarrada, meus seios quase aparecendo. No rádio, Yvonne Elliman cantava "If I Can't Have You", da trilha sonora de Os embalos de sábado à noite.

Quando me virei de bruços, o sutiã caiu. Não me importei. Estava sozinha e a cerca era alta o suficiente para desencorajar curiosos.

Alguns minutos depois, percebi uma sombra passar na frente do sol.

Sir Guy estava parado ali, usando sua camisa havaiana berrante e short. Parecia um astro de cinema, com a pele bronzeada e o cabelo louro parecendo dourado sob o sol.

Acredito que se eu tivesse gritado e saído, as coisas teriam sido diferentes. Em vez disso, fiquei deitada por um segundo. Depois, abaixei, peguei meu sutiã e coloquei-o frouxo sobre os seios.

Eu era inocente o suficiente para acreditar que ele não faria nada comigo já que estava namorando minha mãe. Ou, para ser honesta, talvez porque ele era um cara tão legal e estava namorando a minha mãe, eu não estava tão preocupada com o que poderia acontecer entre nós dois. Ou... tudo bem, para ser mais honesta, eu era jovem, meu corpo estava se desenvolvendo em alguns lugares; meus hormônios estavam à flor da pele; Sir Guy era um cara legal e muito sensual, uma ótima combinação para apenas se divertir. Então, talvez eu não fosse tão inocente quanto parecia...

As poucas vezes em que o vi por perto, notei como os olhos dele examinavam meu corpo. Eu geralmente estava de jeans e camiseta, o que não deixava muita coisa para se ver. Mas eu sabia que tinha um corpo bonito pela forma como os garotos me olhavam na escola e pelos papos com as minhas amigas.

Não tenho certeza se minha mãe percebia. Acho que não, pois ela tinha tolerância zero com homens que olhavam para qualquer outra coisa a não ser ela.

— Como você entrou?

— Pelo portão lateral, não estava trancado.

— Ah. — Droga, eu me esquecera de verificar a tranca. Costumava me certificar de que estava trancada quando ficava em casa sozinha. — Minha mãe não me disse que você viria.

— Eu não disse a ela. Estava por perto e resolvi entrar. Ela está?

— Não, deve chegar em casa logo — menti, não sabia quando ela voltaria para casa.

Ele sentou-se ao meu lado e pegou o bronzeador que estava no chão.

— Deixe-me passar bronzeador em você. Está ficando vermelha. — Ele colocou o bronzeador na mão e começou a passar nas minhas costas. — Sabe, você pode aproveitar o sol na sua idade, mas precisará fugir dele quando ficar mais velha. Olhe para mim. Pego muito sol, mas à noite passo hidratante para evitar ficar com rugas e com a aparência de mais velho.

Enquanto falava, a mão dele deslizava preguiçosamente pela minha pele nua, espalhando o bronzeador pelas minhas costas. Continuei de cabeça baixa e com os braços estendidos ao lado do corpo. Na minha cabeça não havia pensamentos coerentes, as coisas apenas iam e vinham em uma mistura louca. Eu deveria ter me levantado, mas fiquei deitada ali, com medo de me mexer, torcendo para ele ir embora.

Ele continuou falando sobre como o sol era ruim para a pele enquanto passava o bronzeador nas minhas coxas e pernas. Eu não estava gostando da forma como a mão dele deslizava pelo meu corpo, de forma lenta e deliberada como se tivesse direito àquilo. Meu sangue começou a pulsar.

— Sabe, você tem um corpo muito bonito.

— Obrigada — murmurei.

— Como o da sua mãe.

Não respondi. Eu nunca o encorajara de forma alguma. Na verdade, nas poucas vezes em que ele aparecera, conversei pouco com ele, sempre correndo para encontrar minhas amigas.

As mãos dele subiram entre as minhas pernas e coxas, até a calcinha do meu biquíni. Uma pulsação estava crescendo entre as minhas pernas. Quanto mais ele esfregava, mais eu sentia a necessidade no meu corpo. Os dedos dele abaixaram o tecido. A parte de trás do meu corpo estava completamente exposta quando as mãos dele começaram a passar o bronzeador na pele branca, roçando os meus pelos pubianos quando seus dedos chegaram nessa área.

Minha mente me dizia para fazê-lo parar antes que fosse tarde demais, mas eu fui levada pelo toque sensual das mãos dele no meu corpo. Não queria que ele parasse. Não conseguia controlar o desejo sexual que estava crescendo dentro de mim. Queria me entregar ao prazer, experimentá-lo.

Muitas amigas minhas já tinham feito sexo e implicavam comigo por eu ainda não ter ido até o final. Eu não teria cedido à pressão delas. Estava me guardando para o casamento e para o homem certo. Até deixava os rapazes me apalparem um pouco, mas conseguia fazer com que parassem quando as coisas começavam a sair de controle.

A mão dele entrou deliberadamente entre as minhas coxas e começou a massagear um ponto sensual que ficava ali, e eu estremeci com o toque enquanto o prazer ficava cada vez mais forte.

Não podia mais lutar contra o desejo que crescia dentro de mim. Tentei controlar, mas não consegui, até que percebi que estava me movendo para a frente e para trás, até que o prazer se tornou tão insuportável que afastei a mão dele.

Após um momento, com os olhos fechados, as pernas também fechadas, a pulsação começando a diminuir, virei-me, sem me preocupar com os meus seios nus. Beijei-o com vontade na boca. Todas as inibições tinham deixado o meu corpo. Ele enfiou a língua na minha boca.

Pegou a minha mão e a colocou em volta de seu membro rijo dentro do short. Era a primeira vez que eu realmente sentia o pênis de um homem.

— Pode apertar — murmurou ele.

O órgão enrijecido parecia úmido, e, alguns segundos depois, a palpitação parou, e um líquido encheu a minha mão. Puxei minha mão pegajosa e limpei-a na toalha.

Ambos nos viramos quando a porta de tela do quintal se abriu. Não sabia há quanto tempo minha mãe estivera ali. Ou o quanto vira. Eu estava esperando raiva, ultraje, mas ela calmamente se aproximou de Guy e disse apenas:

— Você tem três segundos para sair daqui antes que eu ligue para a polícia e o acuse de estuprar a minha filha. — Em dois segundos, ele já tinha desaparecido.

Eu estava com vergonha do que acabara de acontecer, com vergonha do que minha mãe vira. Ela tinha todo direito de ficar com raiva de mim, mas não ficou.

— Você está bem?

— Estou.

— Já foi tarde — disse ela, depois que ele foi embora. Em vez de furiosa, ela estava aliviada.

— Você não está chateada?

— Não. Não foi culpa sua. Eu sabia que isso ia acontecer. Que bom que agora ele já foi embora. Devia ter me livrado dele antes. Não sei por que me sentia atraída por ele.

— O corpo? — Sorri.

— Acho que sim — disse ela sorrindo.

Escutei quando ela me lembrou que são as mulheres quem dão permissão quando o assunto é sexo.

— Se um homem realmente a ama, não a forçará a fazer nada que não queira fazer — disse ela com ênfase de novo.

Eu já sabia disso. Era eu quem controlava os beijos com os rapazes com quem saía. Eu sabia o que aconteceria se eu cedesse aos pedidos deles, ainda não estava pronta.

Haveria muito tempo para amor, casamento e filhos mais tarde, disse ela. O importante agora era terminar o colégio, se formar na faculdade e conhecer o mundo.

— Os homens vão entrar e sair da sua vida, e quando o homem certo aparecer, talvez você nem saiba, mas a magia estará lá e você não conseguirá viver sem ele.

Acho que a minha mãe ainda não tinha encontrado o homem certo.

16

O escritório de advocacia de Vega Gomez ficava bem perto do hotel, o suficiente para ir caminhando. Quando saí e desci a rua, Medellín me pareceu uma cidade normal, com um distrito financeiro normal. No caminho do aeroporto para a cidade, eu vira muitas fábricas e outros prédios comerciais. Um dos comissários de bordo me dissera que a cidade tinha tantas indústrias que era chamada de "a Manchester" da Colômbia, por causa da cidade britânica.

Desci uma agradável rua florida, com pessoas que pareciam normais. Nenhuma delas comentava o fato de que um corpo ficara estendido na estrada no dia anterior para todo mundo ver. Mas Medellín era uma cidade grande, e acho que pessoas são assassinadas em cidades grandes no mundo todo. Só acontecia com mais frequência ali. E abertamente.

No escritório do advogado, a secretária não pareceu surpresa por eu chegar sem hora marcada. Depois de empregar latino-americanos, eu sabia que eles tinham uma ideia diferente da minha sobre horário: eles aparecem sem avisar ou chegam duas horas atrasados a um compromisso.

Talvez ela tivesse ficado mais surpresa se soubesse que no dia anterior eu estava em Seattle e era suspeita de homicídio.

O patrão dela adotou uma postura diferente. Saiu do escritório e me olhou como se quisesse que eu desaparecesse com a mesma velocidade com que me materializara.

Sorri.

— Sou de verdade.

— O que está fazendo aqui?

— Vim aqui para obter informações sobre a propriedade que herdei.

O que eu falei pareceu deixá-lo sem palavras. Ele me encarou ainda mais, com cara de bobo, mas não da forma como eu olhei para o homem com a língua arrancada pela garganta.

No momento seguinte, estávamos em seu escritório, e ele me ofereceu água, café e refrigerante. Pelo menos, não esquecera a educação.

Balancei a cabeça e agradeci, sorrindo.

O *señor* Vega Gomez devia ter 60 e poucos anos, o cabelo era quase branco, mas as sobrancelhas e o bigode eram tão pretos que pareciam pintados com graxa de sapato. Como o advogado de Seattle, ele era um homem presunçoso e bem alimentado, um homem que estava sempre atrás de dinheiro. Não olhei para ver se ele usava mocassim.

Ele recostou-se na cadeira atrás da sua mesa e balançou a cabeça.

— *Señorita* Novak, já esteve na Colômbia antes?

— Não, senhor.

— É uma estudiosa da Colômbia? Uma pessoa que passou anos estudando os costumes, a política...

— Não, nada disso. E se o senhor vai perguntar se sou suicida, a resposta também é não.

Ele balançou ainda mais a cabeça.

— A *señorita* é uma jovem muito impetuosa. Tem pessoas em Bogotá que não viriam a Medellín na atual circunstância. — Ele inclinou-se para a frente. — Devo lhe dizer, existem pessoas em Medellín que não morariam aqui se não precisassem, incluindo eu. — Ele levantou as mãos, resignado. — Mas... a *señorita* está aqui. Como posso ajudá-la?

— Vim reivindicar a minha herança. Não conheço as leis colombianas, mas acredito que seja meu direito.

— Claro. Existe um testamento; existe uma propriedade; a *señorita* é a herdeira de Carlos Castillo; é seu direito reivindicar a propriedade.

— O senhor pode me falar a respeito? Da propriedade? E do Sr. Castillo?

— Carlos Castillo era um cliente muito antigo da nossa firma, mas infelizmente eu não o conhecia bem. Quem o acompanhava era meu sócio, que também já faleceu.

— De causas naturais?

— Como?

— Desculpe, ontem vi um corpo estendido na estrada com a língua arrancada pela garganta.

Ele pigarreou. Parecia constrangido e pesaroso.

— É uma pena que a *señorita* tenha visto tal selvageria; mas, por favor, não julgue a minha cidade nem o meu país pelos atos de alguns homens maus. A Colômbia é um bom país, em nenhum outro lugar existem pessoas mais simpáticas e hospitaleiras, mas, como a *señorita* sabe, os bandidos da cocaína trouxeram violência para o nosso país. Quanto à causa da morte do meu sócio — ele bateu no peito —, ele estava doente havia muitos anos.

— E o *señor* Castillo? Poderia me dizer como ele morreu? Foi de causas naturais?

— Acredito que sim. Ouvi falar que ele teve um ataque cardíaco, mas eu não sei detalhes do estado da sua saúde mental nem física, antes de morrer. Como já disse, meu sócio era o advogado particular dele, não eu.

Ele parecia aqueles três macacos que não veem nada, não escutam nada, não dizem nada. Mas ele também não sabia de nada.

Ele franziu a testa para a expressão de ceticismo no meu rosto.

— Ele era cliente do meu falecido sócio. Esteve aqui no escritório poucos meses atrás quando mudou seu testamento. Meu sócio preparou a papelada. Não vi o *señor* Castillo nessa época. A lembrança mais clara que tenho dele é de uma vez em que veio ao escritório tratar de algum negócio com meu sócio. Naquela época, ele parecia saudável.

— O senhor disse que ele mudou o testamento?

— A mudança fez da *señorita* a única herdeira, mas não tenho permissão para discutir o conteúdo do testamento anterior.

— Pode apenas me dizer se eu era mencionada no testamento anterior?

— Era, sim.

Então, ele deserdou alguém para fazer de mim sua única herdeira. Eu realmente queria saber quem, mas seria inútil tentar conseguir o nome com o advogado. Ocorreu-me que, se alguém fora deserdado, poderia estar tentando comprar a propriedade.

— O que herdei exatamente?

— Café de Oro.

O nome me pegou de surpresa.

— Esse é o nome da *finca* de café dele, o cafezal, ou a fazenda, como preferir. Fui informado de que a *señorita* tinha uma loja que vendia café com o mesmo nome.

— É verdade, é um nome que escutei minha mãe falar no passado.

Mencionei minha mãe de propósito para ver se tocava algum sino na cabeça dele e ele me contava aquilo de que eu já suspeitava, que Carlos era meu pai. Mas ele não aproveitou a deixa.

— Qual é o tamanho?

— Em termos de fazendas de café, é uma propriedade significativa, algumas centenas de hectares. A maioria das fazendas é pequena, um ou dois hectares, isso a torna bem maior do que uma fazenda cuidada apenas pelo *cafetero* e sua família.

Não conseguia me lembrar exatamente quanto era um hectare, mas achava que era equivalente a dois ou três acres.

— Quanto vale?

— Não posso responder a essa pergunta. Não conheço nada sobre o ramo do café, exceto que está sujeito a altas e baixas no mercado mundial, e não sei qual a produção da fazenda. Mas com base apenas no tamanho, eu diria que com o mercado do café em alta e sem dívidas significativas, a herança a deixaria milionária.

— Tem mais alguma coisa? Dinheiro?

Tentei afastar a esperança e o desespero da minha voz.

Ele balançou a cabeça.

— Nada significativo. Ouvi dizer que a fazenda está com dívidas e que o banco de quem ele pegou empréstimos controla as receitas. Analisarei a questão com mais atenção se a *señorita* desejar.

— Eu agradeceria. A fazenda fica longe daqui?

— A mais de quatro horas, indo de carro bem devagar. Fica nas montanhas, claro. O café é cultivado a aproximadamente 1 quilômetro de altitude, a mesma de Medellín, mas, depois que sair da cidade e da estrada principal, as estradas são estreitas, a maior parte sem pavimentação, sem dúvida alguma impossível de se atravessar na temporada de chuvas. O administrador se chama Cesar Montez, um jovem da sua idade. Parece que ele passou a vida inteira na fazenda. Será sua melhor fonte de informação. Também tem uma empregada, Juana, que trabalha lá há décadas.

— Como chego lá?

Ele suspirou e olhou para o teto por um momento, talvez querendo uma opinião dos céus sobre a minha sanidade mental.

— A *señorita* é realmente uma jovem impetuosa. Mas é inteligente, sabe que é perigoso vir para cá, ainda mais perigoso sair da cidade, principalmente para uma estrangeira, mas já percebi que não dá para argumentar com a *señorita*.

Ele levantou as mãos, resignado.

— Tem um trem que pode deixá-la a uma hora da fazenda. Seria a forma mais segura. Ligarei e mandarei Cesar encontrá-la na estação. Se Deus quiser, ele a levará em segurança para a fazenda. Quando pretende ir?

— Tem algum trem partindo ainda hoje?

— Eu deveria ter imaginado.

Um telefonema confirmou que o último trem do dia já partira.

— Irei amanhã, então.

Levantei-me, agradeci ao advogado e combinei de voltar em alguns dias para assinar os papéis que concluiriam a transferência. Perguntei:

— O senhor conhece um homem chamado Ramon Alavar?

— Não.

Uma breve hesitação mostrou que eu o pegara de surpresa de novo. Percebi mais uma coisa... temor?

A conversa com o advogado deixara milhões de perguntas no ar, mas pude perceber que chegara ao meu limite com ele.

Mas, como não sou do tipo que vai embora em silêncio, virei-me quando cheguei à porta.

— O senhor sabe que nunca conheci Carlos Castillo?
— É de meu conhecimento.
— Sabe por que ele me deixou a propriedade?
— Não.
— Já ouviu falar da minha mãe, Sonja Marie Novak?
— Não.
— Sabe se ele era meu pai?
— Não.

Saí do escritório lembrando-me de uma piada que uma amiga advogada uma vez me contara em Seattle:

Como saber quando um advogado está mentindo?
Quando os lábios dele estiverem se mexendo.

Já na rua, minha cabeça girava. O advogado Vega Gomez poderia ter me dito muito mais, mas não o fez. Parte disso era por causa do sigilo entre advogado e cliente. Mas meu instinto me dizia que havia desonestidade no ar. Eu não sabia se o advogado fazia parte do esquema... ou se era apenas um cidadão de Medellín tentando se manter afastado do fogo cruzado.

Pelo menos uma coisa estava clara: eu tinha poucas chances de imediatamente colocar as mãos em muito dinheiro. Eu herdara uma propriedade, não dinheiro. A propriedade teria de ser vendida para se transformar em dinheiro para a fiança e para os honorários do advogado que me defenderia em Seattle.

Eu tinha de chegar à fazenda logo e avaliar a situação, ver se podia ser vendida rapidamente. Também queria sair de Medellín o quanto antes. Não queria ajudar a aumentar a taxa de mortalidade.

Medellín ficava na zona tropical do planeta, mas tinha o clima temperado por causa da altitude. As minhas roupas não apenas eram apropriadas para o clima mais frio de Seattle, como mostravam que eu era estrangeira.

Em um país famoso por sequestrarem e assassinarem americanos, não era uma boa ideia passar a impressão de que eu era uma. Ao voltar para o hotel, decidi comprar algumas roupas que me fariam parecer uma nativa. Ou, no mínimo, chamar menos atenção.

No meio da tarde, eu já me decidira sobre a viagem para a fazenda. O advogado estava certo a respeito de uma coisa: a forma mais segura era ir era de trem e encontrar o administrador na estação. Infelizmente, isso significava que o advogado e o pessoal na fazenda saberiam dos meus planos. Além dos funcionários do hotel, que fizessem a reserva de trem para mim, o motorista de táxi que me levasse para a estação, o bilheteiro na estação... em outras palavras, se alguém quisesse saber os meus planos para o dia seguinte ou qualquer informação sobre uma "americana rica", seria fácil descobrir, porque muitas pessoas estariam envolvidas na operação para me colocar sentada em um trem.

Antes de chegar ao hotel, em um impulso, fui até uma loja de aluguel de carro. Após garantir que não tinha intenção de viajar, apenas rodar pela cidade para ver as igrejas para um livro que estava escrevendo, e pagar uma fortuna de seguro, consegui alugar um carro, um pequeno Honda com câmbio manual. Felizmente, eu tinha um Fusca e sabia dirigir carros com embreagem.

Parei o carro em uma garagem coberta, com segurança 24 horas, que ficava a uma quadra do hotel.

Lá, perguntei sobre o trem e pedi ao recepcionista que fizesse uma reserva para mim para o dia seguinte. Peguei um mapa e analisei-o junto com o recepcionista, como se estivesse interessada no caminho que o trem pegaria, mas, na verdade, estava planejando ir de carro.

Muito satisfeita por ter enganado todos os assassinos e sequestradores da cidade, fui para o meu quarto e fiquei lá, contando mais uma vez com o serviço de quarto em vez de mostrar meu rosto *norte-americano* no restaurante.

O telefone tocou.

— Você deveria ter aceitado a minha oferta — disse uma voz do outro lado da linha.

Levou apenas uma fração de segundo para eu reconhecer que a voz era do Cicatriz. *Filho da puta.* Eu não precisava deixar migalhas de pão, esses colombianos deviam ter colocado câmeras de satélite para me seguir.

Respirei fundo e tentei manter a voz firme.

— Ainda estou aberta a ofertas... mas 10 mil dólares não é suficiente. Sei o quanto a fazenda vale; não vou deixar roubá-la.

— Você não sabe no que está se metendo.

Segurei o telefone com mais força. Não era verdade? Toda vez que eu me virava, havia mais um obstáculo para superar. Tentando manter a minha voz calma, disse:

— Por que não me diz onde estou me metendo? — Houve uma longa pausa do outro lado da linha, o suficiente para deixar meus nervos à flor da pele. Segurei o telefone com mais força ainda, tentando controlar meu medo. *É só o preço*, disse para mim mesma. *Seja durona; não demonstre fraqueza; não deixe que ele perceba que está com medo ou ansiosa.*

— Tenho autorização para lhe oferecer três coisas. — A voz dele soou tão ameaçadora quanto as cicatrizes que ele tinha no pescoço, resquícios de um passado violento. — Cinquenta mil dólares em dinheiro. E não informarei à polícia do seu país que está na Colômbia.

Ninguém precisava contar à polícia de Seattle onde eu estava; eu deixara um rastro que até um cego poderia seguir. Se Cicatriz, Ramon e quem mais fosse conseguiram me rastrear, certamente a polícia não ficaria para trás.

— Qual é a terceira coisa? — perguntei.

Outra pausa longa. O Cicatriz era especialista em psicologia de guerra, daquele tipo que faz os prisioneiros gritarem suas confissões. Ele conseguia dizer mais com o silêncio do que um ladrão com uma faca. Respirei fundo para acalmar o tremor da minha voz. *Calma, menina. Ele só está tentando assustá-la.*

E está fazendo um ótimo trabalho.

— Quero mais dinheiro, mas estou disposta a discutir. Pode me encontrar aqui no hotel amanhã de manhã?

— Agora.

— Não, não posso, estou passando mal; tive um dia horrível, problemas de estômago, sabe como é, a vingança de Montezuma,* sou turista. — Não sabia se um colombiano entenderia alguma dessas expressões, mas eram as únicas que eu conhecia para definir o desconforto que fazia viajantes sofrerem no banheiro. — Eu o encontrarei *mañana*. Tenho de pegar o trem às 11 horas. Se chegar às 10, podemos conversar.

— Estarei aí às 9. No saguão. Esteja pronta para assinar os papéis.

---

*Montezuma foi um imperador asteca na época da invasão europeia. Portanto, tudo que acontecia de mau aos descendentes dos conquistadores no México era chamado de "vingança de Montezuma". Na gíria americana, significa diarreia tradicionalmente sofrida por turistas no México. (*N. da T.*).

Ele não disse "se não", mas a expressão ressoou em meu ouvido mesmo assim.

— Certo, às 9 horas. Mas lembre-se, sei o quanto a fazenda vale. Quero mais dinheiro.

Minha voz tremeu na última frase e desliguei o telefone com pressa, torcendo para ele achar que eram os meus problemas estomacais que estavam causando a pressão, não o bom e velho medo.

Minhas mãos tremiam quando desliguei o telefone. Era claro que não tinha nenhuma intenção de encontrá-lo. Morria de medo dele. O homem estava tentando me intimidar e estava fazendo um ótimo trabalho. Minha única esperança era sair de Medellín para a segurança da fazenda, pelo menos era o que eu esperava. Era uma fazenda grande; teria pessoas lá, além do administrador e da empregada, trabalhadores, capatazes, e acredito que suas famílias. No mínimo, eu não estaria sozinha como agora.

A conversa pelo telefone tinha um ponto interessante: ele aumentara a oferta para *cinco vezes* o que oferecera em Seattle. Mas 50 mil não me ajudariam mais do que 10 mil. Precisava de centenas de milhares antes de voltar para Seattle. Mas um aumento de quinhentos por cento por aparecer na Colômbia me dava esperança de conseguir um preço com o qual eu conseguisse viver — e quero dizer *viver* mesmo.

Refleti um pouco mais, porém mais perguntas do que respostas apareciam. Eu não sabia quem era o Cicatriz nem sabia nada sobre sua ligação com Ramon, ou a ligação, se existisse, dos dois com meus problemas em Seattle; mas estava bem claro que ele ou eles estavam tentando extorquir a minha herança. E eu não achava que alguém tão rico quanto Ramon fosse se envolver nisso por uns trocados — eles estavam atrás de uma boa grana.

Mais uma vez, isso me dizia que a fazenda valia muito mais do que eles estavam oferecendo. O suficiente para me matar? Será que a Colômbia era um país tão corrupto que uma pessoa podia ser assassinada por causa de seus bens?

Eu me recusava a acreditar nisso. Tinha de ser um país cheio de pessoas boas que cumprem as leis, mas são vítimas da repentina riqueza que o tráfico de cocaína trouxe. Não podia ser um país onde tudo era tão violento, onde inocentes eram assassinados.

Poderia...?

Essa pergunta me fez lembrar da terceira coisa que o Cicatriz dissera que me daria, aquela que ele não verbalizou.

Não era difícil de adivinhar.

A terceira coisa era a minha vida.

17

Saí do hotel de madrugada, meia hora antes do amanhecer. O recepcionista não estava atrás do balcão. Sorri para o segurança que ficava na porta quando passei por ele.

— Vou pegar um pouco de ar fresco.

No comprende foi a mensagem silenciosa da expressão incrédula dele. Quem sairia quando estava escuro? Eu poderia ter dito a ele que aprendi essa tática com a minha mãe.

Minha mãe, que vivia deixando tudo para trás e cortando os laços, tinha aquele tipo de esperteza aprendido nas ruas. Ela viajara muito antes e depois de eu nascer. A maioria de suas viagens foi sozinha, ou sozinha com uma criança. E ela tinha as próprias teorias de como chegar em segurança aonde quer que fosse.

Quando nós morávamos no sul da Califórnia e precisávamos ir a Las Vegas ou São Francisco, duas viagens que fazíamos com frequência, tínhamos de atravessar horas pelo deserto. A teoria dela era sair bem cedo, antes do amanhecer. Ela dizia: "Os bêbados já foram presos ou desmaiaram, e os assassinos e estupradores estão dormindo. Se alguma coisa acontecer com o carro, teremos horas em plena luz do dia para resolver."

Fazia sentido, quem já ouviu falar de alguém ser assaltado *indo* para o trabalho?

Esse era o meu plano de ação quando saí do hotel com as ruas ainda adormecidas. Todos os pervertidos e assassinos ainda estariam dormindo, incluindo o Cicatriz. E eu chegaria em segurança à fazenda antes que ele percebesse que eu o enganara.

Na noite anterior, chegara à conclusão de que a fazenda significava segurança; o país inteiro não podia ser aquela loucura. Mas isso não era um fato, e sim uma pergunta. Eu simplesmente não achava possível que pessoas em uma fazenda de café fossem mortalmente loucas como as gangues de cocaína.

Corri para a garagem, olhando para trás o tempo todo. O guarda da garagem com 24 horas de segurança garantida estava dormindo ou desertara, pois a luz da cabine estava apagada. Verifiquei o banco de trás para garantir que não havia nenhum assassino escondido ali, então sentei-me atrás do volante, tranquei a porta e saí da garagem. Eu pagara na noite anterior. Estava tão perto de ser assassinada ao tirar o carro da garagem que não me importei de o guarda não estar lá quando saí.

Eu segurava o volante com tanta força que as juntas dos meus dedos estavam brancas. Dirigi pelas ruas vazias tendo plena consciência de que aquela era uma cidade perigosa e de que eu estava a caminho de uma autoestrada cheia de perigos.

Tive uma noite ruim, virei de um lado para o outro na cama enquanto brigava com as minhas opções. A situação realmente se resumia a duas decisões: ir para o aeroporto e pegar o primeiro avião que me levasse de volta aos Estados Unidos ou enfrentar o perigo e seguir para a fazenda para ver exatamente o que herdara.

Encontrar o Cicatriz era assustador demais para ser uma opção. Eu suspeitava que a ideia dele de negociação fosse "toma lá, dá cá", em que só eu daria alguma coisa.

O problema de voltar era que significava ser presa na mesma hora. Decidi que ficar presa e sem dinheiro para contratar um bom advogado não era uma boa opção.

Ao me aproximar da autoestrada que saía da cidade, um comboio de caminhões passou por mim na direção oposta. Vi homens segurando armas enquanto os caminhões passavam. Os uniformes eram verdes, típicos dos militares e dos exércitos guerrilheiros que lutavam contra eles. Eu não sabia a cor do uniforme dos exércitos do narcotráfico.

Eu esperava que minha mãe estivesse certa sobre nada acontecer ao amanhecer.

EMBAIXADA DOS ESTADOS UNIDOS
Calle 22D Bis, nº 47-51
Bogotá — Colômbia
Tel: (571) 315-0811
Fax: (571) 315-2197

BOLETIM DE VIAGEM

Segurança dos meios de transportes públicos:	Ruim
Manutenção/condições das estradas urbanas:	Ruim
Manutenção/condições das estradas rurais:	Ruim
Disponibilidade de socorro nas estradas:	Ruim

As leis de trânsito não são seguidas com regularidade, e seu cumprimento é raramente assegurado. Uma realidade caótica e perigosa para viajantes.

Por razões de segurança, a embaixada recomenda com veemência que cidadãos americanos evitem viajar pelas estradas rurais. A forte presença de grupos guerrilheiros e paramilitares e de criminosos comuns torna a viagem perigosa.

É frequente encontrar barreiras em estradas com o objetivo de roubar e/ou sequestrar os viajantes.

É perigoso viajar pelas estradas afastadas das principais cidades.

18

Burra, burra, burra. Não ocorreu a essa garota da cidade que a sinalização das estradas ficaria cada vez mais escassa quando se afastasse da cidade. Parei duas horas depois para comer e beber alguma coisa em uma espelunca na beira da estrada, uma versão colombiana de parada rural para caminhões. Comprei uma *arepa*, que é um alimento à base de farinha de milho que se parece com uma panqueca. As *arepas*, servidas puras ou com manteiga, queijo ou carne, eram a comida nacional, como hambúrguer nos Estados Unidos e tortilhas no México. Comprei uma garrafa de água mineral, *agua puro*, em vez de um suco em uma barraca de *jugos*. Eu não sabia sobre as condições de saneamento básico em uma espelunca de beira de estrada.

Na área rural, vi mais pessoas usando *ruanas*, agasalhos de lã com uma abertura no meio para a cabeça. Tinha um conceito similar ao do poncho, mas ia apenas até a cintura. As pessoas ficavam com elas dobradas sobre os ombros; as crianças as usavam presas em volta do pescoço. Quando fazia frio ou chovia, eles vestiam as ruanas. Acho que era uma versão sulista do que chamamos de capa de chuva.

Mais cedo, eu parara em um posto de gasolina e pedira informações sobre como chegar a El Miro, a aldeia mais próxima da fazenda. Pedi informações de novo na espelunca. Assim como no posto de gasolina, não fiquei cem por cento certa das informações que recebi. Ou não eram exatas sobre onde ficava a aldeia ou meu espanhol simplesmente não era bom o suficiente para entender todas as nuanças do que falavam e acenavam, mas depois de escutar várias versões diferentes, finalmente percebi que as pessoas eram educadas demais para não me dizer alguma coisa, mesmo se estivesse errado.

Finalmente, fui esperta e segui um ônibus cujo motorista me disse que passaria perto da aldeia. O ônibus se chamava *chiva* e parecia os antigos ônibus escolares americanos, mas com uma frente mais longa e uma diferença marcante: em vez de as pessoas entrarem por uma porta e seguirem por um corredor central, as laterais do ônibus eram abertas o suficiente para as pessoas descerem dos bancos diretamente para o chão. Toda a parte de cima era usada tanto para carga como para passageiros, que subiam duas escadas nos fundos e se seguravam em cordas para irem até o telhado. O ônibus era tão seguro quanto dirigir com os olhos vendados por uma estrada cheia de curvas.

Tudo era diferente quando se afastava da área metropolitana e das principais autoestradas. Saí de uma cidade moderna e entrei em um país de Terceiro Mundo. Roupas, veículos e até o idioma mostravam suas diferenças. Agora eu entendia o que queriam dizer quando falavam que a Colômbia era uma terra de ricos e pobres. Não eram apenas subúrbios e mansões nas cidades — todas as grandes cidades são divididas entre os que têm e aqueles que não têm —, mas ali eram dois mundos diferentes, um lugar de Gucci versus couro cru.

Já era quase meio-dia quando cheguei à aldeia de El Miro. A viagem fora uma prova de seis horas que, ao olhar no mapa, eu tinha achado que levaria muito menos. Parei na aldeia, comprei água mineral e frutas que pudesse descascar, mais uma vez sem saber as condições de saneamento da área rural e com medo da vingança de Montezuma.

Outra vez, me deram explicações verbais e por meio de sinais sobre como chegar à fazenda por estradas que pareciam nunca terem sido pavimentadas nem sinalizadas. Até ali, as informações mais precisas que eu recebera foram riscadas na terra com uma vareta. Depois de o vendedor de água fazer alguns rabiscos complicados na terra, deixei a aldeia por um atalho que levava à estrada.

Estava com calor, cansada e irritada quando passei por um jipe viajando na mesma estrada empoeirada que eu. O jipe não tinha capota e parecia excedente do exército. Estava indo rápido demais na estrada estreita.

Diminuí a velocidade e desviei o máximo que pude para a direita porque não havia espaço para dois carros passarem. Pude ver pelo para-brisa coberto de insetos do jipe que o único ocupante era um homem. O que vi foi um grande chapéu de palha, uma barba clara e uma mão sacudindo para eu sair do caminho.

Ele buzinou, mas não havia como eu sair da frente.

Cretino grosseiro!

Nos Estados Unidos, eu teria parado e mandado que ele passasse por cima, torcendo para ele não ser um doido, mas eu estava em um país no qual uma briga de trânsito podia acabar com tiros de uma Uzi ou uma AK-47. Mas, mesmo assim, não havia para onde eu desviar, a não ser árvores e moitas.

Pisei no freio e fiquei olhando boquiaberta enquanto o jipe se aproximava de mim, deslizando enquanto ele também pisava no freio. O jipe parou quase grudado no meu para-choque.

Respirei fundo enquanto a poeira abaixava. *Cristo.*

— Sai do maldito caminho! — gritou ele, e buzinou.

Cerrei os dentes, dei marcha a ré no carro alugado e comecei a ir para trás, mas a parte traseira do carro não queria ir exatamente para onde eu queria. Tentei ficar na estrada mas caí em uma vala.

Merda. Passei a primeira marcha e soltei a embreagem. As rodas giraram. Eu estava presa.

Furiosa, saí do carro, batendo a porta.

— Por favor, você poderia...

O jipe veio na minha direção e desviou do meu carro.

— Vá se foder — disse ele ao passar. Desviou do meu carro e acelerou, jogando poeira e pedras em cima e mim e do carro.

— *Seu filho da puta!*

Ele já estava longe demais para me escutar, mas consegui dar uma boa olhada nele quando passou, cabelo louro despenteado sob o chapéu escuro e pele muito queimada de sol. Precisava fazer a barba, tomar banho e um pouco de bons modos cairia bem.

De modo geral, ele parecia o tipo universitário americano delinquente que, dez anos antes, desistira de estudar e de pegar ondas para ir para a América do Sul se drogar e traficar. A nacionalidade dele foi confirmada ao dizer palavrões para mim, ele falara inglês, sem sotaque. E eu o xingara em inglês.

Pensando nisso, a conversa toda acontecera em inglês, desde o momento em que ele me mandara sair do caminho. Olhei para a estrada, na direção da curva na qual ele tinha desaparecido.

Por que um completo estranho falaria comigo em inglês?

O advogado de Medellín não conseguiu falar com o pessoal da fazenda que eu estava chegando porque as linhas não estavam funcionando, o que era bem comum no país. Ele disse que era provável que o administrador da fazenda tivesse um telefone celular e talvez até um radioamador, mas ele não sabia como entrar em contato com nenhum dos dois. Entretanto, mandaria uma mensagem via rádio para o posto policial mais próximo e pediria ao oficial para avisar o administrador, Cesar Montez, que eu estava chegando para que ele pudesse me pegar na estação de trem.

Tudo bem, era possível que o advogado tivesse avisado à polícia local e que o boato de que uma americana estava chegando tivesse se espalhado. Mas essa teoria não diminuía a minha paranoia.

Xinguei o cretino enquanto caminhei mais de 1 quilômetro até alguns barracos em uma fazenda onde dois homens gentis com uma pá e um burro voltaram para me ajudar a tirar meu carro da vala.

Os dois homens, que trabalhavam na fazenda e ganhavam poucos dólares por dia para sustentar suas famílias, recusaram os 20 dólares em pesos colombianos que ofereci. Não forcei pois não queria constrangê-los, mas insisti em pegar seus nomes. Eu descobriria na fazenda como poderia agradecer de forma adequada.

Uma hora depois, encontrei a Plantacíon Café de Oro.

A *tierra del café* era bonita e exuberante. Não era uma floresta densa, mas moderada, cheia de árvores verdes, arbustos e moitas. Cafeeiros, com suas grandes e brilhosas folhas verdes e cachos de frutos vermelhos parecidos com cerejas, cresciam na sombra de uma variedade de árvores maiores: bananeiras, samambaias préhistóricas, figueiras e árvores frutíferas floridas.

Estava quente mas a altitude de mais de 1 quilômetro amenizava o calor, deixando a temperatura confortável.

Quando consegui visualizar a casa grande da fazenda, fiquei sem fôlego. Parei o carro e olhei. Nunca vira nada tão charmoso na minha vida.

Era uma casa grande de dois andares no topo de uma colina; quadrada, com telhado inclinado com telhas vermelhas. Uma varanda com pilares se estendia pela parte da frente e, pelo que eu podia ver, continuava pelas duas laterais e talvez até pelos fundos da casa.

A varanda era toda enfeitada com flores brilhantes: buganvílias vermelhas, brancas e roxas e uma variedade de outras cores que eu não conseguia nomear. A colina inteira até chegar à casa era coberta de flores que cresciam no clima quente temperado.

Em uma colina coberta por hera à direita da casa, uma cascata descia mais de 30 metros, formando uma piscina verde-esmeralda.

Apenas observei a paisagem. Eu nunca vira nada parecido antes. Apaixonei-me imediatamente. Por alguma estranha razão, senti como se tivesse chegado em casa. Meu primeiro pensamento foi que fora concebida ali.

Eu sabia que era estranha a ideia de eu ter alguma lembrança daquele lugar marcada em mim se eu estava apenas no útero da minha mãe, mas foi como me senti, como um *déjà-vu*.

Não havia ninguém por perto, nenhum trabalhador. Eu sabia que era comum trabalharem seis dias por semana, então, embora fosse sábado, as pessoas provavelmente não estavam trabalhando porque era hora da sesta.

Desci a estrada empoeirada e, então, subi até o quintal. Parei ao lado da casa onde havia uma garagem para três carros. Os portões estavam fechados.

Enquanto eu saía do carro, uma mulher saiu por uma porta na lateral onde eu estacionara. Ela ficou parada no topo das escadas que levavam à varanda e me fitou.

Ela devia ter uns 50 e poucos anos, uma senhora bonita. Usava um vestido preto, simples mas elegante, e um avental branco amarrado sobre o vestido.

Como o advogado de Medellín, ela me olhou como se eu tivesse me materializado ali.

— A *señorita* não deveria estar aqui.
— Não?
— Cesar foi à estação de trem encontrá-la. Como...? — Ela apontou para o carro. — De Medellín? *Sozinha*?
— Devo dizer que sim. Quis apreciar o campo. Não sabia o quanto eu teria de apreciar por causa de entradas que peguei errado. — Eu ri.

Ela desceu os degraus, balançando a cabeça. O número de pessoas que balançavam a cabeça incrédulos para mim estava crescendo.

— Sou Juana Montez. Eu era empregada do *señor* Castillo.
— Nash Novak.

Na mesma hora, fiz a ligação dos nomes, Cesar, o administrador também era Montez, provavelmente filho dela.

Estendi a mão. Eu tinha um aperto de mão firme, mas ela vinha de uma geração e de uma cultura nas quais mulheres não apertavam as mãos, então seu aperto não era tão forte. Mas era amigável e reconfortante, assim como seus olhos. Gostei dela na mesma hora.

Ela disse:

— Peço desculpas pela minha surpresa. É claro que nós a esperávamos; recebemos o recado de que estava vindo de trem. É só que...
— Eu entendo. É culpa minha.
— Não tem problema, já passou. O trem já deve ter chegado, então Cesar já deve estar voltando para casa.
— A estação fica longe?
— Não tão longe quanto os pássaros voam, mas você viu o estado das nossas estradas. Mais de uma hora. Por favor, entre,

venha tomar alguma coisa gelada e comer alguma coisa. Assim que Cesar chegar, jantaremos.

— Só alguma coisa para beber, obrigada.

Com um copo de limonada gelada, segui Juana pela casa que, apesar do tamanho, tinha um ar de bangalô, com sua varanda fazendo uma gostosa sombra, tetos altos, grandes portas duplas e janelas altas para que o ar pudesse circular.

A surpresa mais inacreditável ficava no meio da casa: um átrio com plantas e uma cascata. O átrio tinha paredes de vidro para todos os cômodos que o cercavam. O efeito era maravilhoso: uma casa cercada por vegetação exuberante do lado de fora, e com uma floresta tropical em seu coração.

— Adorei — disse eu.

— Foi um projeto do *señor* Castillo. Ele disse que os romanos tinham pátios abertos dentro de suas casas.

Quando Juana pronunciou o nome de Castillo, percebi o sentimentalismo em sua voz apesar da aparente formalidade suposta pelo fato de ela chamá-lo de *señor*. Na verdade, seu tom de voz me surpreendeu pela delicadeza para uma simples empregada. Apesar de sua idade, modos e vestido conservadores, Juana parecia uma mulher sensual que a maioria dos homens acharia desejável e até irresistível se morasse por muito tempo na mesma casa. E pelo que o advogado me dissera, ela morou com Castillo por décadas.

Fomos para a sala de estar e paramos ao pé da escada que levavam para o segundo andar. Havia vários retratos nas paredes.

— Carlos, o pai e o avô — disse ela.

Será que aquele era o meu pai e sua família? Carlos tinha traços fortes, masculinos, até aristocráticos. O cabelo era longo, abaixo das orelhas; os olhos eram grandes e muito expressivos. Ele fazia com que me lembrasse de fotos que eu vira de cavaleiros da época em que a maioria dos países da América Latina eram colônias espanholas. Os cavaleiros da época eram ricos, donos de fazendas. Carlos tinha aquele olhar orgulhoso da aristocracia espanhola, inteligente sem ser arrogante, autoconfiante e corajoso.

Ramon, o cretino que me fez companhia no voo, também tinha esses belos traços latinos, mas ele era apenas sensual. Carlos parecia distinto e tinha uma presença dominante. Vi uma outra coisa também.

— Um poeta — disse eu.

— Um poeta?

— Ele me faz lembrar um poeta. Vejo um lado artístico nele. Ele escrevia ou pintava?

— A vida dele era o café. Ele acreditava que tinha de viver e respirar café; até amá-lo e compreendê-lo. Então, sim, ele era um artista, e sua tela era a fazenda. Ele tinha a reputação de cultivar os melhores grãos de café do país. E, claro, isso quer dizer do mundo, pois a Colômbia tem o melhor café do mundo. A única recreação que ele tinha, às vezes, era ir sozinho para as montanhas.

— Para caçar?

— Não, ele não caçava. Ele adorava encontrar plantas exóticas que nunca tivesse visto antes. Às vezes, ele as trazia para a fazenda e plantava ou mandava para um amigo, um professor de botânica de uma universidade em Bogotá. Em várias ocasiões as plantas eram de tipos que ninguém pesquisara ainda.

Olhei os retratos de novo, procurando-me neles. Provavelmente era apenas a minha imaginação, mas tive certeza de ver meus olhos e lábios no rosto de Carlos.

Como com a casa, senti uma ligação imediata com ele. Talvez fosse apenas a minha imaginação de novo, o meu desejo de ter um pai, mas era como se eu o conhecesse. Não, não o conhecesse, mas o compreendesse.

Juana disse:

— Vou mostrar-lhe o segundo andar, mas precisamos ficar em silêncio porque...

— Não há necessidade de fazerem silêncio — disse uma voz no topo da escada. — Estou acordada.

A mulher no topo das escadas não seria uma surpresa para mim em Seattle, mas era um choque ali em uma fazenda de café na Colômbia.

19

A mulher que olhava para nós do topo da escada era chinesa, mas não *apenas* chinesa: era uma boneca de porcelana, uma daquelas mulheres exóticas e provocantes que encantam os homens ocidentais.

Ela falara em espanhol, com um forte sotaque estrangeiro.

Não usava nada por baixo da fina camisola de seda, o que era óbvio até de onde eu estava. Seus pequenos seios sobressaíam na seda transparente de uma forma que os meus não faziam desde que eu saíra da adolescência.

Fui mesquinha o suficiente para me perguntar se os seios dela tinham alguma ajuda artificial para chamarem atenção, mas imediatamente percebi que meus pensamentos eram apenas um desejo. Os seios dela eram muito pequenos e delicados para terem sido aumentados por meio de uma cirurgia. Tudo o que não coubesse na boca era desperdício, um amigo me dissera certa vez.

Parecia que ela tinha saído de um filme do James Bond, no qual ela interpretava a vilã sensual.

Sendo uma mulher que tivera seus momentos de vagabunda, eu reconhecia uma quando via.

Ela nos fitou, o rosto impassível. A única pista para seus sentimentos era que eles não podiam ser interpretados.

— *Señoritas*, Nash Novak, Lily Soong.

— Prazer em conhecê-la. — Sorri para ela.

Ela assentiu para mim, uma rainha aceitando a saudação de um súdito. Então, virou-se e se afastou.

Vendo o constrangimento de Juana, segurei seu braço.

— Podemos ver o andar de cima mais tarde. Agora me fale sobre as maravilhosas plantas que estão na varanda. São lindas e não as conheço.

Quando estávamos na varanda, perguntei:

— Ela é esposa de Cesar?

— Namorada dele; filha de um homem que está fazendo experiências com café. — Juana fez cara feia. — Quando eu era jovem, uma mulher nunca pensaria em terminar a noite dormindo com o namorado.

Eu não comentei que isso foi antes da pílula e da revolução sexual, e provavelmente nem era uma verdade completa. Para a minha geração, a postura de Juana era típica da hipocrisia sexual que tinha um padrão sexual diferente para mulheres e homens.

— O pai da *señorita* Soong é um cientista chinês que está visitando a fazenda, um químico. Ele está trabalhando com um químico colombiano para desenvolver um cafeeiro que produza grãos de café descafeinado.

— Café descafeinado direto da árvore? Que ideia maravilhosa.

— Apenas uma ideia. Acho que ainda não tiveram sucesso. Nem terão enquanto eu for viva. Carlos também trabalhou com um químico por muitos anos, tentando desenvolver tal planta, mas eles não conseguiram nada. Agora Cesar permitiu que esses dois homens montassem um laboratório nos barracos dos trabalhadores a 1 quilômetro daqui. Você os conhecerá hoje à noite. Agora que a *señorita* Soong a viu, será educado convidá-los para jantar. — Juana segurou meu braço. — Quero mostrar-lhe uma coisa.

Ela me levou para a garagem e levantou uma das portas. Havia um carro verde. Era antigo, da década de 1950, pensei, e muito elegante. A grade da frente era larga e os faróis, duplos. Um grande V com um oito no meio indicava que o carro era um V-8. Apesar do fato de o carro ter sido construído antes da era espacial, poderia ter sido usado como uma nave espacial em *Guerra nas estrelas*.

— Um Rolls antigo?

— Um Nash Ambassador 1957.

— Mesmo? Um Nash? Uma vez, alguém me disse que havia um carro com esse nome, mas achei que fosse um carro pequeno, compacto. Esse carro é elegante, fabuloso.

— Carlos me disse que o Nash mudou quando foi misturado com outro tipo de carro, mas esse era seu modelo favorito. Ele não teria trocado pelo Rolls que você mencionou. Era o bebê dele, como ele o chamava; ele o manteve em perfeitas condições. Como pode ver, parece novo.

Percebi que meu nome viera daquele carro.

— Onde ele está enterrado? — perguntei.

Juana apontou para o topo da colina onde começava a cascata.

— Lá em cima, para que ele possa olhar a fazenda que tanto amava.

Eu queria ver, mas não naquele momento, talvez mais tarde quando pudesse subir sozinha.

— Você conheceu a minha mãe? — perguntei.

Ela desviou o olhar.

— Não.

Percebi que ela não estava dizendo a verdade, mas não perguntei por que estava mentindo para mim, pois fomos interrompidas pelo ruído de um carro subindo a ladeira.

— Cesar voltou — disse ela.

20

O que ele sentiu por mim foi ódio à primeira vista. Mas isso provavelmente era apenas uma meia verdade: ele já devia odiar a ideia da minha existência muito antes de me ver em carne e osso.

Duas coisas ficaram claras para mim no momento em que o vi saindo do carro e batendo a porta.

Era provável que ele fosse filho de Carlos; percebi algumas similaridades.

E devia ser a pessoa que fora deserdada.

Ele nem se incomodou em ser educado, mas veio para cima de mim, perguntando quem eu achava que era para vir dirigindo até a fazenda quando disseram a ele que deveria me pegar na estação de trem.

Fixei o olhar no dele.

— Na última vez em que me olhei no espelho, eu era adulta e não lhe devia nenhuma satisfação. E se você tivesse algum meio pelo qual as pessoas pudessem se comunicar com você, não haveria problema.

— Por favor, Cesar, ela acabou de chegar...

Ele passou direto por mim e entrou na casa. Acalmei Juana, pedindo que me levasse ao meu quarto. Fiquei deitada na cama por um tempo, tentando dormir, mas acabei desistindo. Eu ainda estava chateada pelo comportamento grosseiro de Cesar. Tomei um banho e me arrumei para o jantar.

Cesar tinha aproximadamente a minha idade. Juana me disse que ele tinha 29, sendo assim, dois anos mais novo do que eu, mas parecia mais velho. Sua altura era mediana, uns 5 centímetros a mais que o meu 1,70 metro; tinha cabelo escuro um pouco ondulado, e costeletas grossas e longas. Costeletas de macho era como eu as chamava. Ele usava um chapéu Panamá e camisa aberta com uma grossa corrente de ouro.

Odeio correntes de ouro em homens; por que eram sempre os mais machões que as usavam e aqueles que deixavam os botões de cima da camisa abertos, mostrando os pelos do peito?

Cesar tinha alguma coisa da aristocracia espanhola. Dar ordens parecia natural para ele. Depois de ter supervisionado os meus empregados, com mão de ferro quando necessário, estava certa de que Cesar não deixava dúvidas aos seus subalternos sobre quem estava no comando.

Percebi outra coisa a respeito dele quase imediatamente. O fato de ele ser filho de Carlos o tornava meu meio-irmão. Não havia mais dúvida de que Carlos era meu pai, pelo menos para mim.

Por que ele deserdara seu filho e deixara para mim uma fazenda no país mais perigoso do mundo ainda era um incógnita.

Logo depois que Cesar chegou, começaram os preparativos para o jantar na fazenda. Minha fazenda. Mas na hora do jantar, eu ainda sabia muito pouco sobre ela, exceto que a casa principal era muito mais impressionante do que eu imaginara.

Eu meio que esperava que alguém, para ser mais exata, Cesar, o administrador, tivesse me levado para conhecer a fazenda antes do jantar, mas acho que tive sorte de ele não ter me estrangulado.

A primeira coisa que pensei sobre as minhas companhias para o jantar foi: "Nossa, que grupo estranho." Nós nos reunimos antes do jantar para tomar um drinque na sala de estar. Foi tudo bem informal. O ar noturno e a casa tornavam o ambiente tropical, embora estivéssemos em uma altitude elevada demais nos Andes para estarmos nos trópicos.

A boneca de porcelana estava presente com seu pai. Disseram-me que o Dr. Soong era um químico de Hong Kong. Eles formavam uma dupla estranha. Os dois tinham a mesma relação familiar de um gato siamês e um cão vira-lata. O Dr. Soong não falou quase nada, e quando falou, mal dava para entender seu espanhol. O único interesse social dele era tomar sua sopa ruidosamente e mastigar com a boca aberta. Em outras palavras, não tinha qualquer trato social.

Sua filha, por outro lado, era arrebatadoramente linda, sensual, e eu detestei o fato de que todos os homens na sala, incluindo seu pai, fitavam-na com desejo platônico, o que fez com que me perguntasse que tipo de relacionamento pai-filha eles tinham.

O companheiro do Dr. Soong, Julio Sanchez, era um professor universitário de Medellín. Sanchez era pesado, redondo e usava um bigode estilo Hitler. Ele sofria do mesmo problema nasal que um empregado meu que roubava dinheiro do meu caixa para sustentar seu vício: um nariz inchado que ficava escorrendo devido ao uso de cocaína.

Foram disponibilizadas algumas cabanas para os químicos morarem e trabalharem do outro lado da fazenda. Juana me dissera que os barracos eram usados por trabalhadores temporários durante as colheitas, e Cesar as emprestara para os cientistas correrem atrás de sua meta de desenvolver um cafeeiro que desse grãos de café descafeinado. Não me explicaram os termos, mas fiquei com a impressão de que a fazenda receberia alguma vantagem caso eles fossem bem-sucedidos.

Lily morava em uma cabana com o pai. Tive vontade de perguntar se isso era quando ela não estava na casa principal transando com Cesar.

Admito que eu provavelmente estava com ciúmes por ela me fazer sentir uma adolescente com enchimento no sutiã em uma época em que é possível aumentar os seios com uma cirurgia, mas ela me olhava de um jeito quase curioso, como se soubesse de algo sobre mim que eu não sabia.

O que não era difícil, já que eu estava quase que completamente no escuro sobre tudo.

O Dr. Sanchez fitava Lily lascivamente. Enquanto ele olhava para ela e mastigava um pedaço de bife, criou-se na minha cabeça a imagem do cientista gordo mastigando uma boneca de porcelana.

Cesar sentara na cabeceira da mesa, e Juana, sendo diplomática, me levara para a outra cabeceira. Era um lugar de respeito, no qual eu achava que a mulher mais velha deveria se sentar. Sentei-me em outra cadeira e insisti para que ela se sentasse na cabeceira. Duas mulheres nos serviram.

Assim que nos sentamos, recebemos uma visita inesperada: um homem e uma mulher. Arregalei os olhos e fiquei irritada no momento em que vi o homem. Era o cretino que me fizera dar ré e cair na vala, deixando meu carro alugado preso.

Meu sangue ferveu quando ele entrou.

Ele sorriu ao ser apresentado.

— Prazer em conhecê-la.

— Gostaria de poder dizer o mesmo.

Levou um momento até que ele percebesse quem eu era, talvez o meu olhar furioso no momento em que ele entrara tivesse atrapalhado.

Juana, um pouco surpresa, perguntou:

— Vocês já se conhecem?

— Foi ele quem me tirou da estrada.

— Desculpe, eu tinha de apagar um incêndio; precisava passar.

Cesar gargalhou:

— O incêndio provavelmente era a polícia. Por isso ele teve de jogá-la para fora da estrada. A vida de um contrabandista é assim: um dia se compra champanhe, no outro, se está fugindo da polícia.

O nome dele era Josh Morris. Não tinha a mínima classe. O cabelo estava comprido demais; não tinha o hábito de fazer a barba com frequência e não tinha educação suficiente para tirar o boné velho do Boston Red Sox para se sentar à mesa para jantar.

Eu conhecia o tipo, fracassados que perdiam o rumo pegando atalhos para alcançar o sucesso, mas evitando o trabalho duro. E não era raro se envolverem em esquemas de enriquecimento rápido e ilícito.

Ele não viera jantar e sim falar com Cesar. Não me surpreendia eles serem amigos. Parecia que a única forma que os dois sabiam falar era com uma cerveja na mão.

O que mais me irritou em Josh foi a mulher que estava com ele. Uma jovem corpulenta com seios fartos que não devia ter um dia a mais do que uma moça de 16 anos bem desenvolvida; e ela era jovem o suficiente para ser a garota atrevida que despertava os interesses sexuais de todos os homens da sala.

Entre a elegante borboleta chinesa e a Lolita colombiana, me senti mais feia e sem graça do que de costume.

Que grupo estranho, pensei de novo. Enquanto Cesar e Josh conversavam sobre futebol e pôquer, e Juana se desdobrava para me deixar confortável, o restante do grupo não tinha absolutamente nada em comum. Os dois químicos pareciam não se falar mais do que falavam com as outras pessoas. A boneca de porcelana e a Lolita não falaram uma com a outra nem com nenhuma outra pessoa, mas tenho certeza de que nenhuma das duas conseguiria conversar sobre qualquer coisa a não ser a cor de seus esmaltes.

Quando os dois químicos anunciaram que iam se retirar, Juana fez um sinal para Cesar fazer um brinde para mim.

Ele se levantou com o copo na mão, e os outros o imitaram.

— À nossa visitante *norte-americana*; que seus dias em nosso bonito país sejam lucrativos e que seus problemas em seu país desapareçam.

Juana lançou um olhar para o filho que deixava claro que não gostara do brinde. Sorri agradecendo e, pelo bem de Juana, escondi a minha irritação. Eu preferia ter dito a Cesar que não era uma "visitante", e sim a nova dona, e ter perguntado a ele como sabia sobre meus "problemas em meu país".

Ocorreu-me que o advogado de Seattle tivesse contado ao de Medellín que contara para Cesar, mas isso era improvável, já que ele nem conseguiu telefonar para cá avisando do trem. Eu estava mais inclinada a acreditar em conspirações do que em explicações fáceis. E uma simples teoria da conspiração ligava Cesar ao Cicatriz e a Ramon. De repente, percebi que Cesar podia estar por trás das ofertas.

Ocorreu-me também outro pensamento. Uma conexão chinesa na Colômbia... um gângster chinês em Seattle explodira a minha loja...

Havia tantas teorias da conspiração na minha cabeça que eu tinha certeza de que os outros à mesa estavam pensando as mesmas coisas.

Levantei-me, pedindo licença para respirar ar puro.

Uma lua cheia e aromas deliciosos me deram as boas-vindas. Era o paraíso. Mas todo paraíso tinha a lendária cobra.

Eu estava encostada em uma árvore, olhando a cascata que brilhava sob a luz do luar, quando percebi que não estava sozinha.

De repente, Josh estava ao meu lado.

Fiz uma careta e o ignorei, cruzando os braços e voltando a olhar para a cascata.

— Você gostaria de me dizer alguma coisa? — perguntou ele.

— Adeus? Já vai tarde?

— Sei que bem no fundo você gosta de mim...

— Você está sonhando.

— Por que...

— Não gosto de pessoas que me jogam para fora da estrada porque são grosseiras e burras. Como sabia que eu era americana? Você me xingou em inglês.

— Cesar me disse que você estava vindo. Tem mais alguma coisa que gostaria de colocar para fora?

— Não gosto de traficantes de drogas. Você é escória, um bandido sujo que só espalha veneno. Suponho que ronde portões de escolas para vender sua mercadoria. Foi onde deve ter conhecido a sua amiguinha. Como está pagando para ela ficar com você? Cocaína na mamadeira?

— Você está com ciúmes. Vi isso assim que entrei. Se apaixonou por mim no momento em que a tirei da estrada. É o tipo de mulher que fica excitada quando um homem de verdade se aproxima.

Odiei a postura arrogante dele. Queria dar-lhe um soco na cara.

— *Josh!* Você se esqueceu de mim?

A Lolita viera atrás dele. Que bom, pois ele me deixara sem palavras. Eu não tinha nenhuma resposta para a afirmação ridícula que ele fizera. Passei pela Lolita e voltei para dentro da casa.

Passei aquela noite acordada na cama e escutei a paixão de Cesar e Lily no quarto em cima do meu até não suportar mais. Peguei um cobertor e fui para um balanço de vime que ficava na varanda.

Eu não sabia o que fazer com a fazenda e com as pessoas que estavam nela. Mas sabia que estava sozinha. E assustada. Meus instintos me diziam que eu podia confiar em Juana, ela não tinha malícia... mas quanto ao restante, que bando de vagabundos.

Imaginei qual seria exatamente o relacionamento entre Cesar e Josh. Eles eram apenas amigos... ou Cesar fabricava cocaína em algum lugar da fazenda para Josh traficar?

Lembrar do comentário de Josh de que eu me sentia atraída por ele me fez trincar os dentes. O que mais me contrariava nele era o fato de eu realmente ter sentido uma atração sexual imediata por ele. E não porque ele me jogara para fora da estrada. Mas porque havia algo de selvagem e magnético nele que me atraía.

Por que será que tantas de nós, mulheres legais, tomamos decisões erradas quando se trata de homens? Aquele cretino me jogara literalmente para fora da estrada, usara linguagem chula comigo, assaltara um berçário, e lá estava eu, uma executiva inteligente e bem-sucedida me sentindo instantaneamente atraída por ele.

21

Na manhã seguinte, eu estava na cozinha com Juana, tomando café com torradas, quando Cesar entrou e perguntou se eu estava pronta para conhecer a fazenda. Ele parecia estar com o humor melhor do que na véspera, pelo menos não parecia mais um vulcão em erupção.

Não sei se foi maldade minha, mas me perguntei se ele simplesmente resolvera lidar comigo... ou se sua fúria fora controlada pela noite de paixão com a boneca de porcelana.

Antes de sairmos da cozinha, Cesar mandou Juana servir o café da manhã na cama para Lily. Juana levantou as sobrancelhas e resmungou alguma coisa que não consegui entender, mas tenho certeza de que não fora nenhum elogio à hóspede.

— Começaremos pelo viveiro — disse Cesar. — Hoje é domingo, mas mesmo assim haverá alguns trabalhadores.

O viveiro era um jardim onde os cafeeiros começavam a crescer a partir das sementes. Ele disse que levava aproximadamente oito semanas para as sementes germinarem.

— Não plantamos qualquer semente, escolhemos as melhores. E cortamos as plantas mais fracas. Nossas sementes são grandes;

não conheço outra fazenda na Colômbia que cultive grãos maiores ou melhores que os nossos.

Eu conhecia aquele tipo de grão, pois o comprava para torrar e moer na minha loja. A teoria era que quanto maior o grão, melhor o café.

— O segredo da Café de Oro para cultivar os melhores grãos de café são os cuidados que tomamos em cada etapa do processo. Carlos era um gênio para selecionar as melhores plantas. Durante décadas, ele mesmo escolheu cada grão que seria cultivado no viveiro; ele pegava dos cafeeiros que acreditava produzirem o melhor café. Muitas pessoas podem dizer como se deve selecionar os grãos, mas poucos têm talento para selecionar os melhores.

— Como ele era, como pessoa?

— Um idiota — respondeu Cesar.

Apesar da dura descrição, não havia dúvidas de que ele falava de Carlos com orgulho. Não perguntei por que Carlos era um idiota, achei melhor continuar o passeio pela fazenda antes de começar qualquer conversa que pudesse acabar mal.

Segui Cesar até a área onde os cafeeiros estavam na altura do joelho.

— Quando os cafeeiros atingem mais ou menos meio metro, são usados para substituir árvores que não dão mais frutos.

— Quanto tempo leva para um cafeeiro produzir grãos que podem ser usados?

— Leva muitos anos até nascerem as flores e os frutos, mas trabalhamos neles muito antes de florescerem e continuamente depois. Se não forem cuidados, os cafeeiros podem chegar a mais de 9 metros. Nós os podamos para que possamos colher os frutos com as mãos. A colheita é outro processo de trabalho intenso. Só colhemos os frutos quando apresentam um tom vermelho intenso, mas eles não amadurecem todos ao mesmo tempo. Isso significa que os trabalhadores têm de voltar à mesma árvore sete ou oito vezes durante a época da colheita.

— Quanto cada cafeeiro produz?

— Em média, pode-se dizer meio quilo por árvore. Temos cerca de 250 mil cafeeiros por todos os 202 hectares da fazenda.

Rapidamente calculei que a fazenda produzia cerca de 125, mil quilos por ano. Eu não sabia por quanto uma fazenda de café vendia ou qual era a margem de lucro, mas sabia o suficiente para perceber que aquela quantidade de café não me colocava na classe das herdeiras super-ricas.

— É claro que você sabe que só cultivamos café arábica.

— Sei, eu também só vendia arábica na minha cafeteria. Ouvi falar que vocês não cultivam robusta aqui na Colômbia.

— Cultivamos muitas coisas no nosso país, algumas são vendidas nas ruas do seu país na forma de pó branco. Então, não me surpreenderia se houvesse fazendas nos vales cultivando robusta e vendendo como arábica. Sabe a diferença entre as duas linhagens?

— Um pouco. O café robusta é cultivado principalmente na África e na Ásia; já o arábica é cultivado no Ocidente, principalmente na Colômbia, América Central, no Brasil e sul do México, e um pouco na África. O robusta tem um sabor mais e forte e duas vezes mais cafeína.

— Robusta é o lixo do café. O motivo para a torrefação francesa e italiana ser tão escura é porque originalmente eles compravam café da Turquia, e era robusta. Eles tinham de queimá-lo no processo de torrefação para deixá-lo saboroso. Mas é mais barato para cultivar que o arábica e dá em mais quantidade. É mais fácil cultivar e colher. Até os vietnamitas entraram no mercado do café, principalmente com o robusta, mas eles também produzem arábica. Nos últimos anos, eles inundaram o mercado mundial com robusta.

Eu sabia que o arábica era vendido na bolsa de commodities de Nova York, e o robusta, na de Londres. O café era o segundo produto mais comercializado no mundo, perdendo apenas para o petróleo. Independente de onde era a bolsa de commodities central, tanto o robusta quanto o arábica entravam nos Estados Unidos e na Inglaterra.

Ele disse:

— Como o robusta custa metade do preço do arábica, a maioria das marcas nos supermercados do seu país mistura os dois. Os americanos e europeus não sabem disso, já que os rótulos dizem que é arábica puro; eles estão comprando café inferior misturado.

Ele tirou um fruto de um cafeeiro e o abriu:

— Cada fruto possui dois grãos. Os grãos são cobertos por camadas externas que têm de ser retiradas antes de eles serem embarcados para a torrefação nos Estados Unidos e na Europa. A casca externa do fruto e a polpa que envolve os grãos são retiradas em um despolpador. Fazemos isso logo após serem colhidos, geralmente nas primeiras 24 horas.

O despolpador parecia um enorme moedor de carne. Os frutos eram colocados em um tonel em cima. Os grãos e a polpa viscosa saíam embaixo.

— A polpa é uma substância pegajosa, gelatinosa. Você pode ver que ainda fica um pouco grudada nos grãos mesmo depois do despolpamento. Para tirá-la, lavamos os grãos. E a lavagem também é um passo importante na criação de um café aromático. Colocamos os grãos em tanques e deixamos ali por dias até que o resto da polpa se solta naturalmente por meio de fermentação.

Ele me levou ao lugar onde os grãos estavam secando em terreiros de concreto. Trabalhadores descalços andavam por cima dos grãos enquanto os espalhavam.

— Os grãos são espalhados e virados diversas vezes ao dia para ajudar na secagem. Dependendo do clima, levam até duas semanas para secar. Não temos secadores a ar quente; temos de contar com o sol. Cobrimos os grãos à noite e quando chove. Perdemos parte da colheita por causa da umidade. Se tivéssemos os secadores, a perda não seria tão grande.

— Por que não temos secadores?

— É muito caro comprá-los e operá-los. — Ele pegou grãos secos. — Neste ponto, chamamos o café de pergaminho, porque ainda está com casca. Depois que os grãos secam, os tratamos para tirar o pergaminho com um processo de polimento.

Depois desse tratamento, os grãos eram empacotados em sacas de juta. Cada saca pesava 60 quilos.

— A maioria dos cafeicultores simplesmente transporta as sacas com café verde para o porto assim que elas estão cheias. Carlos sempre insistia em deixar os grãos na fazenda por mais dois meses depois de serem processados. Ele dizia que isso permitia que os grãos se acostumassem à sua nudez enquanto ainda respiravam o ar da fazenda em que foram cultivados.

— Como envelhecer um bom vinho.

— Exatamente. Ele acreditava que até a composição do solo afetava o gosto. Ele se recusava a usar fertilizantes comerciais.

— Isso é bom, não é? Orgânico é mais saudável.

— É mais barato usar fertilizante comercial do que orgânico. E travamos uma luta com *la broca*, um verme de café que fura o fruto. Não dá para se livrar deles apenas com estrume de vaca e com a polpa do despolpador que usamos como fertilizantes. Precisa de produtos químicos.

— Quantos trabalhadores a fazenda tem?

— Durante a colheita, temos mais de cem, mas a maioria deles é de colonos trabalhando pelo aluguel.

— O que você quer dizer com trabalhando pelo aluguel?

— Temos trezentos colonos que pagam aluguel, alguns deles pagam com trabalho.

— Eles estão pagando aluguel pelas casas?

Ele me olhou de forma estranha.

— Você não entende o sistema, não é?

Dei de ombros.

— Estou aprendendo agora.

— Os colonos são fazendeiros arrendatários. Eles têm em média dois hectares cada um. Eles trabalham em suas fazendas por uma parcela dos lucros.

— Eles trabalham na fazenda...

— Não na fazenda. Nos outros 607 hectares.

— Tem ainda mais 607 hectares?

— Você herdou mais de 800 hectares. Duzentos e dois na parte principal da fazenda, que administramos diretamente; o resto é arrendado para trezentos fazendeiros, cada um com uma média de 2 hectares. Os fazendeiros trabalham a terra designada a eles e recebem parte da safra como pagamento. E alguns ajudam na colheita da fazenda.

Meeiros, veio na mesma hora à minha cabeça.

Eu herdara 800 hectares em terras. Com mais de 1.200 cafeeiros por hectare, eram 1 milhão de cafeeiros. Quase 50 mil quilos de café por ano.

Eu estava rica!

Cesar leu meus pensamentos e riu, mas sem nenhum humor.

— Não comece a gastar o dinheiro ainda. Carlos estava falido.

— Falido? Mas você disse...

— Podemos produzir 500 mil quilos de café por ano, mas o café é vendido a 1,80 dólar o quilo, e nos custa 2 dólares para produzi-lo, então perdemos um pouco a cada quilo. E tem abaixado para 1,40 o quilo. Isso para um café que era vendido a 12 ou 16 dólares o quilo na sua cafeteria em Seattle.

— A fazenda, com seus fazendeiros arrendatários, está perdendo dinheiro?

— É um buraco no chão em que Carlos estava jogando dinheiro. A queda começou uns cinco anos atrás. Até aquela época, havia um acordo internacional que fixava o preço pago aos cafeicultores. As restrições caíram, e o mercado começou a estipular seu próprio preço. Todo mundo já estava produzindo demais. Além disso, o café robusta barato e o arábica cultivado ao sol enchiam o mercado. O preço do café despencou para a metade, e pequenas colheitas que eram comercializadas passaram a ser apenas de subsistência. Os únicos que estão ganhando dinheiro são as grandes fazendas corporativas e mecanizadas que cultivam o café em plena luz do sol.

— Por que tem tanta diferença entre o preço do café cultivado ao sol e à sombra?

— Uma fazenda de café cultivado à sombra exige mais trabalho humano e tem menos cafeeiros por quilômetro quadrado, porque precisa de árvores para fazer sombra, e isso ocupa espaço. Quando se tira as árvores que fazem sombra, consegue-se plantar duas ou três vezes mais cafeeiros. E por causa das árvores que fazem a sombra, não podemos usar equipamentos mecânicos para a colheita. A maior parte do café produzido aqui na Colômbia é em pleno sol, assim como no Brasil. Cultivar na sombra é passado, não podemos mais nos dar a esse luxo.

— Mas o cultivo à sombra não é menos prejudicial para o meio ambiente e mais saudável para nós, já que não precisa de tantos agrotóxicos, pesticidas, fertilizantes...

— O café cultivado à sombra é bom para alimentar pássaros, se você puder se dar a esse luxo. Se quiser ganhar dinheiro, tem de derrubar a floresta, plantar mais cafeeiros e comprar máquinas que fazem o trabalho de cem trabalhadores. Esta fazenda valeria milhões se as árvores que fazem sombra fossem derrubadas, os fazendeiros arrendatários, despejados, e os cafeeiros, plantados em todo o espaço.

— Mas isso modificaria completamente o meio ambiente. Eles não chamam os cafezais em plena luz do sol de desertos ambientais? E o café não seria de qualidade tão alta quanto o que a Café de Oro produz...

O rosto dele mudou demonstrando sua irritação.

— Você parece Carlos falando. Eu já disse que ele era um idiota; poderia ter ficado rico, mas foi muito mole para despejar os fazendeiros arrendatários e muito orgulhoso por cultivar um café de alta qualidade. Qual é a vantagem de produzir o melhor café se alguém na África ou na Ásia ou mesmo seu vizinho produz grãos inferiores e mais baratos? Você acha que as redes de restaurantes e fast-food, supermercados e atacadistas ligam para o que vem dentro das latas? Eles só se importam em fazer uma mistura que disfarce os produtos químicos usados no cultivo e no processamento do café e o fato de estar misturado com Robusta barato.

— Temos de ter algum orgulho no que fazemos. Não é só porque outros cafeicultores têm uma mentalidade...

— Você não entende, é trabalho duro, extenuante, dia e noite, ano após ano, para quê? Para ver nosso excelente café jogado dentro de latas e misturado com café cultivado ao sol ou com Robusta? Os grandes atacadistas só querem discutir preço, não o meio ambiente. Quando alguém na bolsa de commodities de Nova York estipula o preço do café, não liga a mínima para onde ou como ele é cultivado; para ele são apenas milhares de quilos em um pedaço de papel.

— Mas e os pequenos fazendeiros, os colonos, o que eles fariam? Eles têm família...

— Essas pessoas são pobres desde que nasceram; seria um ato de compaixão expulsá-los. Eles podem trabalhar para os cartéis produzindo a mercadoria mais lucrativa do país.

— Isso é cruel.

— Essa é a vida. — Ele se afastou, mas parou e se virou para me encarar. — Sua herança pertence a um banco e a promissória vence em poucos meses. Quando tomarem posse da fazenda, eles vão fazer exatamente o que eu queria que Carlos tivesse feito: transformar a Café de Oro em uma fazenda que cultiva café ao sol. Ele era orgulhoso e inflexível demais; morreu falido. Você deveria ter aceitado a oferta para vender... fique por aqui e vai acabar expulsa pelo banco assim como os colonos.

22

Como eu sempre disse, todo paraíso tem uma serpente. Eu fiquei rica... por aproximadamente dois segundos. Agora parecia que herdara apenas problemas.

Caminhei pela sombra das árvores, escutando o canto dos pássaros, absorvida pela maravilha de tudo aquilo enquanto perguntas rodavam na minha mente.

Cesar sabia muito sobre a minha vida. Na noite anterior, ele mencionara os meus problemas em Seattle. Naquele dia, revelara que sabia sobre a tentativa de compra da fazenda. O que mais ele sabia? Será que o plano era comprar a fazenda por uma pechincha, transformá-la em uma lucrativa fazenda que cultiva café ao sol... ou será que Cesar, o Cicatriz e quem mais estivesse envolvido planejavam usá-la para plantar o produto mais lucrativo de toda a Colômbia: cocaína?

Eu não sabia nada sobre cocaína, exceto o que lera no *Guia de Viagem da América do Sul*: que ela era processada a partir da planta da coca. Eu não fazia ideia de como era essa planta, apenas presumia que fosse verde e com muitas folhas. A droga podia estar sendo cultivada à minha volta que eu não saberia. Alguém tinha me dito que essa planta fora um dos ingredientes da Coca-Cola, mas que tiraram havia muito tempo.

Os estranhos rumos que a minha vida estava tomando eram impressionantes. Parecia que eu pulava de uma poça de problemas para outra. Poças? Os problemas me atingiam como maremotos.

A origem dos meus problemas em Seattle estava aqui na fazenda; isso era certo. Meu senhorio era inocente, pelo menos de mandar explodir minha loja. Tentaram criar um caos financeiro para mim em Seattle para que eu aceitasse qualquer oferta ridícula para vender a fazenda. Cesar, o Cicatriz, Ramon e talvez até o mal-educado Josh provavelmente estavam todos juntos nessa.

A tentativa quase me matou, mas eu esperava que isso não fizesse parte do plano.

Peças que se encaixavam como em um quebra-cabeça, pelo menos na minha cabeça, eram um alívio. Eu também sabia a solução: deixar tudo para trás e ir embora. Mas eu não tinha mais para onde fugir. Eu estaria longe dali em um minuto se tivesse para onde ir. Estava presa ali. Mas estava cansada de ser saco de pancada. Estava furiosa. Aqueles cretinos tinham destruído a minha vida.

A única forma de recuperar o que eu tivera, limpar o meu nome e manter a fazenda funcionando era sendo mais esperta do que eles. E me mantendo viva.

Não podia enfrentar Cesar e companhia, pois não podia chamar a polícia. Por algum motivo, eu duvidava que eles pudessem me matar deliberadamente, quero dizer, eles podiam ter mandado explodir a minha loja, mas eu não podia acreditar que Cesar e os outros tentariam me matar, exceto talvez o Cicatriz. E até isso era apenas uma possibilidade, pois eles queriam comprar a fazenda, não complicar as coisas.

Outra coisa que eu também não engolira. Os colonos. Trezentos fazendeiros arrendatários e suas famílias. Eu conhecera alguns naquele dia e vira como trabalhavam duro e como seus olhos brilhavam cheios de honra.

Não sou uma salvadora da pátria como a minha mãe, que estava sempre pronta para brigar por qualquer boa causa que aparecesse. Mas também não sou uma feitora de escravos. Não conseguia digerir a história de cortar toda aquela vegetação nem a de expulsar centenas de famílias.

Cesar estava errado quando dizia que faria um favor a eles cortando seus vínculos com a fazenda. Eu sabia o suficiente sobre a economia de países como a Colômbia para saber que existe uma pequena elite no topo e uma enorme massa de pobreza aos seus pés, na qual os pobres não têm praticamente nenhuma oportunidade de melhorar de vida. Eles não tinham para onde ir. Era por isso que havia tantos movimentos guerrilheiros no país: milhões de colombianos viviam na mais absoluta pobreza e não tinham esperança de um futuro melhor.

Tirar a terra dos arrendatários seria uma crueldade. Eu não poderia fazer algo assim, por mais desesperada que estivesse.

A ideia de perder a fazenda para um banco, uma entidade de pedra, sem coração e sem sangue correndo nas veias, era igualmente repulsiva. O banco mandaria um liquidante até a fazenda para expulsar as famílias e derrubar as árvores que faziam sombra e venderia o lugar para um grande fazendeiro, dono de diversos cafezais ao sol.

Deus, quantos problemas eu herdara. Eu precisaria de um milagre para manter a fazenda funcionando. E para limpar meu nome em Seattle.

Até aquele momento, houvera pouca intervenção divina nos meus problemas. A maioria fora obra do diabo.

Perdida em pensamentos, caminhei até chegar a uma barraca com apenas três paredes. Dentro havia uma pequena grelha, um moedor de café, garrafas d'água, xícaras, uma cafeteira e filtros, não foi difícil chegar à conclusão de que era o lugar para degustação.

Era ali que os especialistas e conhecedores provavam o café e avaliavam suas qualidades. Ali também procuravam defeitos ou aperfeiçoavam misturas de café.

Um homem usando chapéu de palha apareceu. Ele parecia ter uns 40 e poucos anos.

— *Buenos días* — disse ele.

— Sou Nash Novak.

— Tomas Nunez.

Demos um aperto de mãos. Não disse a ele que era a nova dona, tenho certeza de que todos nas redondezas já deviam saber.

— Está trabalhando em um domingo?

— Sou contramestre; isso não é trabalho para mim, é prazer.

— Há quanto tempo trabalha aqui?

Ele sorriu timidamente.

— Isso é a mesma coisa que me perguntar quantos anos eu tenho. A primeira vez que vim para o cafezal foi nas costas da minha mãe.

— Então pode me falar sobre Carlos Castillo. Eu não o conheci.

Ele tirou o chapéu de palha e enxugou o suor da testa.

— É uma pena que não tenha conhecido o *señor* Castillo. Ele não era apenas o dono da *finca*, mas um *patrón*, uma palavra fora de moda hoje em dia. Vocês *norte-americanos* a utilizam?

— Não da mesma forma que vocês usam aqui. Refere-se ao dono?

— Sim, mas antigamente significava mais do que o dono. Quando eu era mais novo, os donos e os trabalhadores faziam todos parte de uma grande família, e o *patrón* era o chefe da família. Ele não era apenas o dono, mas o protetor da família. Hoje em dia, a maioria das grandes fazendas são tratadas como negócios e o dono é um executivo ou até uma corporação. Os trabalhadores são tratados como estranhos, que podem ser contratados e demitidos ao bel-prazer deles.

— Mas Carlos não era assim?

— Para ele, cultivar café não era um negócio; era o trabalho de uma família. É difícil colocar isso em palavras, mas o *señor* Castillo não tratava a terra como uma estranha. Os próprios cafeeiros faziam parte da família. Ele não entrava no campo e via mil árvores; ele conhecia cada uma delas, assim como conhecia cada trabalhador e cada arrendatário.

Ele continuou me contando que Carlos não era respeitado apenas na fazenda, mas em toda a região, por causa de seu conhecimento sobre o cultivo do café e de sua generosidade. Ele permitia que pequenos cafeicultores usassem o moinho para processar os grãos mesmo quando não tinham dinheiro para pagar.

— Quando as coisas começaram as piorar porque o preço do café caiu, muitas famílias teriam morrido de fome se não fosse por ele.

— As pessoas agora estão com medo porque herdei a fazenda?

— Escutamos muitas histórias, algumas dizem que máquinas vão derrubar as árvores que fazem sombra e que não seremos mais úteis; às vezes escuta-se um boato de que as coisas vão mudar. Não sabemos o que pensar. A maioria de nós nasceu na Café de Oro.

— Ele deu um sorriso tímido. — E nós gostaríamos de morrer aqui quando Deus quiser nos levar.

Ele foi embora, me deixando deprimida. Centenas de pessoas dependiam daquele lugar, e o peso recaía sobre os meus ombros. Senti os joelhos ficarem bambos. Eu não conseguia nem resolver meus próprios problemas, que dirá me preocupar com os dos outros. Mas a descrição do contramestre das pessoas e da terra como uma família... droga, o que aconteceria com essas pessoas pobres se eu vendesse tudo para o Cicatriz e companhia?

Olhei para a barraca de degustação, tentando afastar histórias de horror da minha cabeça.

Juana me contara que muitos fazendeiros vendem seus grãos sem degustá-los primeiro, mas que Carlos construíra a barraca de degustação perto dos moinhos para que pudesse experimentar os grãos e descartar aqueles que não satisfizessem seu alto padrão de qualidade.

Eu sabia um pouco sobre degustação. Eu organizava alguns "julgamentos" na minha cafeteria para atrair as pessoas e despertar seu interesse pelo café em vez de apenas jogar o pó em uma cafeteira junto com água. Assim como a degustação de vinho, as sessões de degustação faziam com que os clientes se interessassem mais pela seleção do café, e não apenas em tomá-lo.

Peguei alguns grãos verdes que encontrei em uma lata em cima da mesa e coloquei-os no pequeno torrefador. O café chegava "verde" na minha cafeteria em Seattle e eu o torrava para criar diferentes sabores. A temperatura para torrar o café variava alguns graus. Quando os grãos de café não eram torrados o suficiente, eles ficavam verdes, parecendo capim; e se fossem torrados demais, obtinha-se um café escuro, amargo e insuportável.

O torrefador não era apenas um forno mas um tambor rotativo que virava os grãos, possibilitando uma torrefação uniforme.

Um bom torrefador tinha um relógio para marcar o tempo de torrefação e uma porta de vidro para mostrar a cor dos grãos enquanto eram torrados. Quando os grãos atingiam a cor desejada, eram tirados do torrefador e colocados em uma panela aerada que permitia que esfriassem por igual.

Quando os grãos eram esquentados, passavam de verde-claro, para amarelo, para cor de canela, para marrom-claro e acabavam "estourando" como pipoca. No chamado "primeiro estouro", os grãos de café dobravam de tamanho.

Enquanto eu esperava os grãos torrarem, esquentei água em um bule.

Quando os grãos atingiram a cor desejada — eu preferia marrom médio — interrompi o processo de torrefação. A torrefação cria o aroma e o gosto característicos do café que atraem nossos sentidos. Se os grãos continuassem cozinhando, passariam por um "segundo estouro" e, depois, chegariam à conhecida torrefação francesa e à ainda mais escura, italiana. Eu gostava de terminar a minha torrefação logo antes do "segundo estouro", nunca depois.

Triturei os grãos torrados, usando um ajuste médio. A água passa muito rápido através do pó mais grosso, ficando com muito menos sabor do que quando se usa um pó mais fino. Eu preferia o meu em um nível intermediário.

Senti o cheiro dos grãos, percebendo a sua fragrância. Aroma, ou fragrância, era um dos fatores usados para se julgar o sabor de um café. Os outros critérios eram sabor e acidez, que, na avaliação de café, não é uma coisa ruim porque se referia à complexidade do gosto do café e sua sensação na boca.

Com uma colher, coloquei o pó em uma xícara e acrescentei água quente. A técnica criava uma "crosta" de café por cima. Cheirei a crosta, avaliando o aroma. Depois que esfriou o suficiente para eu tomar, usei uma colher para pegar um pouco da crosta e sorri. A ideia era misturar o café com ar, de modo a pulverizá-lo no céu da boca.

O café era suave mas com um sabor complexo. A característica mais notável era sua singularidade. Não era necessário fazer qualquer mistura; tinha um sabor encorpado que sobressaía naturalmente.

— Como está?

Quase dei um pulo. Tinha companhia. Josh Morris. E a Lolita latina não estava com ele.

— Você deixou sua amiguinha em uma creche? — perguntei. *Ah, meu Deus, isso me fez parecer uma mulher ciumenta.*

Ele ignorou meu comentário felino.

— Como está o café?

Limpei a garganta.

— Diferenciado, encorpado, com sabores intensos. Em linguagem leiga, está bom pra cachorro. Melhor do que o que eu vendia na minha cafeteria como café de primeira qualidade.

— Bebível, é?

— Também. Estou atrapalhando?

— Está tentando se livrar de mim?

— Estou. Não gosto de traficantes de drogas.

— Ah, então é isso; é esse o motivo para não gostar de mim. Achei que tivesse muitas outras razões, mas fico feliz que seja apenas isso. Bem, você não tem nenhuma razão para não gostar de mim. Não trafico drogas.

— Mas Cesar disse...

— Que eu era contrabandista, eu sei. Mas não trabalho com drogas. Tem alguma coisa contra contrabandistas de esmeraldas?

— Contrabandista de esmeraldas?

— Isso mesmo, aquelas pedras verdes e brilhantes que são tiradas das montanhas daqui. As perfeitas são raras e muito mais valiosas do que diamantes. — Ele tirou uma pedrinha verde do bolso. — Aqui, para você.

Examinei-a.

— Quanto vale?

— Ela não é perfeita, ainda assim vale algumas centenas de dólares. Fique como uma lembrança da sua *curta* estada na Colômbia.

— Contrabandear esmeraldas ainda faz de você um contraventor.

— Mas não um corruptor de crianças e destruidor de vidas. Apenas pego as esmeraldas que aqueles pobres trabalhadores roubam dos ricos donos das minas e as tiro do país. É um cenário de duplo benefício, para mim e para o mineiro, é só não nos pegarem.

— Entendo. Você se vê como um Robin Hood. O que você devolve exatamente para o pobre?

Ele tentou parecer sincero.

— Estou economizando para construir um hospital infantil.

— Você é um mentiroso.

— Claro. Faz parte do meu trabalho.

— Por que estava correndo da polícia ontem?

— Não estava correndo da polícia, e sim atrás dela. Eles tinham prendido um dos meus carregadores com pedras. Tive de ir atrás dos policiais para comprá-las de volta antes que alguém oferecesse mais dinheiro.

— Que país! Existe alguém honesto aqui?

— Aproximadamente noventa por cento da população. O problema é que ser mau aqui já virou um tipo de arte. Quando alguém é mau, é mau de verdade.

— Por que não volta para os Estados Unidos e para de aumentar a miséria em um país pobre de Terceiro Mundo?

— Agora, me diga a verdade; pode ser honesta. Você não gosta de mim, gosta?

— Francamente... eu o acho repugnante e desagradável.

— Mas gostaria de transar comigo; sei disso desde o momento que a vi.

— Meu Deus, você está delirando. — Levantei-me. — Com licença, tenho um compromisso urgente.

— Se você sair, não terá as respostas para as suas perguntas. Acredito que tenha mais perguntas do que respostas, não?

Olhei-o de cima a baixo.

— E você tem respostas?

— Para algumas coisas. Vamos, tem uma figueira ali embaixo, adoro figos frescos. As folhas de figueira têm algo de sensual, não acha? Algo bíblico. E falando de sexo bíblico, como se comportaram Lily e Cesar ontem à noite? Sabendo que seu quarto era embaixo, Cesar provavelmente fez um sexo mais selvagem ou, pelo menos, mais barulhento do que o necessário, batendo com a cama na parede, esse tipo de coisa.

— Você é nojento, sabia disso? Pior, é imaturo. É assim que você se alivia? Escutando outras pessoas transando? Olhe, da próxima vez que eu me sentir atraída por um homem, ligo para você. Para você assistir. E talvez até se juntar... não comigo, mas talvez o homem queira alguma coisa com você.

— Ei, você é maligna.

— Só com quem merece. Você está aqui vivendo um conto de fadas de bandido macho há tempo demais. Precisa voltar para casa e arranjar um emprego decente como o restante dos mortais.

— Parece uma sentença de prisão perpétua.

Enquanto andava, ele disse.

— Aquele trabalhador lhe contou sobre o lado negro de cultivar café, sobre plantar um pouco de coca nos campos dos fundos para alimentar os filhos que morrem de fome?

Lancei-lhe um olhar penetrante.

— Há quanto tempo estava me espionando?

— Estava passando por aqui para torrar e moer o meu café. Você parecia tão arrasada depois de conversar com ele, que achei melhor deixá-la esfriar a cabeça antes de me aproximar.

— Ele falou sobre esperanças e sonhos de uma vida melhor.

— E você sentiu uma culpa instantânea, porque os seus planos são de vender e ir embora.

— Não sei quais são os meus planos... e, pelo que parece, ninguém vai me oferecer muito dinheiro.

— Cesar não se ofereceu para comprar a fazenda?

— O que você sabe sobre isso?

— Nada. Só presumi que ele fosse querer comprar, derrubar tudo e fazer um estacionamento, como dizia a música.

— Achei que você fosse me dar informações.

— Está certo, vou dar algumas informações. Você não está mais em Kansas, Dorothy; aqui é a Colômbia, onde a bruxa má do leste tem um cartel de drogas e mata por negócios e por prazer. Com base nisso, deveria pegar o próximo voo para casa, independente do que esteja enfrentando lá.

Parei e fixei o olhar nele.

— O que exatamente você sabe sobre o que estou enfrentando nos Estados Unidos?

— Ouvi dizer que a sua cafeteria em Seattle explodiu.

— O que ouviu exatamente?

— O que exatamente eu deveria ter ouvido?

— Vejo que você está borbulhando de tanta informação.

— Preciso conhecê-la melhor para saber de que tipo de informação precisa.

— Por que não começa com a verdade?

— Você já tem idade suficiente para saber que existem muitos tipos de verdade. Aqui vai uma: é muito mais fácil fazer seu carro explodir quando você virar a chave do que entrar na sua loja e mandá-la pelos ares. Lembra-se do velho ditado que fala sobre pular da frigideira quente e cair no fogo? A Colômbia é um país pegando fogo.

— Você continua falando genericamente.

— Talvez eu não saiba tanto quanto você acredita. Qual era o seu plano de negócios em Seattle?

Ele estava tentando mudar de assunto. Até agora, ele não tinha me dito nada além de boatos e insinuações.

Eu disse:

— Fazer com café e bolinhos o que a Sra. Fields fez com biscoitos. A maioria das cafeterias não tem bons produtos para acompanhar o café. Não produzem seus próprios bolos, biscoitos ou tortas, compram produtos genéricos. Concentrei-me em café e bolinhos feitos em casa, nada mais, para manter a coisa simples e a qualidade alta.

— Vender café e bolinhos dá dinheiro?

— Se você conseguir se tornar uma rede nacional, sim. Eu estava no caminho, mas alguém acabou com o meu sonho sabotando minha loja e depois a explodindo, quase comigo dentro. Isso me causou um problema em Seattle e preciso de muito dinheiro para resolvê-lo. Ambos sabemos quem está por trás disso, só preciso de uma confirmação. Agora, quais são as respostas?

— Pegue o dinheiro e vá embora.

Paramos e nos fitamos de novo. Coloquei as mãos na cintura. Ele era o homem mais decepcionante que eu já conhecera. Falara o suficiente para eu não virar as costas e sair, mas não me disse nada.

— Por que não para de fazer joguinhos e me conta o que está acontecendo?

— Tudo bem. Vejamos, você entrou em um jogo perigoso, alguém tentou matá-la em Seattle, alguém quer sua parte da fazenda...

— Minha parte *é* a fazenda. Ontem, não me ofereceram dinheiro suficiente por ela. Hoje, a fazenda não está à venda.

— Você não sabe no que está se metendo.

— Você fica dizendo isso, mas não me fala nada que eu não saiba. Não precisam me dizer que o incêndio na minha loja em Seattle foi criminoso, que eu quase morri, que saí do país fugindo da polícia. Parece que todo mundo na Colômbia sabe disso. Alguém armou para acabar com a minha vida, e tenho quase certeza de que sei quem está fazendo isso. Você poderia me ajudar nesse aspecto? Talvez possamos brincar de mímica ou adivinhação.

Ele parou de rir.

— Escute com atenção o que vou falar; sua vida depende disso. Você é uma mulher corajosa e esperta, surpreendentemente esperta, mas está confiante demais em uma situação que não conhece e com a qual não sabe lidar. Não importa o que aconteceu à sua volta, com você, o que você viu ou escutou sobre a Colômbia, você ainda pensa de forma *civilizada* porque foi assim que fez a sua vida inteira. Você cresceu em um país onde é seguro pegar o carro e dirigir 5 mil quilômetros sem se preocupar com exércitos guerrilheiros, sequestradores, guerra de traficantes e policiais corruptos. Mas você não está no seu país agora, então pare de pensar como uma americana. A Colômbia merece a reputação que tem como o lugar mais perigoso do mundo. Aqui, se alguém quer se livrar de você, contrata uma pessoa para se aproximar de você na rua e dar um tiro na sua testa, em plena luz do dia.

— Cesar quer tanto a fazenda a ponto de me matar?

Ele riu.

— Cesar tem seus próprios problemas.

Isso me deixou perplexa.

— Está me dizendo que Cesar não está por trás da explosão da minha cafeteria?

— Não estou dizendo nada; não sei quem tentou explodir sua cafeteria. Mas não suponha que Cesar mataria apenas porque quer a fazenda. Nem suponha que ele é a única pessoa no mundo interessada nela.

— Não estou entendendo; quem mais quer a fazenda?

Ouvimos o som de carros.

— Temos visitas.

Uma fila de caminhonetes pretas estava na estrada que cruzava a montanha. Eles estavam indo na direção da casa da fazenda.

— Quem são?

— Você está prestes a conhecer Pablo Escobar. O criminoso mais procurado do planeta. Também o mais rico e o mais poderoso. Sugiro que não fale com ele sobre as vidas que destrói com drogas ou sobre as pessoas que já matou.

Assassinato como um modo de vida

Contando com assassinos de aluguel, conhecidos no país como sicários, os chefes do tráfico de drogas da Colômbia não apenas brigaram entre eles, mas também lançaram uma campanha sistemática de assassinato e intimidação contra o governo colombiano... No processo, eles conseguiram efetivamente paralisar o sistema judiciário do país...

Eles também contribuíram de forma significativa para a "desvalorização" da vida em toda a Colômbia e transformaram o assassinato e a violência em uma fonte regular de renda para alguns setores da sociedade...

Colombia: A Country Study
Divisão Federal de Pesquisa, Biblioteca do Congresso
Editado por Dennis M. Hanratty e Sandra W. Meditz

A Colômbia já tinha uma história de violência chocante "A.C." (Antes da Cocaína)

"La Violencia" foi um período de 18 anos (1948-1966) de violência política durante o qual quase 200 mil colombianos foram assassinados.

Em uma deturpação bizarra, *as mulheres eram mortas para evitar que tivessem filhos que pudessem crescer e lutar:*

"Os massacres cometidos por *bandoleros* contra famílias inteiras de camponeses envolviam mulheres, mas não simplesmente como mais outras vítimas, mas como representantes do inimigo. A morte violenta delas e, frequentemente, estupro, tortura e mutilação quando grávidas, exacerbou esse simbolismo, como resumido em uma única expressão cunhada no período: 'não deixar nem a semente'.

"O estupro acontecia com frequência e refletia não apenas o desejo masculino de dominar o sexo oposto mas, também, como em muitas outras guerras, a humilhação suprema e o desprezo pelos inimigos...

'Os *filhos e filhas de La Violencia* tornaram a violência um mal inevitável, um modo de vida."

Bandidos, camponeses e política
Gonzalo Sanchez e Donny Meertens
(Tradução de Alan Hynds)

23

Conhecer o homem mais perigoso do país mais perigoso do mundo não estava no topo da minha lista de desejos. Enquanto caminhávamos lentamente de volta para a casa, perguntei ao Josh:

— Por que ele veio? O que ele quer?

— Acho que você vai acabar descobrindo.

— Como você sabe que é Pablo Escobar?

— Pelo modus operandi. Uma visita inesperada, enormes caminhonetes pretas com motores poderosos e um pequeno exército de guarda-costas. Se não é o presidente do país, é o Rei Pablo.

— Ãh... como posso evitar falar com esse homem?

As caminhonetes tinham desaparecido de vista. Elas chegariam à casa antes de nós.

— Você pode sumir do planeta. Mas como ele já está aqui, sugiro que finja estar feliz com sua visita.

— Como ele pode ser procurado pela polícia e ainda assim andar solto por aí? Por que não é preso?

Josh riu, mas sem humor.

— Essa é uma pergunta feita diariamente em Washington e Bogotá. Brigadas da Polícia Federal colombiana e do Exército e, agora, comandos americanos adorariam fazer isso, mas eles têm de operar no território de Dom Pablo. Não recebem ajuda dos moradores. A polícia local o deixa completamente à vontade e está quase toda na sua folha de pagamento. Centenas de policiais de Medellín que não aceitaram a prata dele levaram chumbo.

— Isso é loucura; um criminoso não pode simplesmente dominar uma área onde 2 milhões de pessoas vivem.

— Diga isso às pessoas que viviam em Chicago no auge de Al Capone. O grande problema é que o povo de Medellín respeita menos os políticos de Bogotá que dirigem o país do que Pablo, em especial os pobres. Ele é o garoto local que se deu bem e retribui seu sucesso com projetos de prédios públicos que são fáceis de se ver.

— E as pessoas deixam-no escapar impune de qualquer coisa.

— Sem dúvida. Em Medellín e nas cidades da redondeza, sempre dá para saber quando vão cometer outro assassinato. A polícia desaparece das ruas. E só volta na hora de tirar o corpo. E não fazer qualquer esforço para encontrar o assassino.

— Meu Deus!

— Não acredito que você vá encontrá-lo por aqui. A Colômbia é um país violento; toda a América Latina tem uma história de guerra civil e violência política, mas a Colômbia é o mais violento de todos. Você conhece a história da Colômbia?

— Sei que se fala espanhol e se planta café.

— Outra cidadã norte-americana orgulhosa de sua ignorância.

— Muito engraçado. Sei muito pouco.

— Então, vou lhe dar uma aula rápida de história colombiana. Vamos começar com o fato de que o lugar gera foras da lei, revolucionários e sanguinários. É uma terra em que poucos são muito ricos e muitos são muito pobres, e cada um tem uma opinião diferente sobre política. Atualmente, não existe apenas uma rebelião contra o governo, mas *meia dúzia*. Os revolucionários nunca foram bons em derrubar governos, pois não se unem nem concordam em nada, incluindo quem devem matar. O país tem uma história de conflitos sangrentos desde a época em que se separou da Espanha, há duzentos anos, e o pior período de violência não foi muito tempo atrás, começou depois da Segunda Guerra Mundial e continuou até o meio da década de 1960. Esses tempos violentos foram chamados de La Violencia. Começou como brigas entre partidos políticos e não parou por quase vinte anos, terminando com a morte de centenas de milhares de pessoas. Escobar nem era nascido quando começou, mas já estava na adolescência quando terminou. Para entender Pablo, tem de compreender que ele foi criança na época de La Violencia, que muito de sua personalidade foi moldado por essa época impressionante.

— O que fez com que fosse tão impressionante?

— Uma incontrolável violência selvagem, brutal, vingativa... em um país em que a maioria das pessoas envolvida era educada e influente. Crueldade inimaginável era o nome do jogo: tortura, mutilação, até estupro e assassinato de membros inocentes de famílias.

— E pessoas civilizadas fizeram isso.

— Tudo isso no país mais bonito do mundo, em que vive o povo mais legal que já conheci. E Pablo Escobar é um bom exemplo. Ele é conhecido por ser educado, cortês, até encantador. Ele não foi criado na pobreza. A mãe dele é professora, e o pai é dono de um pedacinho de terra, o que faz deles classe média baixa. Mas ele ainda é produto de La Violencia. Acho que quando você cresce em um país em que os líderes que juram respeitar as leis em vez disso praticam atos de brutalidade que fariam os comandados de Hitler e Stalin tremer, você fica imune. A violência se torna outra forma de vida, um ponto de negociação em um acordo.

— Quando ele ficou mau?

— Ele entrou para o crime durante a adolescência, com pequenos furtos. Ele se especializou em assaltar bancos e desmontar carros roubados e vender peças em grande escala. Não existe honra entre os ladrões, e Pablo começou cedo na violência, sendo rápido e letal com quem o traísse. Ele tem nervos de aço e não tem nenhuma consciência. Desde cedo, começou a sequestrar, algumas vezes matando a vítima até quando o resgate era pago, pois não gostava da pessoa ou demoraram muito para pagar. Às vezes, um inimigo da vítima pagava mais do que o resgate para que ele a matasse.

— Pablo parece encantador, um verdadeiro Robin Hood.

— Piora ainda mais. Ele entrou no negócio da cocaína como um zé-ninguém. Mas rapidamente chegou ao topo... ele se promoveu no mundo do narcotráfico matando o cara que dirigia o negócio na área de Medellín. Simplesmente matou e anunciou que era o novo chefe. Ele tinha menos de 30 anos na época. Agora tem pouco mais de 40.

— Ele simplesmente tomou o comando de um império do crime assim, tão fácil?

— Não era um império 10 ou 15 anos atrás. Eles traficavam por ano centenas de quilos naquela época... hoje são *centenas de toneladas*. Ele transformou a cocaína em um negócio de bilhões de dólares. E sabe gastar também. Ele tem preferência por propriedades suntuosas, carros caros, mulheres bonitas... De preferência adolescentes... — Ele sorriu com o olhar que eu lancei. — Ele também banca o bonzinho. Construiu casas para os pobres, parques e campos de futebol, coisas que são muito visíveis. Ele joga migalhas para os pobres e eles acreditam que ele realmente *seja* um Robin Hood. Já escutei as pessoas o chamando de El Padrino, o padrinho, e El Beneficiador, o benfeitor. Ele está na lista dos dez mais ricos do mundo da revista *Forbes*.

— E ele conseguiu isso sendo simplesmente cruel.

— No nível em que ele está, vai além de um criminoso. Stalin, Hitler, os chefes da máfia, todos têm uma característica em comum: uma total falta de consciência e disposição para matar qualquer um, em qualquer momento em que se sintam ameaçados ou contrariados. Eles agem com rapidez e crueldade para proteger seu poder. Pablo tem esse mesmo tipo de mentalidade cruel. Se ele não fosse rico e bem-sucedido, nós o chamaríamos de serial killer, já que mata um certo tipo de pessoa: as que se opõem a ele. E ele mata a esposa, filhos e pais se não encontra a pessoa ou se acredita ser a melhor forma de persuasão. Ele mataria *a própria esposa e filhos* se eles ficassem no seu caminho. Você tem de compreender uma coisa muito importante sobre Pablo: *ele aterroriza os criminosos que nos aterrorizam.*

— *Plata o plomo* — acrescentei.

— Isso mesmo, é isso que ele oferece a juízes e policiais: aceite meu dinheiro ou minhas balas. E ele fala sério. Ele realmente mata juízes e policiais como matamos insetos. Ele matou os melhores juízes e policiais do país, sem mencionar o ministro da justiça e candidatos a presidente. Ele conseguiu colocar uma pessoa em um voo para explodi-lo no ar, pois acreditava que um candidato contrário aos seus interesses estivesse a bordo.

Eu mencionara esse fato ao meu belo companheiro de viagem da Cidade do Panamá para Bogotá. Decidi ver se Josh o conhecia.

— Você conhece Ramon Alavar?

— Alavar? — Ele deu de ombros. — Já ouvi esse nome.

— Você está mentindo.

— Claro. Ele tem alguma coisa a ver com café.

— E com Pablo Escobar?

— Não sei, Pablo tem alguma coisa a ver com tudo o que acontece na região, incluindo café, então ele e Alavar podem ter uma ligação. De qualquer forma, Pablo aprendeu com La Violencia a prática de se estender à família: quando juízes ou policias não aceitam propinas e as ameaças não funcionam, ele manda um esquadrão da morte colocar fogo na casa deles, matar seus filhos, estuprar suas mulheres. Se o oficial tiver sido muito durão, manda estuprá-los e assassiná-los enquanto ele assiste.

— Meu Deus.

— Já disse a você que ele não está na Colômbia, embora exista algum tipo de intervenção divina. Um grupo chamado Los Pepes diz ser formado por vítimas e famílias de vítimas dos crimes de Escobar. É um esquadrão da morte, provavelmente com apoio oficial extraoficial. Eles vão atrás de Pablo com a mesma crueldade que o tornou famoso como um narcoterrorista. Já mataram membros da família dele, amigos, banqueiros, executivos e advogados envolvidos com ele. Enquanto isso estava acontecendo, nos Estados Unidos, milhões de dólares em bens dele estão sendo confiscados. A ideia é seguir o dinheiro, obstruir os bilhões que ele tem, e isolá-lo dos seus seguidores.

— Parece um antigo esquadrão da morte no estilo argentino.

— Isso e um grupo de vigilantes em algum *Desejo de matar* com Charles Bronsom. Eles ofereceram uma recompensa de quase 6 milhões para quem apontasse o esconderijo de Pablo, mas é uma tática que não funciona porque Pablo nunca vai a lugar nenhum sem um pequeno exército de guarda-costas. E estes são trocados constantemente.

Respirei fundo.

A casa já estava em nosso campo de visão. Um grupo de homens saíra dos carros e estava na frente da casa conversando com Cesar e Lily.

Ocorreu-me o pensamento de que Josh sabia muito sobre Pablo Escobar, mas podia ser apenas uma fascinação pelo macabro.

— Mais alguma coisa que eu deva saber?

— Tem sim: não o irrite. Seu método favorito de matar é pendurar as pessoas de cabeça para baixo e queimá-las... Devagarinho.

Meu coração disparou, não por causa do que Josh acabara de dizer, mas porque vi um rosto familiar.

O Cicatriz, meu amigo de Seattle.

24

Foi fácil descobrir qual dos visitantes era Pablo Escobar: ele era o único que parecia calmo e relaxado. Todos os outros à sua volta, dos guarda-costas a Cesar, tinham a fisionomia nervosa. Apenas Lily conseguia manter a expressão inescrutável como a de uma esfinge.

Embora eu soubesse que o homem mandava matar como se estivesse pedindo uma pizza, ele não era o tipo que se destacava, pelo menos não por sua aparência. Com um grosso bigode preto, cabelo cacheado curto, papo embaixo do queixo e uma barriga caindo por cima do cinto, mostrando que estava acima do peso, ele fazia com que me lembrasse de Stalin. Suspeito que a imagem tenha sido plantada na minha mente por causa dos comentários de Josh a respeito dos ditadores sanguinários.

Se eu estivesse participando de algum jogo em um programa de televisão e tivesse de adivinhar a ocupação de Escobar, teria respondido "dentista". Os dentistas costumam ser do tipo meio-termo: não têm aquele olhar predatório dos advogados, a satisfação presunçosa dos contadores que controlam seu dinheiro nem a arrogância dos médicos, que fazem questão de mostrar que sua vida está nas mãos deles.

O Cicatriz me lançou um olhar furioso quando me aproximei do grupo. Parecia um corvo irritado doido para colocar o bico em algum animal morto.

Pablo riu.

— Não precisam me apresentar a essa encantadora *señorita*. Obviamente, foi ela quem deixou Jorge comendo poeira ao fugir de Seattle e Medellín.

Escobar era um cretino charmoso. E o Cicatriz tinha um nome, Jorge. Em espanhol, o som do "j" era como "rr", então a pronúncia do nome dele era algo como "ror-re". Eu preferia "Cicatriz".

Sorri e estendi minha mão.

— E o senhor deve ser Dom Pablo. Já escutei falar muito do senhor.

Ele apertou minha mão e assentiu educadamente com a cabeça.

— E como sabe quem sou, *señorita*?

— É o único que não está molhando as calças.

Ele tentou sufocar o riso mas não conseguiu, jogando a cabeça para trás com uma boa gargalhada.

— Jorge, estou vendo por que essa daqui conseguiu passar a perna em você. — Ele balançou o dedo para mim como um professor reprimindo gentilmente um aluno. — Mas não deve passar a perna em mim, hein, *señorita*?

Abri um grande sorriso. Quase soltei um *O que você vai fazer? Mandar me matar?*, mas consegui segurar a minha língua antes que as palavras escapulissem.

Josh respondeu antes que eu pudesse dizer alguma coisa.

— Dom Pablo, tenho um pequeno presente para o senhor.

Ele pegou um saquinho de veludo preto do bolso em que tinha estado a pedra que ele me dera mais cedo e tirou uma brilhante pedra verde.

— Uma esmeralda rara e perfeita — disse ele a Escobar. — Para ser usada por alguém também perfeito.

Josh certamente sabia ser encantador quando queria. Eu só valia uma pequena esmeralda com defeito, mas o assassino mais perigoso do mundo recebia nada menos do que a melhor.

— *Gracias*, amigo — disse Escobar. — Mas, meu amigo, já lhe disse antes que está perdendo tempo contrabandeando essas pedras. Pode ganhar muito mais dinheiro com cocaína do que com esmeraldas. Quando estiver pronto, financiarei sua primeira carga.

— Cocaína é um jogo muito perigoso para mim. Ninguém liga muito para esmeraldas, nem o pessoal da alfândega.

— Espero que tenha presenteado essa linda mulher com uma pedra bem cara. — Escobar sorriu para mim. — Admiro uma mulher que seja rápida, viaje com pouca bagagem e mude de planos em um piscar de olhos. Sou um homem que também precisa ser rápido. Talvez eu devesse contratá-la para me manter sempre um passo à frente dos esquadrões da morte que querem meu sangue.

Sorri. E me perguntei qual seria o pagamento...

Ele balançou o dedo de novo.

— Mandaram um esquadrão da morte norte-americano para me matar, alguma coisa chamada Delta Force. — Ele olhou em volta para sua equipe. Todos pareciam muito atentos. — Amigos, me digam, pareço um homem que merece morrer?

Houve uma negação uníssona e murmúrios de:

— Não, Dom Pablo.

Apenas sorri de novo, lembrando-me do comentário do motorista de táxi de que Escobar mandava matar se não gostasse da forma como uma pessoa olhava para ele.

Ele suspirou.

— Eu poderia ir morar na Riviera Francesa com muito luxo, mas aqui estou eu, cuidando dos pobres, daqueles que moram em guetos e dos pobres fazendeiros. É por eles que arrisco a minha vida.

Estava assustada demais para rir.

— Agora que Dom Carlos não está mais entre nós, depende de mim garantir que seus colonos ainda tenham um *patrón*, não?

Suponho que essa tenha sido a forma dele de dizer que estava reivindicando a minha fazenda.

O ALMOÇO FOI SERVIDO NO átrio em volta de uma mesa grande. Todos, exceto Escobar e o Cicatriz, pareciam tão contentes quanto uma família em um velório.

Era óbvio que Cesar estava preocupado e pouco à vontade com a presença de Escobar. O nervosismo dele aumentou meu nível de medo porque, até agora, era com ele que eu estava mais preocupada. O que quer que ele estivesse tramando com Escobar certamente não estava deixando-o feliz no momento. De repente, percebi que estava dando crédito demais a Cesar por ser o mandante por trás da explosão da minha loja. Talvez ele fosse apenas um bode expiatório do homem que amedrontava os assassinos que assustavam o restante de nós. Josh deixara isso subentendido.

Ah, em que teias confusas nos metemos apenas por estarmos vivos e respirando. Como um defeito genético passado pelos meus pais, parecia que eu estava pagando por seus orgulhos e paixões. Por que a minha mãe não podia ter engravidado de um velho rico de Boston que deixaria muitos dólares para ela em vez de um cafeicultor na louca terra do coco?

A expressão de Lily ainda era inescrutável, mas os olhos não. Ela estava correspondendo ao olhar fixo de Escobar com lascívia.

Perguntei-me se ela estava calculando quanto era 1 bilhão de dólares em iuane chinês.

O Dr. Soong e o Dr. Sanchez vieram almoçar conosco. Soong enterrou a cabeça na comida e na bebida e não prestou atenção em nenhum de nós. Sanchez tratou Escobar com o respeito cauteloso que um assassino como ele merece.

Era óbvio que todo mundo à mesa sabia de alguma coisa que eu não sabia. Havia uma ligação entre todos e Escobar. Eu tinha quase certeza de que Josh também se encaixava em algum lugar da trama. A rotina do contrabandista de esmeraldas com cara de garoto era inócua demais para ser verdade.

Conversa fiada sobre o tempo, os preços do café, política e outros assuntos sem muita importância se estenderam por uma hora. Quando os pratos estavam sendo tirados da mesa por algumas mulheres, sob o comando de Juana, Josh assentiu para mim.

— Venha comigo. Quero lhe mostrar o lago que fica no topo da cascata.

Quando não podíamos mais ser escutados, perguntei a ele:

— Mandaram que você me tirasse de lá, não foi?

— Não, não mandaram.

— Por que toda vez que você mexe a boca é para falar uma mentira?

— Não me *mandaram*. Pablo me lançou um olhar significativo e assentiu na sua direção.

— Em outras palavras, estava na hora de eu sair para que os outros pudessem falar de negócios. Sobre o que eles vão conversar? Sobre como vão roubar a minha fazenda? Ou talvez sobre como vão me matar para conseguir isso?

Ele coçou a testa.

— Duvido que estejam falando disso.

— Disso o quê? Roubar ou matar?

Ele não respondeu.

A meio caminho do lago, parei e fitei Josh.

— Isso é loucura. Aquele homem é um criminoso, devíamos ligar para a polícia. Você disse que todos estão atrás dele; é só falarmos que ele está aqui.

— Shh, não diga uma coisa dessas alto, nem pense nisso. Ele desapareceria muito antes de eles chegarem aqui e deixaria para trás uma dúzia de corpos, com os nossos em pedacinhos.

— Não me parece que as autoridades colombianas realmente queiram encontrá-lo.

— O Departamento de Estado dos Estados Unidos já acusou os colombianos de não estarem tentando o suficiente. Deliberadamente. Mas a verdade é que ele é mais inteligente e cruel do que eles. E tem mais autoridade nesta região do que o governo.

— Não entendo; por que ele precisa desta fazenda para plantar coca? Deve haver centenas de lugares como este.

Ele deu de ombros.

— Não sei o que Pablo está tramando; talvez ele só tenha aparecido porque estava nas redondezas.

— Até parece. Aquele cretino está atrás da minha fazenda... só sobre o meu cadáver, se necessário. Ele quer plantar coca aqui.

— Não, certamente não quer. Pablo não planta coca. Você não entende o tráfico de cocaína. Tem 1 milhão de pessoas neste país e no resto da América do Sul plantando coca, a maioria pequenos fazendeiros. Não se ganha muito dinheiro plantando a droga. O dinheiro, os bilhões do cartel, vem de processá-la e contrabandeá-la.

— Para transformar as folhas de coca em cocaína são necessários produtos químicos e um laboratório de processamento. Na verdade, a droga é processada várias vezes desde a hora em que é colhida até o momento em que é contrabandeada para a Europa e para os Estados Unidos. Os cartéis compram os produtos químicos, que entram como contrabando na Colômbia; eles processam a planta em laboratórios na floresta e despacham para a Europa e para os Estados Unidos. Eles não precisam da sua fazenda para plantar coca; eles têm milhares de pequenos fazendeiros. E esta fazenda é muito aberta e óbvia para um laboratório de processamento, que ficam escondidos nas florestas.

— Se ele não quer a fazenda para plantar coca, o que ele quer? Por que está aqui?

Josh sorriu sem humor.

— Tenho certeza de que a maioria dos policiais da Divisão Antitráfico adoraria ter uma resposta para essa pergunta.

– Bem, outra pergunta. O que você está fazendo aqui? Esta região produz café, não esmeraldas. — Descobri isso com Juana.

— Eu costumava ficar por perto das minas, mas quase fui envenenado quando o dono de uma mina mandou um capanga atrás de mim para acabar comigo.

Ele estava mentindo de novo. Mas eu estava começando a entender.

— Você contrabandeia as suas pedras em sacas de café, não é? Seria um lugar perfeito para escondê-las. Você paga a Cesar para que o deixe fazer isso. E também deve pagar Pablo para que ele deixe você operar na área dele.

Ele fixou o olhar em mim.

Dei de ombros, com modéstia.

— Eu trabalhava analisando operações de negócios de grandes empresas. Muitos executivos hoje em dia pensam como você: como ficar rico sem trabalhar muito. Eles costumam fracassar no final.

O lago no topo do monte com vista para a casa da fazenda era estreito e coberto por plantas folhosas verdes e flores brancas. Era um lugar tranquilo.

Vi uma cadeira de madeira e uma mesa a poucos metros da água.

— Juana disse que Carlos costumava vir aqui em cima para ler — disse eu.

Então vi a cruz. Uma cruz simples de madeira pintada de branco. Era a única pista de que havia um túmulo. Caminhei lentamente até lá. Sabia que era o túmulo de Carlos. E tinha um grande significado emocional para mim. Não tinha mais dúvidas. Carlos foi amante de minha mãe.

Este era o túmulo do meu pai.

Ajoelhei-me ao lado da cruz. Uma terra fina com minúsculas flores vermelhas cobria o túmulo. Eu tinha visto as mesmas flores no átrio. Juana certamente as tinha plantado ali.

A vida é tão injusta. Por um momento, senti raiva da minha mãe. Que direito ela tinha de me negar um pai? Eu podia entender que, por qualquer razão, eles não significassem nada um para o outro, que talvez só tenha havido entre eles um momento de paixão desenfreada. Minha mãe era uma mulher livre que temia relacionamentos. Suspeitava que esse era o motivo para ela ter fugido de Carlos, como continuara fugindo de outros homens ao longo dos anos.

Não tinha certeza disso, Carlos podia ter instigado a separação, podia ser um cretino para se conviver, podia bater em mulheres ou apenas as entediava, mas como eu vira minha mãe deixar outros homens sem nem olhar para trás, meu instinto me dizia que ela não estava preparada para abrir mão de sua liberdade e assentar-se com Carlos.

Isso era uma decisão dela, ela tinha esse direito; nenhuma mulher tinha de ficar com um homem com quem não queria ficar. Mas eu tinha um pai e uma mãe e merecia ter convivido com ambos.

Talvez eu não tivesse gostado do meu pai. O que quer que tenha afastado a minha mãe dele poderia fazer com que eu também não quisesse que ele estivesse por perto. Mas deveria ter tido o direito de tomar minha própria decisão.

— Você o conheceu? — perguntei a Josh.

— Não, ele morreu mais ou menos na mesma época em que conheci Cesar. Mas já escutei falar muito dele. Era um gênio no cultivo do café.

Sentei-me na cadeira, Josh esparramou-se na grama verde, olhando para mim, a cabeça apoiada na mão, com o cotovelo no chão.

— O que aconteceu entre Carlos e Cesar? — perguntei. — O que Cesar lhe contou?

— Pouca coisa; a maior parte do que sei ouvi dos empregados. A gota d'água foi que Carlos tinha uma postura antiquada sobre a fazenda que Cesar não concordava.

— Carlos tratava a fazenda como se fosse sua família.

— Parece que sim, e isso funcionou quando o mercado do café estava em alta, e os produtores recebiam o suficiente para cobrir as despesas e gerar lucro. Mas o mercado mudou. Cesar começou a ver Carlos como um dinossauro. O futuro era derrubar as árvores que fazem sombra e plantar café ao sol. Cesar é realista. Se isso significasse substituir cem trabalhadores por uma máquina para ser capaz de competir, seria assim.

Ele mastigava um pedaço de grama e me fitava.

— Mas você não é assim, é? Com todo o treinamento em negócios que tem, ainda pensa como Carlos.

Dei de ombros.

— Não sei se concordo com algum deles. Entendo os dois pontos de vista. Carlos não podia ignorar a mudança no mercado em uma esperança cega de manter seu status, mas eu procuraria outra solução além da de Cesar. Procuraria uma em que não precisasse. Se não fosse tarde demais. O que exatamente seus colegas Cesar e Pablo pretendem fazer, se não é plantar coca?

— Você continua me igualando aos leões, enquanto sou apenas um gatinho.

— O que aconteceu com você? — perguntei. — Como acabou na Colômbia com uma carreira de contrabandista de pedras preciosas?

— Falta de sorte, acredito. Meu pai era engenheiro em Nebraska. Ele veio para cá para trabalhar no ramo do petróleo. Foi aqui que ele conheceu a minha mãe, em Cartagena, onde nasci, mas eles acabaram voltando para os Estados Unidos. Fui criado em Los Angeles. Tive um problema na faculdade por causa de um esquema de cola, mas consegui me formar engenheiro com notas ruins; depois me casei. Acabei me divorciando depois de me encrencar. Consegui um emprego na empresa de um velho, eles me mandaram para cá, tive uns probleminhas quando a Alfândega dos Estados Unidos encontrou algumas esmeraldas em um embrulho da empresa que despachei para lá...

— Então essa é a história da sua vida? Um probleminha aqui, outro ali?

Ele ficou de pé e veio caminhando na minha direção.

— Não, às vezes eu me metia em problemões.

Sem nem hesitar, ele me puxou até ele e me beijou na boca, primeiro com gentileza, mas depois com mais ardor. Minhas pernas ficaram bambas. Senti um desejo dentro de mim que não sentia havia muito tempo. Minhas pernas de repente estavam fracas, e fiquei feliz por ele estar me segurando. Com todos os problemas do mundo caindo sobre os meus ombros, era reconfortante estar nos braços dele. Relaxei e curti os braços fortes me envolvendo, sentindo-me segura e protegida.

— Queria fazer isso desde a primeira vez em que a vi — disse ele, ainda me abraçando. Olhou nos meus olhos em busca de uma resposta, mas eu ainda estava me recompondo do ato impulsivo dele.

Eu não tinha feito nenhum esforço para resistir, nem meu corpo. Mentalmente, eu dizia: *Não, esse cara não é legal para você, não comece nada*; ainda assim meu corpo dizia uma coisa completamente diferente. Eu me derreti nos braços dele enquanto era beijada. Mas então a imagem da minha mãe surgiu na minha mente e afastou minha indecisão.

Ele me abraçou mais forte.

— Espere, pare.

— Por quê? Você quer tanto quanto eu.

— Quero... não... quer dizer, não sei.

Isso foi uma meia verdade. Até agora, tudo que eu sabia era que ele mentia praticamente todas as vezes que abria a boca.

— Sim, você quer; já lhe contei tudo a meu respeito. Você sabe tudo que tem para saber.

Eu não confiava totalmente nele. Havia muitas perguntas sem resposta. Com certeza, eu me sentia atraída por ele; isso era fato. Mas se ele contrabandeava pedras, em que outras contravenções poderia estar envolvido? Meu sexto sentido estava dizendo para me afastar.

— Não, você nunca respondeu nenhuma das minhas perguntas; tem muitas coisas sobre você que não fazem sentido.
— Ninguém é perfeito.
— Você está bem longe disso.

25

Pablo seguiu Lily escada acima até a ala dos quartos. Parou no topo e a deixou entrar no quarto. Ele olhou para os dois homens que estavam ao pé da escada.

Cesar estava plantado no chão, olhando para cima, com os pés incapazes de se mexer e a expressão sombria enquanto lutava para não expor toda a sua fúria. Não conseguia ler nada na expressão de Pablo, via apenas sua fisionomia amigável de costume, mas Cesar sabia que, se abrisse a boca, estaria assinando sua sentença de morte. Um sinal de Pablo, e Cesar sabia que o brutamontes enfiaria uma bala na sua cabeça.

Cesar virou-se e saiu da sala.

— Fique de olho nele — disse Pablo, baixinho, para Jorge. — Um homem pode fazer coisas estúpidas quando outro homem está comendo a mulher dele.

Lily estava sentada em uma cadeira em frente ao espelho da penteadeira quando Pablo entrou. O robe oriental de cetim vermelho que usava estava aberto, revelando sua camisola vermelha transparente por baixo, que deixava seus mamilos proeminentes. Ela usava meia-calça vermelha, uma cinta-liga e uma tanguinha.

Ela pesquisara bem: vermelho era a cor preferida de Pablo.

— Você fica bem de vermelho — disse ele, colocando as mãos nos ombros da mulher. Ele deixou o robe deslizar pelos ombros dela, olhando-a pelo espelho, e disse: — Quero vê-la por inteiro.

Ela sentiu a saliência na calça dele pressionar suas costas. Levantou-se. Tirou a camisola devagar, expondo os seios imaculadamente brancos. Seus mamilos já estavam rijos. A excitação dela era real, embora Escobar não fosse um homem sensual. A reputação dele era excitante. A ideia de fazer amor com o homem mais temido do mundo era tentadora.

Ele abaixou-se e lambeu a aréola em volta de cada mamilo, antes de tomá-los na boca e sugá-los.

Ela tirou o resto das roupas enquanto ele a observava pelo espelho. Durante vários minutos, ele apenas apreciou o corpo dela, principalmente o monte nu entre suas pernas.

Ele colocara seu falo rijo para fora e agora roçava nas nádegas dela. Virou-a e segurou seu rosto com a mão enorme.

— Chupa o meu pau, sua piranha.

Ela sentiu uma pontada de dor quando ele forçou o órgão para dentro da sua boca. Um momento depois, o corpo dele mostrou os sinais do seu orgasmo. Ela quase sufocou quando o líquido grosso e branco invadiu sua boca.

PABLO ESTAVA DEITADO na cama, soltando anéis de fumaça de charuto para o teto.

— Quero que volte para Xangai para fazer os acertos finais. Não gosto do caminho que as coisas estão tomando. Todos estão fazendo corpo mole.

Ela deu de ombros.

— É algo novo, ninguém sabe como lidar com isso.

A mão dele subiu até o pescoço dela como o bote de uma cobra. Ele agarrou-a, puxou-a para perto do seu rosto e assoprou fumaça de charuto em seus olhos.

— É melhor aprenderem rápido. Estou cercado por todos os lados. Preciso do dinheiro.

Ele soltou-a e ela caiu para trás, segurando o pescoço.

— Você precisa ter paciência; estamos perto do fim. Você vai receber seu dinheiro.

— Sei disso. As pessoas me pagam... se quiserem continuar vivas. — Ele olhou para ela. — Como você está se entendendo com a americana? — perguntou Pablo.

— Precisamos nos livrar dela.

Pablo suspirou.

— Hoje não. Acabei com a cota do dia esta manhã.

26

Passei os dois dias seguintes aprendendo todos os detalhes importantes de como se cultivava café. O contramestre e os trabalhadores foram meus professores, vi desde como eles selecionavam os grãos até como selecionavam as sementes que originariam boas árvores.

Mas não me enganei acreditando que aprenderia a arte de cultivar café conversando com os trabalhadores. Algo que aprendi no mercado dos negócios foi que existe tanto arte quanto ciência em qualquer ofício.

A parte técnica, a ciência, era a mais fácil de aprender; tirava-se dos livros e aprendia-se fazendo: os advogados com seus livros de Direito, os médicos com seus manuais de Medicina, corretores de ações com seus gráficos e análises. Mas grandes advogados, médicos e chefes indígenas iam além dos livros e do que viam ao seu redor, eles tinham talento para o seu trabalho, desenvolvido em parte pela experiência e em parte pelas suas próprias capacidades inatas.

Quando entrei para o mercado de análise de negócios, meu chefe me elogiou dizendo que eu tinha um dom para aquilo. Foi ele quem disse que o melhor em cada área vai além do que lhe ensinaram: "Qualquer um pode aprender em livros a ciência de investir na bolsa de valores. Todos os corretores conhecem as regras de investimento prudente. Mas poucos conhecem a *arte de fazer dinheiro* na bolsa de valores. E isso não é algo que se aprende na faculdade."

Todos os trabalhadores da fazenda sabiam como cultivar bom café, porém, como mais de um admitiu, nenhum deles tinha o dom de Carlos para selecionar as melhores sementes, os melhores grãos: essa era a arte de cultivar café.

Eu não sabia se tinha o talento que o meu pai tivera — era assim que eu pensava nele agora, como meu pai —, mas pelo menos ele deixara a fazenda em boas condições em termos de qualidade dos produtos. E eu carregava seus genes.

Não deve existir qualquer prova científica de que herdamos geneticamente um talento, ou pelo menos a habilidade de desenvolver um talento, dos nossos pais, mas acredito que o que somos tem mais a ver com o que herdamos dos nossos pais do que a ciência acredita.

Enquanto pensava se eu herdara o talento do meu pai para cultivar café e brincava com o lóbulo da minha orelha, me lembrei de quando era uma menininha. Minha mãe me vira puxando a orelha e dissera que o meu pai tinha aquele mesmo hábito. Como nunca o conheci, certamente não peguei o hábito por vê-lo fazer.

Para aprender mais sobre o cultivo do café, pedi a um relutante Cesar para me explicar o processo depois que o café saía da fazenda. Ele não ficou satisfeito, mas me levou até o porto e me apresentou às pessoas que estocavam, compravam e despachavam o café.

Ele estava mal-humorado desde que Pablo aparecera e fora embora, sem deixar nenhum cadáver para trás, pelo menos nenhum de que eu tenha tomado conhecimento.

Percebi também que Cesar estava irritado com Lily. Pela forma como ela fitara Pablo, minha mente analítica, que invariavelmente via o lado negro da natureza humana, concluiu que Cesar estava com ciúmes de Pablo, e com motivo, claro.

O que Cesar, Lily, os dois químicos e Josh faziam nas barracas ou onde quer que houvesse algum tipo de trapaça na fazenda ainda era um mistério para mim. Pela linguagem corporal de Cesar quando estava com Pablo e pelos comentários de Josh, percebi que não era ele quem estava no comando. Eu não o via mais como a pessoa que quase me matou em Seattle, de propósito ou sem querer, mas isso não queria dizer que ele fosse inocente de armar para roubar a fazenda de mim.

Conversamos muito pouco na viagem. Cesar não tinha medo de viajar nas estradas e autoestradas. Como Josh me explicara, os moradores locais não costumavam ser abordados, a não ser que estivessem envolvidos com criminosos — em pegá-los ou competir com eles —, pois matar moradores locais pegava mal, e poucas pessoas tinham dinheiro suficiente para ser boas vítimas de sequestro.

Juana decidiu vir junto para comprar algumas coisas. Talvez ela realmente quisesse sair da fazenda, mas suspeitei que ela queria garantir que eu voltasse sã e salva para a fazenda.

Eu ainda não tinha conseguido entender Cesar. Às vezes ele parecia ser um cara decente; outras vezes, era rude e grosseiro comigo. O cretino que existia dentro dele entrava mais em ação quando ele bebia demais.

Além do fato de Carlos ser o meu pai, também aceitei que Cesar era meu meio-irmão. Mas ter o mesmo pai não era um assunto que surgira entre nós. Eu não sabia como abordá-lo; o relacionamento começara já com muito peso. Tirando as armações contra mim, ele devia se corroer por dentro por ter sido deserdado em favor de uma estranha.

Embora eu me mantivesse quieta sobre isso, o fato de ter um irmão era significativo na minha vida. Aos 31 anos, de repente eu tinha uma "família" além da minha mãe e o que ela me contara sobre seus pais.

Sob circunstâncias normais, oferecer sociedade a ele passaria pela minha cabeça. Cultivar café não estava apenas no sangue dele, ele tinha três décadas de treinamento com um mestre. Mas aquelas não eram circunstâncias normais: eu pressentia complôs e conspirações à minha volta.

O que quer que estivesse acontecendo, o projeto da "árvore de café descafeinado" dos químicos Soong e Sanchez fazia parte do plano. Não era necessário ser um especialista para perceber pela expressão dos trabalhadores com quem eu conversava que não eram apenas experiências com café que estavam acontecendo. Os trabalhadores ficavam cautelosos assim que eu tocava sutilmente no assunto. O assunto era zona proibida para eles.

Tomas, o contramestre, revelou para mim que Sanchez bateu em um trabalhador por querer saber demais sobre o projeto.

Eu já passara pelas barracas onde os dois químicos moravam e trabalhavam. Mas todas as vezes eu estava com um contramestre ou trabalhador que me desviava do caminho, não deixando que eu fosse até as barracas ver o que estava acontecendo.

Eu era dona da propriedade, tinha o direito de saber o que acontecia, mas não era burra o suficiente para achar que poderia apenas aparecer nas barracas e ver o que os dois químicos estavam fazendo.

Pelo menos não quando pudesse ser pega.

Quando voltei da visita ao porto, esperei até Cesar sair da fazenda e os químicos irem para a cidade beber, ou o que quer que eles fizessem, antes de ir sorrateiramente às barracas. Era hora da sesta, o que reduzia as chances de eu encontrar alguém.

Havia quatro barracas, todas com paredes de madeira crua e telhados de estanho. Elas haviam sido construídas para abrigar trabalhadores temporários durante a época da colheita. Todas as barracas tinham portas de madeira e grandes janelas descobertas por todos os lados, exceto uma.

Já era final da tarde, mas ainda estava claro quando corri até lá para dar uma espiada. Foi fácil reconhecer as duas primeiras barracas, já que vi pelas janelas roupas que reconheci como sendo de Soong em uma e de Sanchez na outra. Na terceira, também não havia nada estranho, estava arrumada para preparar e comer refeições. A esposa de um dos contramestres vinha todos os dias preparar refeições para os dois.

Eu não precisava ter muita imaginação para perceber que a quarta barraca, que eu acreditava ser o laboratório, estava envolta em mistério e intriga. A porta simples e fina de madeira das outras barracas fora substituída por uma de metal. E todas as janelas estavam cobertas por persianas de metal fechadas por dentro.

Parecia uma base militar.

Nos fundos, havia um gerador enorme, do tipo usado para fazer funcionar equipamento elétrico em grandes construções. As outras barracas não tinham luz, mas pude perceber pela organização que o gerador fornecia luz, aquecimento, e ar-condicionado e qualquer outro uso de eletricidade que o laboratório pudesse precisar. Um tanque de água fora colocado perto da barraca com um cano levando para dentro.

Um caminhão de carga estava estacionado perto do gerador. As portas da carroceria estavam fechadas.

Até aquele momento eu não descobrira nada. Era de se esperar que houvesse água e eletricidade na barraca em que estavam cultivando plantas experimentais.

Tentei espreitar entre as lâminas da persiana. Consegui ver luzes dentro, mas não consegui visualizar nada. As persianas não eram de metal pesado, pareciam de alumínio. Perguntei-me se conseguiria entortar uma o suficiente para ver lá dentro, e depois consertá-la de modo que ninguém percebesse.

Afastei-me da janela, balançando a cabeça. *Eu devia estar louca!* Seria uma insanidade fazer isso. O que quer que estivesse acontecendo ali dentro envolvia Pablo Escobar... E uma coisa que Josh me dissera que eu acreditava piamente era que Escobar era uma cobra venenosa que atacava quando contrariada.

Comecei a me afastar mas dei meia-volta. *Aquela propriedade era minha.* Eu deveria poder fazer o que bem entendesse. Eu não tinha escolha: tinha certeza de que o que quer que estivesse acontecendo dentro daquela barraca estava ligado ao fato de Escobar quase ter me matado em Seattle; quem mais chegaria tão longe?

Seria melhor voltar para Seattle e me entregar se fosse para deixar o medo me afastar da chance de descobrir a verdade.

A porta da barraca seguinte, a que estava sendo usada como cozinha, estava destrancada. Peguei uma grande faca de cozinha que achei que serviria. Agarrando a faca, voltei para a barraca com persianas nas janelas.

Coragem, garota. Ao analisar as persianas, percebi que não seria difícil entortá-las. Poderia colocar a faca de cozinha entre as lâminas, virar um pouco e então espionar, e depois era só colocar no lugar. Seria moleza.

Enfiei a faca e rodei. O metal era mais duro do que eu pensara. Não conseguia entortá-lo. Parei e peguei uma pedra do tamanho do meu punho. Ia tentar usá-la quando escutei abrirem a porta da barraca.

Merda.

Larguei a faca e a pedra e saí correndo para o mato. Continuei correndo em completo desespero.

Cristo! Alguém estava dentro da barraca.

Tropecei, caí e me levantei, ofegante, com o coração disparado.

Escutei alguém no mato; devia ser um homem, pela forma como andava, pesado, violento, não como uma mulher faria.

A folhagem era grossa. Minha única chance era me esconder. Seria mais fácil não ser vista se eu me abaixasse e ficasse imóvel.

Foi o que fiz, no exato lugar onde eu estava, ficando rente ao chão, mal respirando, escutando a pessoa andando e abrindo caminho pelo mato.

Então não escutei mais nada. Ele provavelmente estava imóvel. Tentando me escutar, assim como eu tentava escutá-lo, sem mexer um músculo, exceto para respirar, e, mesmo assim, respirando pouco.

Fiquei deitada sem me mover, certa de que podiam escutar o meu coração batendo como um tambor.

Não sei quanto tempo se passou, provavelmente segundos, mas pareceu uma eternidade até eu escutá-lo se mexendo de novo. Então escutei mais alguma coisa, o golpe de um facão. Parecia que todo mundo na fazenda tinha um. Fosse lá quem fosse, devia ter saído da barraca com um daqueles facões compridos como espadas.

Esse pensamento me deixou apavorada. Quando saiu da barraca, ele nem gritou para me assustar. Ele queria me pegar. Qual era a intenção dele? Cortar a minha cabeça? Meus braços e pernas para poderem me interrogar antes de eu morrer? E quem era ele?

Não ousei levantar a cabeça para ver. Fiquei deitada imóvel no chão, tremendo, com medo de a lâmina que estava cortando mato me atingisse.

Tive de esperar; *merda, tinha alguma coisa subindo pela minha perna.*

Eu estava usando calça comprida, mas entrara por baixo de uma das pernas da calça e estava sobre a minha pele. Podia sentir a criatura na minha pele, subindo pela minha perna em direção à minha coxa.

Imaginei uma centopeia gigante, uma enorme aranha peluda, um escorpião; podia ser qualquer um desses.

O som de corte estava mais perto. A coisa na minha calça chegou ao meu joelho. Juntei os joelhos, tentando esmagá-la. Senti ela voltar e desviar do bloqueio. Passou para a parte interior da minha coxa.

Abafei um grito.

Não podia mais suportar, levantei-me um pouco para poder agarrar a coisa na minha calça, esmagando-a com a mão. Ainda não sabia o que era.

Antes que eu pudesse voltar para a minha posição, o facão cortou a folhagem próxima, de mim, a poucos centímetros de mim.

Gritei.

Primeiro vi a lâmina, erguida sobre a minha cabeça.

Depois o homem.

— Você!

27

Ramon Alavar me olhou, com os olhos verdes cheios de ira e o facão levantado. Meu braço esquerdo instintivamente se levantou na defensiva, um gesto inútil contra um facão, mas eu praticamente congelei, paralisada, fitando-o boquiaberta.

O facão tremeu, como se ele estivesse lutando contra a vontade de usá-lo, ou não. A expressão dele também se mostrava com emoções conflitantes.

— Olá — consegui falar.

Ele aos poucos relaxou, a tensão visivelmente afastando-se dele, o facão abaixando devagar, até estar ao lado do seu corpo.

Levantei-me do chão, balançando a perna para que a criatura morta caísse: um inseto enorme com uma casca dura, como uma barata gigante. Alisei as minhas roupas enquanto Ramon me olhava, com o facão ainda pronto para ser usado.

— Se não vai me matar, por que não relaxa? Parece que vai cortar a minha cabeça.

Minha voz saiu muito mais calma do que eu realmente me sentia.

Ele sorriu. Um sorriso bonito, com os dentes brancos e perfeitos que vemos em astros de cinema. Droga, por que ele tinha de ser tão bonito?

— O que você estava fazendo? — perguntou ele.

— Sou dona desta fazenda. Estava tentando ver o que você estava fazendo.

Ele pareceu refletir sobre o meu comentário enquanto voltava lentamente para a barraca. Já estávamos quase lá quando ele disse:

— Você está mentindo. Não sabia que tinha alguém lá dentro; não teria feito tanto barulho se soubesse. — Ele parou e me encarou como se me avaliasse. — Você estava tentando arrombar a barraca.

— Verdade, mas o que exatamente você estava fazendo lá dentro?

Ele sorriu, mais uma vez um sorriso lindo.

— Perguntei primeiro.

— Sou dona desta fazenda. — Fiquei repetindo que o lugar era meu na esperança de impressioná-lo.

— Mas tenho um facão. Acho que no meu país isso vale mais do que um mero título legal.

Parei e o encarei.

— Tudo bem, a verdade. Todo mundo é muito vago sobre como está indo o trabalho dos químicos no desenvolvimento da árvore de café descafeinado. Fiquei sabendo que, se eles conseguirem, vai valer muito dinheiro. Não quero pressionar, mas tenho problemas muito sérios nos Estados Unidos e preciso de dinheiro para resolvê-los. Gostaria de saber mais sobre o desenvolvimento do trabalho deles... E ninguém me fala nada.

Eu tinha certeza de que ele sabia exatamente quais eram os meus problemas nos Estados Unidos. Não tinha dúvidas de que ele estava na longa lista de conspiradores que criaram esses problemas, mas não era hora de mostrar o quanto eu sabia, o que, em todo caso, eu não sabia mesmo.

Ele apertou os lábios e balançou a cabeça devagar.

— Você provavelmente só está me dizendo meia-verdade, mas mulheres bonitas me enganam facilmente.

Agora que eu sabia que a atração dele por mim no avião fora planejada, não estava pronta para desmaiar quando ele dissesse que eu era bonita. Mas fez meu coração acelerar um pouco.

— Sua vez — disse eu.

— Minhas razões são diferentes, mas, como você, preciso urgentemente de dinheiro. Infelizmente, eu era melhor em criar cavalos para polo do que em administrar minhas propriedades e investimentos. Como funcionário do departamento de café, sei que estão tentando criar uma árvore de café descafeinado, não apenas aqui, mas em muitos outros lugares. Se eu tivesse alguma, digamos, informação privilegiada, sobre um processo bem-sucedido, meus problemas financeiros desapareceriam e eu poderia voltar para os meus cavalos e as minhas mulheres.

Voltamos a andar enquanto ele falava. Havia uma certa sinceridade insensível na versão dele. Ele fazia o tipo que provavelmente gastara uma fortuna até o último centavo; sem dúvida cavalos para polo eram mais a praia dele do que investimentos, e ele parecia fútil o suficiente para roubar o trabalho de alguém.

E ele tinha um facão.

Ele acrescentou:

— Como deve imaginar, um café sem cafeína no próprio grão teria um mercado imediato. Você sabe como um café é descafeinado?

— Um pouco.

O café era descafeinado antes de ser torrado para preservar o sabor, mas mesmo assim a descafeinação resultava em perda de sabor. Mesmo depois do processamento, o café descafeinado ainda tinha cafeína porque era considerado descafeinado quando 97 por cento da cafeína era extraída.

Eu evitava café descafeinado, pois nunca sabia como tinha sido processado; mesmo quando informavam, não sabia se podia confiar na informação.

A forma tradicional como o café era descafeinado era usando um solvente, geralmente cloreto de metileno ou acetato etílico — basicamente, removedores de tinta. Os grãos eram fervidos para elevar o nível de umidade, levando a cafeína para a superfície, e, então, eram lavados com solvente e depois fervidos novamente para enxaguá-lo.

O cloreto de metileno era tóxico. Inacreditavelmente, a descafeinação com cloreto de metileno, que é volátil e inflamável, foi considerada um processo "natural" porque a substância é encontrada em algumas frutas. O FDA* permite o uso de substâncias químicas porque diz que o processo deixa poucos resíduos das toxinas. Claro, essa é a mesma FDA que aprova remédios que às vezes matam quando ingeridos.

Algumas fábricas americanas pararam de usar solventes e passaram a usar dióxido de carbono ou água no processo, ambos considerados naturais. Mas, de qualquer forma, preferia meu café com cafeína.

Eu também sabia que, além do projeto Soong-Sanchez, havia muitos esforços em outras partes do mundo para produzir grãos descafeinados. No ramo do café, produzir grãos sem cafeína era como os sonhos dos alquimistas medievais de produzir ouro.

---

*FDA (Food and Drug Administration) é a agência governamental dos Estados Unidos que regula e fiscaliza a fabricação de alimentos, remédios e cosméticos. (*N. da T.*)

Bem no fundo, eu tinha esperança de que os dois cientistas estivessem produzindo os grãos sem cafeína e, mesmo depois que Escobar me roubasse, ainda sobrasse dinheiro suficiente para salvar a fazenda e resolver meus problemas em Seattle.

Ramon disse:

— Como você sabe, independentemente de como é feito, envolve um processo caro. A descoberta de um grão que saia da árvore descafeinado valeria dezenas de milhões de dólares. O café é a maior colheita do meu país, então, naturalmente, o governo está muito interessado nesse processo.

Ele abriu outro sorriso maravilhoso.

Dei um sorriso amarelo.

— Um minuto atrás, você disse que estava interessado porque precisava de dinheiro.

— Como você, as minhas ações têm muitos níveis e mentiras. Mas, como vocês norte-americanos diriam, vamos ao que interessa. Como você, eu estava espionando.

Caminhamos até um jipe Cherokee no qual um homem estava esperando.

Paramos antes de chegarmos ao carro, e Ramon disse:

— Devo lhe pedir dois favores. Não diga a ninguém que me encontrou na barraca. As pessoas interessadas no processo podem se sentir ofendidas... Estilo colombiano.

— Não vou poder contar sem me expor também, certo?

— Verdade — disse ele, abrindo seu sorriso. — O outro favor é jantar comigo.

Assenti.

— Com uma condição. Que me diga por que fez tudo aquilo para me atrair para o carro com o Ci... o amigo de Pablo, Jorge.

Eu sabia que não devia fazer aquela pergunta estúpida. Era o mesmo que perguntar diretamente por que ele tentara me sequestrar em Bogotá. Então foi o que fiz.

— Eu ia ser sequestrada? Assassinada?

— Não é óbvio? Prata ou chumbo.

— Você está na folha de pagamento de Pablo Escobar? — Essa resposta era fácil.

— Ah, nada tão rude. Venho de uma família tradicional, com muitas ligações sociais e financeiras. Não recebemos dinheiro dos novos ricos como Escobar. Pelo menos não de uma forma tão aberta como suborno. Em vez disso, o que acontece é que fazemos um favor... E recebemos um pacote discreto pela porta dos fundos. Se você foi útil, o pacote vem cheio de pesos. Se não foi, encontra a cabeça do seu filho...

Ele riu da minha expressão de nojo.

— Só uma piada; o que quero dizer é que não estou na folha de pagamento dele. Entretanto, tenho usado minha autoridade como funcionário do ministério para garantir que inspetores não venham à fazenda perturbar. Assim, o trabalho nas barracas pode continuar em segredo.

Que segredo; todo mundo na fazenda sabia que estavam fazendo experiências para desenvolver a planta.

— Também por causa das minhas ligações com o governo e a sociedade, escuto coisas. E, às vezes, passo para Pablo o que escuto. No seu caso, eu estava indo para a Cidade do Panamá para tratar de assuntos do governo. Eu falara com Pablo mais cedo porque ele queria mandar uma mensagem para um funcionário na Zona do Canal. Para ser exato, era para um funcionário da alfândega olhar para o outro lado e não ver toneladas de cocaína entrando. Eu já ia embarcar em Bogotá quando Pablo me ligou e pediu para voltar no mesmo voo que você. Pelo que entendi, Jorge não havia tido a oportunidade de negociar um preço para a compra da fazenda.

— Acho que não estudei na faculdade o tipo de negociação que ele usa.

Ramon riu.

— Não, você tem razão, mas estaria a salvo comigo. Bogotá não é Medellín. Mas agora, me permita recompensá-la. Por favor, venha jantar na minha casa.

Não tinha percebido que ele morava na região. Como eu poderia recusar? Ele estava mentindo para mim; eu estava mentindo para ele; talvez, se conversássemos mais, ele deixasse escapar alguma coisa sem querer. Além disso, ele era lindo.

— Preciso passar em casa, pegar um casaco e avisar Juana que não vou jantar em casa.

— O motorista pode levá-la enquanto espero aqui. É melhor que não me vejam na fazenda.

Meia hora depois, a caminhonete em que estávamos parou junto a um pequeno avião estacionado na estrada de terra.

— O que é isso?

— Uma carruagem de ouro com asas para levá-la para a minha casa.

— Como você pousou aqui?

— Nesta altura, a estrada é reta e razoavelmente lisa. Estaremos no ar em um minuto.

— Isto é loucura.

— Não, isto é a Colômbia. Pelo ar, posso viajar em duas horas o que levaria dois dias de carro. — Ele pegou meu braço. — Acima dos Andes, a vista é incrível. Tem montanhas enormes, com quilômetros de altura e vales exuberantes. Você vai achar que morreu e está no paraíso.

Deixei-o levar-me para o avião, mas não me enganei: os portões dourados do paraíso não seriam o meu destino. Eu vinha preparando meu caminho para o inferno fazia um longo tempo.

28

Planar sobre montanhas com quilômetros de altura em um pequeno avião me causou arrepios que não sentia desde que andava em montanhas-russas enormes quando era pequena. Não tinha comparação com voar fechada em um avião comercial. O avião pequeno oferecia uma vista panorâmica impressionante. Tive a sensação de que podia sair e caminhar sobre as nuvens.

Com um pouco mais de uma hora de voo, ultrapassamos montanhas e planamos sobre uma grande savana.

— Los Llanos — disse Ramon.

Como a região de criação de gado no Texas e os pampas na Argentina, os Llanos eram um pasto que se estendia toda vida. Vi rios e algumas árvores espalhadas, mas sua característica mais proeminente era a falta de atributos físicos.

— Meu país tem florestas, montanhas, vales exuberantes, e agora você está vendo outra importante paisagem, nossas grandes planícies. Não há quase nada lá embaixo; é muito quente e não tem árvores; não tem muita população, indústrias nem terra fértil. Mas tem muito gado. A minha família cria gado em nossa fazenda há mais de dois séculos, desde antes de a Declaração de Independência ser assinada.

A casa grande da fazenda ficava no topo de um pequeno monte. Mais que isso, era um complexo. Do ar, eu pude ver que a casa principal quadrada, rodeada por muros altos, ocupava menos da metade do espaço dentro dos muros.

— Temos estábulos para os nossos cavalos, uma ferraria e um depósito para comida e água — disse ele.

— Parece uma fortaleza.

— Por um bom motivo. Os Llanos não são muito populosos. É uma regra antiga que uma família só pode possuir o tanto de terra que for capaz de defender. Não é mais como no velho oeste, mas, no meu país, ainda temos de mostrar força ou os carniceiros arrancam nosso fígado.

Abaixo, havia uma pequena aldeia, às margens de um rio, para os vaqueiros que trabalhavam com o gado.

— Qual é o tamanho da sua hacienda?

— Ela se estende por quase 10 quilômetros rio acima e tem 5,5 quilômetros de largura.

Enquanto o avião se preparava para aterrissar em uma estreita faixa de terra não muito diferente da estrada da qual decolamos, pensei em como o meu país era diferente do resto do mundo. A maioria das diferenças entre "classes" nos Estados Unidos tinha como base o dinheiro; em outros lugares, as diferenças sociais geralmente tinham a ver com herança, os antepassados pesavam mais do que a conta bancária.

Assim como Carlos era o *patrón* da Café de Oro, mais respeitado pelos trabalhadores e colonos do que um simples dono de fazenda, Ramon era o *patrón* da fazenda. Desde o momento em que coloquei os pés para fora do avião, percebi pela postura do motorista que nos esperava que "Dom Ramon" não era apenas o dono da fazenda, mas seu senhor.

Como os trabalhadores da plantação de café, aqueles que trabalhavam com o gado não contavam seu tempo de serviço em anos, e sim em gerações.

Supus que, apesar do tamanho, como a plantação de café, a fazenda trazia mais recompensa em forma de orgulho por possuí-la e continuação da tradição do que recompensa financeira. A não ser que tivesse petróleo, lugares como aquele geralmente transformam seus donos em "ricos", mas não ricos em dinheiro. E Ramon me parecia um homem que precisava de mais do que uns trocados.

Quando fugi dele em Bogotá, uma limusine o esperava; e ele mencionara no avião que possuía uma casa grande na capital. Imagino que aviões particulares, um Rolex e cavalos de polo fossem apenas uma pequena parte do estilo de vida extravagante a que ele estava acostumado. Não consegui tirar mais nenhuma informação dele sobre sua ligação com o rei do cartel de drogas, mas também consegui ficar de boca fechada.

O interior da casa era bem o que eu esperava por sua aparência exterior: rústico colombiano, muito couro de vaca e móveis de madeira, grandes lareiras de pedra, um forno na cozinha no qual quase se podia assar uma vaca inteira, e um forno no pátio externo em que se *podia* fazer isto, não que isso fosse necessário; uma vaca inteira já estava assando em um espeto.

Ramon me apresentou à sua sobrinha, uma jovem bonita, que devia ter uns 16 anos. Seu nome era Elena. Ela tinha o mesmo tom de pele moreno que Ramon e cabelo castanho-claro. Ele já tinha me explicado que os pais de Elena, a irmã dele e o seu cunhado, tinham morrido em um acidente de carro.

— Meus pais também já se foram, isso faz com que eu e Elena sejamos a família inteira.

Elena me fez perguntas ávidas sobre os Estados Unidos e até sobre o que estava acontecendo em Medellín. Ela deu um grito quando contei que conheci Pablo Escobar.

Ramon me lançou um olhar e fingi que o encontro tinha sido puro acidente.

Ela me mostrou a casa toda enquanto Ramon resolvia alguns problemas de negócios. Logo descobri que ela estava cansada do seu confinamento.

— Ramon insiste para que eu fique aqui, nos Llanos. Fico tão entediada, tem poucas meninas da minha idade, e a maioria delas trabalha o dia todo na fazenda. Nenhuma delas jamais esteve em Bogotá. Eu adoraria morar na capital, ir a uma escola lá. Tenho uma professora que vem duas vezes por semana para me dar aulas. No resto do tempo, estudo sozinha. Estou tão cansada de livros! Não tenho amigos, nada para fazer a não ser ler.

— Por que você tem de ficar aqui?

— Ramon diz que é para me proteger.

— A capital é tão perigosa? Sei que é perigoso para pessoas como juízes e repórteres que são contra os cartéis, mas em geral não é como outra cidade?

— É isso que eu digo, mas Ramon acha que devo ficar aqui. Diz que continuarei pura aqui e ficaria poluída se fosse para Bogotá. — Ela de repente sorriu e seus olhos brilharam. — Mas eu não ligo, contanto que Ramon fique aqui pelo menos alguns dias por semana.

É claro que ela ligava. Perguntei-me por que, se ele achava que Bogotá não era o lugar certo, não a mandava para a Europa ou para os Estados Unidos para estudar. Mas não era da minha conta, então não fiz essa sugestão.

Naquela noite, jantamos em um jardim maravilhoso, com iluminação suave, uma fonte borbulhante e música. Homens e mulheres da aldeia nos divertiram com música e dança. Algumas das músicas eram chamadas *vallenata* e se desenvolveram nas fazendas de gado na costa do Atlântico. Os sons tinham um ritmo africano vibrante.

Mais tarde, Ramon me levou para uma caminhada até o rio. De repente, ele me envolveu com seus braços. Virei a cabeça e empurrei-o quando tentou me beijar.

— Eu a ofendi? — perguntou ele.

Sorri.

— Não confio em você. Você ainda é aliado do homem que está tentando roubar a minha fazenda.

— Talvez você devesse tentar ser um pouco mais legal para também ter aliados.

— O que já passei até agora me faz lembrar de um velho ditado: "com amigos como você, não preciso de inimigos". Você se importaria se voltássemos para a casa? Estou cansada e gostaria de voltar bem cedo para a fazenda amanhã de manhã.

Ele estava confuso e eu também. Não sei o que aconteceu comigo. Em um minuto, eu estava fascinada por fazer amor com um homem lindo, mesmo sabendo que ele era um vilão — era como o que James Bond sente quando faz amor com a deusa que tem uma faca embaixo do travesseiro —, e, no minuto seguinte, eu o rejeitara.

Mas eu tinha um mau pressentimento. Um tipo de ansiedade, uma paranoia. Alguma coisa não estava certa em Ramon, na situação; algo que eu vira ou ouvira tinha me afetado, mas ainda não sabia o que era. Eu simplesmente estava com um mau pressentimento e desejava nunca ter vindo.

Na casa, desejei boa-noite a Elena. Os quartos ficavam no segundo andar e tinham varandas com vista para o jardim. Coloquei uma cadeira atrás da porta, prendendo a maçaneta, então abri a porta da varanda e apaguei as luzes. Eu não estava realmente cansada, só queria ficar sozinha.

Encostei no portal e olhei à minha volta. Uma lua cheia brilhava no céu. Uma brisa leve e quente agitava a noite. Suspirei. Era uma noite para fazer amor apaixonado, e eu rejeitara, mandara embora um dos homens mais bonitos que já conhecera.

Bom trabalho, garota!

Eu estava pronta para entrar quando os vi no jardim. Ramon e Elena. Eles pararam na fonte e ele a tomou em seus braços. E deu nela o beijo que eu rejeitara.

As mãos dele desceram pelas costas dela, pelas nádegas, puxando-a com força para si. As mãos dele subiram de novo, até os ombros da menina, e a empurraram até que ficasse de joelhos. Quando ele abriu o zíper da calça, fechei as portas da varanda.

Cretino desgraçado.

Agora eu sabia por que ele mantinha a sobrinha prisioneira naquela fazenda isolada nos Llanos.

Sabia o que me incomodara a noite toda.

Era o sorriso e os olhos de Elena, em como ela ficara animada ao dizer que estava tudo bem contanto que Ramon estivesse lá.

O que eu vi foi a menina expressando seu amor, seu desejo, por ele.

E ele era um cretino nojento. Ele poderia ter qualquer mulher, mas o incesto devia dar a ele a excitação extra de que precisava.

Eu também sabia de outra coisa.

Ele encenou o boquete para que eu pudesse ver do meu quarto. Vingança pela minha rejeição? Ou mais uma coisa para excitá-lo?

Espero que um dia alguém arranque o pau dele com os dentes.

29

A viagem de volta na manhã seguinte foi fria e silenciosa. Ramon estava de mau humor, e eu estava pronta para dizer a ele como era cretino e pervertido. O que manteve minha boca fechada foi o fato de que ele poderia me jogar lá de cima.

Ele não falou comigo o caminho todo de volta, até que o avião parou na estrada de terra. O jipe que me levara no dia anterior estava esperando.

Quando o avião parou e eu abri a porta para sair, ele disse:

— Fique de boca fechada, se eu ouvir alguma coisa sobre mim, você vai desejar estar em uma prisão em Seattle.

— Você realmente confirma aquele velho ditado.

— Que ditado?

— Sobre a beleza ser superficial. Você é podre por trás desse rosto bonito.

Ele fechou ainda mais a cara, e eu saí rapidamente do avião e corri até a caminhonete. Tínhamos andado uns 200 metros quando um jipe conhecido bloqueou a nossa passagem. Josh acenou para eu entrar.

Saí da caminhonete e subi no jipe. Ele engrenou a primeira e saímos levantando poeira e pedras. Ele estava de mau humor.

— Então... como foi transar com ele?

Eu estourei.

— Isso não é da sua conta! Estou cansada de ter de prestar contas a todos os loucos deste país louco, de ter sempre alguém na minha cola me ameaçando e me dizendo o que fazer com a minha vida. Vocês são todos um bando de lunáticos e fracassados. Por que não volta para o seu país e arranja um emprego decente?

Eu estava irritada, e o comentário sarcástico dele me deixara ainda mais furiosa.

Ele continuou dirigindo, mas me olhou pelo canto do olho.

— Bem, pelo menos fico feliz em saber que não se divertiu.

De repente me dei conta.

— Você está com ciúmes.

— Não, eu estava curioso.

— Com ciúmes — repeti.

Deus, amei as palavras. "Com ciúmes". Eram deliciosas. Um homem se sentia tão atraído por mim a ponto de estar com ciúmes.

— Isso mesmo, foi ciúme. Então, o que aconteceu? Como você de repente se ligou a Ramon Alavar?

Contei toda a história para ele, a minha tentativa de ver pelas persianas, Ramon com o facão. Quando cheguei na parte da sobrinha, Josh também ficou furioso.

— Predador desgraçado.

— Mais que isso, é um abuso de poder — disse eu. — Ele a mantém prisioneira e ainda transa com ela. Juro que, antes de eu sair deste país, Ramon vai pagar pelo que está fazendo com ela, mesmo que eu tenha de colocar anúncios em jornais, porque as autoridades não farão nada. — Virei-me para Josh e não resisti a fazer um comentário felino. — É claro que ele não é o único a tirar alguém das fraldas.

— Ela não é minha sobrinha e tem quase 30 anos.

— Ela não tem mais que 16 ou 17.

— Eu não estava falando da idade cronológica dela. Além disso, agora que nos conhecemos e estamos nos entendendo, terminei com ela.

— Nos entendendo? *Nos entendendo?* Eu nem gosto de você.

— Eu também não gosto muito de mim mesmo, mas estou tentando mudar. — Ele parou o jipe e fixou o olhar em mim. — Ramon, o pervertido, lhe deu um excelente conselho.

— Ficar de boca fechada.

Ele assentiu.

— Com todo mundo... Quer dizer, todo mundo mesmo. Você provavelmente pode confiar em Juana, mas não diga nada a ela. O que ela não sabe não vai feri-la, ou você, ou a mim. Como ele disse, não deixe ninguém nem saber que ele esteve aqui. Se alguém ficar muito curioso, diga que estava comigo... E, por favor, não faça uma cara feia como quem diz que não sou bom de cama.

Ignorei o último comentário. Minha mente estava cheia de perguntas.

— O que está acontecendo, Josh? Tem uma conexão chinesa, uma conexão com um cartel de drogas; agora Ramon faz parte disso. O que está acontecendo naquele laboratório? Eles estão chegando perto de desenvolver o grão de café descafeinado?

Ele deu de ombros.

— Como eu poderia saber?

— Você parece saber de tudo o que acontece por aqui... Até o horário do avião de Ramon. Como sabia que estávamos aterrissando? Ou mesmo que decolei? E não diga que estava atrás de policiais para pagar suborno.

— Eu pago para saber de algumas coisas; todo mundo sabe disso; eles vêm me contar sempre que um estranho aparece. É garantia da minha parte. Poderia ser um assassino contratado por um dono de mina.

— Acho que você sabe mais do que está falando. Por que não me conta o que está acontecendo?

— O que acabei de dizer? Falar mata. O que quer que esteja acontecendo naquele laboratório, Pablo Escobar é o maior interessado. Isso é razão suficiente para você manter a boca fechada. E fugir o mais rápido possível daqui.

— Como posso ficar de boca fechada? Herdei esta fazenda. E preciso muito do dinheiro que ela pode me oferecer. Preciso chegar ao fundo do esgoto em que a minha vida foi jogada.

— Venda a fazenda.

— Eles não me ofereceram dinheiro suficiente. De qualquer forma, eu não faria isso, a não ser que soubesse que tomariam conta das pessoas que dependem dela.

— Meus Deus, é uma carga muito pesada para você: não vai apenas se ajudar, vai salvar centenas de trabalhadores e suas famílias. Espero que saiba caminhar sobre a água, porque vai precisar fazer milagres. É melhor que seja à prova de balas também.

Ele parou o carro e me encarou.

— Eu gosto de você, Nash. Não quero que nada lhe aconteça. Se eu pudesse providenciar um outro lugar para você ir, talvez mais ao sul, o Uruguai é um bom país, é chamado de a Suíça sul-americana, você poderia esperar e se livrar...

— Me livrar de quê? Você vai me dizer o que está acontecendo?

Ele inclinou-se e me beijou na boca. Fechei os olhos e não resisti, então abri-os e encarei. Ele não era tão bonito quanto Ramon, ainda precisava cortar o cabelo e fazer a barba. Mas eu me sentia atraída demais por ele.

Antes de descobrir que ele era um pervertido, Ramon me excitava sexualmente. Mas acho que era mais fogo de palha, a ideia de fazer amor com um homem pelo qual toda mulher babava.

Josh causava um efeito mais profundo em mim. Eu me sentia segura e confortável com ele. Um sentimento de que finalmente encontrara o homem que eu passara a última década procurando. Mas ainda estávamos em caminhos diferentes.

— Coloque isso em sua cabeça dura: não vou vender a fazenda para ninguém que vá ferrar com os trabalhadores e os arrendatários.

— Então, qual é o seu plano?

— Não sei, droga... Não sei. — Eu estava irritada e, de repente, cansada.

Por um momento, ele apenas me olhou, mas então abriu um sorriso genuíno.

— Você sabe como fica linda quando está nervosa? — disse ele com a voz calma e suave.

— Que bom que acha isso divertido.

Ele ainda estava sorrindo e não pude deixar de retribuir seu sorriso.

Droga, ele conseguia de alguma forma quebrar a minha resistência. Eu não conseguia ignorar a tensão sexual no ar. Estava lá, e eu sabia que ele também sentia. Eu sentia um desejo arrebatador de me jogar nos braços dele, de senti-lo me abraçando, me reconfortando, dizendo que tudo ia dar certo. Queria que ele fizesse amor comigo, de verdade, algo que eu não tinha havia muito tempo.

— Vamos para algum lugar onde possamos ficar sozinhos — pedi.

— Sei exatamente onde.

Chegamos à casa dele poucos minutos depois. Era surpreendentemente mais arrumada do que eu esperava, pequena mas aconchegante.

Ele me levou para o quarto e começou a tirar as minhas roupas, não de forma apressada, mas de uma maneira deliberada e sensual. Entre nós, não havia necessidade de palavras. Era claro que precisávamos satisfazer o desejo sexual dos nossos corpos. Não senti qualquer vergonha em estar ali nua, na frente dele, enquanto esperava que ele se despisse.

Ele pegou minha mão e me levou até a cama. Eu já estava molhada de desejo, e ele já estava rijo quando entrou em mim, com facilidade e rapidez. Beijei-o com um ardor que nunca sentira antes. Meu coração estava disparado, minha pulsação, a mil por hora. Tremi quando o êxtase tomou conta do meu corpo. Gozei logo e gritei quando senti a explosão dentro de mim. Puxei-o mais para dentro, e ele estremeceu em cima do meu corpo quando sentiu a mesma onda de êxtase.

Por alguns minutos, nossos corpos ficaram unidos até que os tremores de prazer se acalmassem. Ele saiu de cima de mim e me puxou para ele. Senti-me protegida e confortável aninhada a ele, com uma sensação de completude dentro de mim. Dormimos nos braços um do outro.

30

Quando voltei para a fazenda, nada tinha mudado: Juana, como sempre, foi carinhosa comigo; Cesar, frio, como se mal conseguisse me suportar, o que não era nenhuma novidade; e Lily Soong ainda estava mais interessada em seu esmalte do que em mim. Mas havia outra presença, um convidado inesperado: uma aura de sombra e tristeza que pairava na fazenda desde a visita de Pablo Escobar.

Todos pareciam ter sido afetados pela visita, estavam com os nervos à flor da pele, e a aparência deprimida. Até Lily parecia um pouco triste enquanto pintava as unhas na varanda.

Tentei sondar Juana sobre por que todos estavam mal-humorados, mas ela mudou de assunto na mesma hora. Minha conclusão foi que ela realmente não entendia o que estava acontecendo e não era do tipo que buscava respostas.

No dia seguinte ao que voltei, um homem apareceu em uma caminhonete e deixou um envelope com apenas uma anotação dentro: $100.000.

Achei curioso Escobar não ter simplesmente mandado um de seus *sicarii* me dar uma lição até que eu resolvesse vender a fazenda. Mas, pelo que tinha escutado em conversas no rádio e lido nos jornais, Dom Pablo estava ocupado com sua guerra contra as unidades militares e paramilitares americanas e colombianas. Também tive de me perguntar se o interesse dele na fazenda era pelo lugar como um todo ou apenas pelo que estava acontecendo no laboratório.

Josh dissera que eles não precisavam da fazenda para plantar coca, pois ela era muito aberta e óbvia para processar a planta. Isso levava ao laboratório. E me levava a crer que Escobar não estava tão interessado na fazenda e que o Cicatriz estava mancomunado com alguém — provavelmente Cesar — para roubar a minha fazenda a preço de banana, depois de garantir que eu precisasse desesperadamente do dinheiro arruinando o meu sonho em Seattle.

Eu tinha muito em que pensar. E precisava de alguém com quem conversar, alguém que não torceria tudo.

Então subi a colina até o túmulo do meu pai.

Passei horas lá, apenas *escutando* a terra, ouvindo e lendo a fazenda de cima.

Como uma criança que se pergunta se quer ser policial, bombeiro ou hacker, finalmente cheguei à conclusão do que eu faria quando crescesse.

Três dias depois que voltei de Llanos, Juana preparou um jantar de aniversário para Cesar. Josh veio jantar conosco. Juana disse que os doutores Soong e Sanchez estavam muito ocupados para comparecer.

— Ainda trabalhando noite e dia na fórmula mágica deles? dei ao trabalho

Não me dei ao trabalho de não ser sarcástica. Eu constantemente mudava de ideia sobre o que estava acontecendo no laboratório. Às vezes tinha certeza de que eles estavam trabalhando para um cartel de drogas, outras vezes, de que eles realmente estavam desenvolvendo o grão de café descafeinado e que isso me daria dinheiro suficiente para realizar todos os meus sonhos.

— Eles foram até a cidade tirar o mofo dos pintos — disse Cesar.

— Cesar! — Juana se levantou. — Como ousa falar assim à mesa?

Ele deu de ombros. Já tomara uns dois drinques e estava com um humor péssimo.

— Certo, assim é melhor? Eles foram ao puteiro local.

Juana parecia triste, mas conseguiu conter suas emoções. Senti pena dela. *Não tinha para onde escapar*, pensei. Ela passara a vida inteira na fazenda, um lugar de paz e tranquilidade, e agora o mundo real a estava invadindo.

Fiz um anúncio.

— Recebi um bilhete de Jorge, o cavalheiro que está tentando comprar a fazenda.

Cesar zombou.

— O conselheiro de investimentos de Dom Pablo.

— A oferta pela fazenda aumentou para 100 mil dólares.

Ninguém pareceu surpreso. Cesar pareceu orgulhoso.

— Você deveria aceitar e voltar para seu país — disse Juana. A voz dela tremeu ao falar. A venda da fazenda para Escobar, se ele fosse realmente o comprador, significaria o fim da única vida que ela conhecia.

Josh disse:

— Você deveria aceitar.

Olhei para todos à mesa, fitando os olhos de cada um deles. A quantia de dinheiro não significava nada para mim; não era suficiente nem para eu pagar minha fiança em Seattle, menos ainda para contratar um advogado. Mas naquele momento, eu não teria vendido a fazenda nem se a oferta fosse de 1 milhão de dólares.

Eu não podia explicar isso a eles, mas eu sabia por que Carlos fizera de mim sua única herdeira. Ele me investigara e acho que sabia que eu lutaria para manter a fazenda viva. E ele estava certo.

— Não vou vender a fazenda.

Juana juntou as mãos.

— Nash, você deve; você não compreende...

— Não se preocupe com ela — disse Cesar. — Se ela é tão burra assim, deixe que cave a própria cova.

— Fui à cidade esta tarde. Mandei um telegrama para uma amiga nos Estados Unidos contando tudo o que está acontecendo aqui, incluindo o interesse pouco saudável de Escobar na minha propriedade. Também mandei uma lista de agências nos Estados Unidos e na Colômbia para ela encaminhar o telegrama se alguma coisa acontecer comigo.

Minha declaração causou uma implosão silenciosa na sala. Ninguém se mexeu; ninguém disse uma palavra. Finalmente, Josh disse, com bastante calma:

— O que você acha que vai conseguir com isso?

— Se alguma coisa acontecer comigo, a fazenda entrará na lista da Agência de Combate às Drogas dos Estados Unidos. E isso seria uma pista de que não foi um acidente.

Eu também não sabia que diferença faria, mas estava contra a parede e estava dando um tiro no escuro.

Cesar balançou a cabeça para Josh.

— Se você tem alguma influência sobre essa doida, é melhor tirá-la daqui agora; coloque-a em um avião para o país de vocês. Ela assinou a própria sentença de morte.

— Vou salvar esta fazenda — afirmei.

Cesar explodiu.

— Você é louca.

Juana colocou a mão no braço dele.

— Por favor, não grite com ela. Ela tem boas intenções.

Ele lutou para recobrar a compostura.

— Você não sabe nada sobre cultivar café. Uma caminhada pela fazenda não a torna um *cafetero*.

— Deixe-a falar — disse Juana. — Ela sabe mais do que você pensa.

Eu disse:

— Esse café não precisa de um especialista em cafeicultura. Carlos era o melhor *cafetero* do mundo; Cesar sabe como cultivar um café maravilhoso; essa não é a fraqueza da fazenda. O que está faltando aqui é alguém da área de negócios. Eu tinha uma cafeteria em Seattle, mas antes disso eu era executiva de uma...

Cesar balançou a cabeça.

— Escute aqui, mesmo que você não seja assassinada, a fazenda vai para as mãos do banco. Sua experiência dirigindo uma pequena loja a milhares de quilômetros daqui não a qualifica para administrar uma fazenda em nosso país sem leis. Não fazemos negócios como o resto do mundo.

— A minha *pequena* loja estava a caminho de ser a matriz de uma bem-sucedida rede de cafeterias. Acordos já estavam sendo feitos quando as pessoas daqui resolveram se meter e derrubar o mundo em cima da minha cabeça.

— Mesmo que você saiba como vender café no varejo, não sabe como cultivá-lo e vendê-lo no mercado nacional. Não é trabalho para mulher.

— Desculpe, mas você vive em uma sociedade dominada por homens há tempo demais. Talvez, se saísse um pouco desta fazenda, perceberia que existe um mundo bem diferente lá fora, um mundo de que as mulheres fazem parte. Antes de eu decidir começar uma rede de lojas, eu era uma executiva, uma solucionadora de problemas muito bem paga que lidava com situações que envolviam bilhões de dólares. Executivos ricos e bem-sucedidos pagavam enormes quantias de dinheiro para eu dizer a eles como administrar seus negócios.

Cesar levantou as sobrancelhas.

— Tudo bem, por que você não nos ilumina com esse seu vasto conhecimento em negócios? Como você vai salvar a fazenda? — O tom de voz dele era como se falasse com uma criança.

— Se parar de me interromper, eu direi. — Fitei-o. — Vamos começar pelo fato de que você não entende o fenômeno, ou a matemática, do *boom* do café nos Estados Unidos. Carlos também não entendia porque aconteceu rápido demais. Nos últimos anos, enquanto vocês estavam lutando com a queda do preço do café, começaram a surgir as butiques de café por todos os Estados Unidos, milhares delas. As pessoas deixaram de tomar apenas uma xícara de café de manhã e passaram a tomar cafés gourmet a qualquer hora do dia ou da noite. Palavras como "latte", "cappuccino" e "mocha", que mal foram usadas nos últimos milhares de anos, de repente estavam na boca de todos. E é um fenômeno que está se espalhando pelo mundo inteiro. Estão abrindo cafeterias em lugares como Moscou e Tóquio. Eles procuram café gourmet como procuram os refrigerantes americanos.

Olhei para Cesar.

— Quando você citou o preço final do café na fazenda, dizendo que custava 2 dólares para produzir 1 quilo e que só recebia 1,80 dólar dos atacadistas, estava falando de vender no *mercado aberto*. Eu não comprava café no mercado aberto, nem as melhores butiques de café dos Estados Unidos, aquelas que sobrevivem e se tornam redes nacionais. Eu comprava cafés exclusivos porque ninguém entraria na minha cafeteria e pagaria 8 ou 10 dólares por meio quilo de café que pudesse ser comprado no supermercado do outro lado da rua por 3 ou 4 dólares. E um cliente não vai pagar 2 ou 3 dólares por um café que não seja feito com os melhores grãos. Eu comprava direto de uma fazenda na Costa Rica e pagava 6 dólares o quilo. Isso é três vezes o que você está recebendo pelo café da fazenda. É um mercado diferente do mercado em que você está vendendo. Carlos era um artista no cultivo de café, mas não sabia vendê-lo. *Ele produzia grãos exclusivos e vendia como se fossem comuns.*

— Isso é verdade? — perguntou Juana para Cesar. — Nós cultivamos o melhor café do mundo. Por que não conseguimos ganhar mais do que os outros cafeicultores?

— Porque ela se esqueceu de mencionar que precisaríamos de um escritório nos Estados Unidos e vendedores. E que levaria anos para construirmos uma reputação, um nome de marca que seja reconhecido para que essas redes de cafeterias das quais ela está falando nos conheçam.

— Isso é verdade, mas não é toda a verdade — afirmei. — Uma única rede de varejo grande, ou um atacadista que forneça café exclusivo para cafeterias, poderia comprar toda a produção da fazenda e um pouco mais. Só precisamos de uma venda para uma rede importante de lojas ou um atacadista dos melhores cafés. E se conseguirmos assinar um contrato, podemos receber dinheiro adiantado para nos manter no negócio.

Ninguém falou nada. Ficaram lá sentados, mastigando as minhas palavras como se elas tivessem sido servidas no jantar.

É claro que o que eu descrevera era um castelo de cartas. Na verdade, comprar um cartão da loteria e torcer para que todos os seus sonhos se realizassem com um sorteio seria um plano quase tão bom quanto o meu plano de negócios. A teoria era boa, mas havia dois problemas: o primeiro era que levaria tempo e dinheiro para voltar aos Estados Unidos com um plano de marketing e procurar os escritórios de compradores com amostras de café da fazenda. Eu poderia ter sorte e conseguir uma grande venda, mas a verdade é que levaria meses e então anos construindo a reputação da marca. Em outras palavras, Cesar estava certo.

O segundo problema era que eu provavelmente seria presa ao sair do avião na minha primeira viagem de negócios.

Eu não tinha mentido sobre uma coisa: se uma única rede adotasse o nosso café como sua marca exclusiva, os problemas da fazenda e os meus em Seattle estariam resolvidos. Mas, como eu dissera, eles também estariam resolvidos se eu ganhasse na loteria, e a probabilidade era mais ou menos a mesma...

Além de uma aposta desesperada, eu decidira que alguém queria me ver morta. Talvez todos sentados àquela mesa, exceto Juana, gostariam de apressar a minha morte. Não tinha certeza absoluta sobre Josh, mesmo gostando dele. Sem nenhum lugar para onde fugir, sem dinheiro para chegar lá, eu precisava de um plano de negócios para me manter viva. Eu queria dar a eles uma razão para me manter viva. O contramestre dissera que as pessoas da fazenda ficaram esperançosas depois da minha chegada. Agora eu queria dar esperança para Cesar. Até que alguma outra coisa surgisse que eu pudesse usar como um bote salva-vidas.

— Xangai — disse Lily, quebrando o silêncio.

Todos a encaramos. Ela raramente dizia uma palavra no jantar ou em qualquer outro momento em que estivesse perto de nós.

Não sei o que ela falava quando estava sozinha com Cesar, mas suspeitava que era só linguagem corporal.

— O que tem Xangai? — perguntei.

— É a maior cidade da China, talvez a maior do mundo. Você disse que Tóquio e Moscou são os novos mercados para o café. Xangai é maior que as duas. Venda seu café em Xangai.

— A China é um país comunista — disse Josh.

— Os comunistas não são problema; o governo abriu Xangai para o Ocidente, assim como fez no passado.

— Ela está certa — disse Cesar. — É um mercado novinho em folha, que ainda não foi explorado.

Ambos estavam certos. Comecei a tremer quando as peças caíram do céu à minha volta. Tive uma epifania. Uma revelação.

As peças se encaixavam perfeitamente. A competição seria acirrada nos Estados Unidos e na Europa, onde vender café já era um negócio bem estabelecido. Levaria muito tempo e uma sorte fantástica para entrar em um mercado no qual todo mundo estava tentando a mesma coisa.

Mas Xangai. China. Apenas dois anos antes a China era uma nação completamente fechada. Agora havia notícias constantes sobre a abertura do país para o comércio disso e daquilo.

Lembrei-me de artigos que eu lera sobre Xangai. Só estava aberta para o Ocidente havia dois anos. O café seria novo lá.

Comecei a tremer. *Meu Deus, é um território virgem.* Mas e se...

Perguntei a Lily:

— E se o café já estiver bem desenvolvido lá?

— Não está. Sou de Xangai. Todo mundo bebe chá. O café está disponível, sempre esteve, mas não conheço nenhum negócio que tenha o café como produto principal, como você disse que está acontecendo nos Estados Unidos.

— Poderia levar anos para conseguirmos uma permissão...

Ela me cortou, balançando a cabeça.

— Não, o governo é bem permissivo em relação aos negócios em Xangai. Eles querem os dólares dos negócios do Ocidente. Além disso, tenho um tio na cidade que tem muita influência. Ele pode conseguir a permissão com apenas um aceno.

Lily Soong sorriu de forma doce para mim. Era a primeira vez que ela demonstrava qualquer emoção positiva quanto à minha pessoa.

— Nós vamos para Xangai, vendemos seu café, salvamos a fazenda.

Senti como se estivesse andando sobre a água. Por três segundos.

Alguma coisa no olhar que Lily e Cesar trocaram fez com que minha euforia diminuísse.

Não gostei da forma como Josh se recusou a encontrar meu olhar, vi medo no rosto de Juana.

Nada disso ajudou a aumentar a minha confiança.

E, claro, tinha aquela parte de "nós" irmos para Xangai. Eu teria companhia na viagem.

Recostei-me na cadeira e suspirei. Eu precisava de um milagre e ele tinha aparecido. Mas como eu costumava dizer sobre a cobra em todo paraíso...

Eu não tinha outra chance. Precisava de um território virgem, e pelo que parecia, Xangai estava esperando para ser explorada. E a cidade sozinha já era grande o suficiente para ser um mercado enorme.

Em um aspecto, vi como outra mudança de ambiente.

Eu podia entrar em um avião para Xangai e deixar os problemas na Colômbia.

O que de pior poderia acontecer se eu fugisse para o Oriente?

HONG KONG
CAPITALISMO BIZARRO

31

Viajar meio mundo de avião com a Boneca de Porcelana tinha um efeito destruidor para o ego. Era difícil para a autoestima de uma mulher atravessar um aeroporto e ver todos os homens virando a cabeça para olhar para a mulher ao seu lado.

Descobri durante o tempo em que ficamos juntas que além de transpirar atração sexual, Lily Soong tinha uma boa cabeça, mas era esperta o suficiente para esconder isso. Ela fingia para os homens que era apenas um objeto sexual e para as mulheres que tinha mais interesse na cor de seu esmalte do que em ler um livro. Não sei se ela lia, mas eu quase conseguia ver o motor funcionando na cabeça dela enquanto analisava situações, o tempo todo fingindo estar concentrada em suas unhas ou olhando para o nada.

Acredito que os homens atraídos para a sua teia pela sua sensualidade exótica logo descobriam que ela era mais uma leoa do que uma gata de estimação. Quando a contrariavam, as mulheres logo descobriam que aquelas unhas se tornavam garras.

Chegaríamos a Hong Kong antes do meio-dia, e o itinerário que ela fizera dizia que passaríamos a noite lá antes de partirmos para Xangai. Mas isso não era uma surpresa; embora tivesse um voo naquela mesma tarde para Xangai, ambas estaríamos cansadas depois de uma viagem agonizantemente longa e das conexões. Mas, para a minha mente desconfiada, tudo que Lily fazia tinha um motivo oculto.

— Tenho um tio em Hong Kong — disse ela. — Seria rude se eu não fosse visitá-lo enquanto estivesse na cidade.

Ela me deu algumas informações sobre a "Nova China" durante o voo, despindo por um tempo sua personalidade de **Boneca de Porcelana** e expondo seus conhecimentos sobre os acontecimentos mundiais.

— A liderança chinesa foi mais inteligente do que o resto do mundo comunista. Eles olharam em volta e viram o fracasso da economia desse tipo de regime. A União Soviética desmoronou porque o sistema comunista era ruim demais, eles fabricavam produtos que não funcionavam e não conseguiam cultivar grãos suficientes para alimentar seu povo. A Coreia do Norte fracassou a tal ponto que escutamos histórias de pessoas que estão praticando canibalismo.

Por outro lado, Coreia do Sul, Japão, Taiwan, Hong Kong e Cingapura estavam apresentando um boom de crescimento.

— Foi por isso que nossos líderes abriram Xangai para o Ocidente. Xangai já foi o centro financeiro do Oriente. Eles abriram-na para que a China pudesse ter uma porta de acesso aos centros financeiros ocidentais.

Eu disse:

— Li que a cidade não é famosa apenas por ter sido um centro financeiro, mas antigamente era famosa pela corrupção e o estilo de vida depravado. Gângsteres, becos de imoralidade, onde drogas e sexo eram vendidos...

Ela deu de ombros.

— Existe algum lugar no mundo onde não haja drogas, prostituição e crimes?

— Verdade... mas a maioria dos lugares não tem em tanta abundância como Xangai era famosa por ter.

Em Medellín ficava a residência do rei dos cartéis de drogas, mas a cidade colombiana não tinha a reputação de Xangai por seus tipos exóticos e pervertidos de prazer.

A expressão dela se manteve neutra, mas percebi que ela estava segurando uma gargalhada.

— Hong Kong é como Xangai? Quero dizer, sei que Hong Kong é famosa por seu comércio, mas também é um tipo de Cidade do Pecado, não é?

— Hong Kong tem gatos domésticos; Xangai tem gatos selvagens. — O olhar dela encontrou o meu, um pequeno e secreto sorriso nos lábios. — Os chineses de Hong Kong são governados pelos britânicos. Se você comete um erro, vai a julgamento. Em Xangai, o governo não é tão benevolente. Se você comete um erro, às vezes lhe dão um tiro. Isso faz com que os criminosos façam *qualquer coisa* para não serem pegos.

Fazia sentido. As histórias vindas da Rússia sobre a "máfia" deixavam a impressão de que os criminosos russos eram muito mais violentos do que o crime organizado nos Estados Unidos, pois quando os policiais russos "davam um corretivo", nem sempre quem o recebia sobrevivia.

Eu disse:

— Ouvi dizer que, com a Grã-Bretanha devolvendo Hong Kong para o governo chinês daqui a poucos anos, os executivos estão desesperados para estabelecer uma base financeira nos Estados Unidos e na Europa.

Ela deu de ombros e examinou as unhas, dando os sinais de que não queria mais pensar, ou me ensinar.

Li no Guia de Viagem que comprei no aeroporto que parte do dinheiro de Hong Kong também estava indo para Xangai, já que a cidade era vista como um lugar de oportunidades e se tornara um lugar de rápido desenvolvimento na economia oriental. Decidi não perguntar mais nada a ela sobre a economia oriental. Mas tinha mais uma pergunta.

— O que seu tio faz em Hong Kong?

— Tem negócios.

— Que tipo de negócios?

— Coisa grande. Como o meu tio em Xangai.

— Alguma coisa em que possamos usar nosso café?

— Não.

Tudo bem. Era tudo muito esclarecedor. Quando queria ser evasiva, Lily era mestre nisso. Mas *c'est la vie*; eu não me importava com o que Lily fazia contanto que não afetasse meus planos de entrar, ou criar, um mercado para o café em Xangai.

Além da minha bagagem de mão básica, para variar eu despachara alguma bagagem. Continha embalagens fechadas de meio quilo de café torrado da fazenda. Em vez de moer os grãos antes do tempo, para garantir que eu poderia fornecer aos distribuidores em potencial o sabor mais fresco, também levara um pequeno moedor manual, do tipo usado para nozes, e filtros. Além disso, tinha três pequenas cafeteiras, do tipo encontrado em quartos de hotel em que é possível preparar duas xícaras, e filtros de papel.

Era só acrescentar água quente, e eu estava preparada para fazer café na frente dos compradores.

Eu precisava de uma aparência de marca "famosa" nas embalagens de café. Tirei uma foto da fazenda com a cascata e com as exuberantes folhas verdes e plantas coloridas ao redor. Juana tinha uma amiga artista. Ela transformou a foto em uma pintura, e mandei fazer rótulos em uma gráfica em Medellín, que depois colei nas embalagens de meio quilo.

Cesar achava que o tempo e o dinheiro gastos para tornar as embalagens mais atraentes eram um desperdício, mas ele não sabia nada sobre marketing. No entanto, ele aceitou surpreendentemente bem o fato de eu e Lily irmos à China levando uma mala cheia de café. O que me deixou com a pulga atrás da orelha. E para aumentar ainda mais a minha paranoia, havia a postura de Josh. Ele parecia genuinamente preocupado. Saber que ele ficara mais preocupado com a minha viagem para Xangai do que com a minha permanência na Colômbia, onde ele acreditava que eu seria assassinada, fez com que eu me perguntasse o que poderia estar me esperando na maior cidade do país mais populoso do planeta, cujo idioma eu não sabia, cujos costumes eu não conhecia e onde poderia ser presa como uma espiã estrangeira por cuspir na calçada.

— Como o seu pai acabou fazendo pesquisas para desenvolver uma planta de café descafeinado? — perguntei.

— Seria tão estranho se um cientista americano fosse para a Colômbia para fazer experiências com grãos de café? Você só acha estranho porque o meu pai é chinês?

Eu já achava estranho o fato de o homem ser pai dela, mas não revelei isso.

— Eu não acharia estranho se um americano fizesse isso, pois foi criado em uma cultura de café. A China prefere chá. Seu pai toma chá. Eu não o vi tomando uma única xícara de café na fazenda. Eu nunca a vi tomando café. Só fiquei curiosa sobre o que levou o seu pai para o caminho do café. Em vez do chá ou outro produto ligado à China.

Ela evitou olhar nos meus olhos, desviando o olhar para a frente do avião, um sinal claro de que estava inventando uma mentira.

— O trabalho do meu pai é modificar plantas. Para ele não importa se é tirar a cafeína do café ou fazer bananas brilharem no escuro.

Boa resposta. Evasiva e vaga já que ela falava genericamente, mas era pelo menos plausível e mostrava que ela mentia melhor do que eu. Talvez ela tivesse praticado mais. Eu simplesmente não conseguia vê-la como filha do cientista, ou sobrinha de um executivo de Hong Kong e de Xangai. Lily era uma mulher sensual, com um ar exótico e erótico. Quando se tratava de homens mais velhos na vida dela, a expressão "padrinho" vinha à minha cabeça.

Eu ainda tinha minhas dúvidas a respeito do parentesco entre Lily e o Dr. Soong. Não era apenas a falta de semelhança, mas a linguagem corporal também não ajudava. Além de nunca tocá-lo ou falar com ele, ela nem olhava para ele. Ela não prestava mais atenção no doutor Soong do que no seu parceiro, doutor Sanchez. E os únicos olhares que "seu pai" lançava em sua direção não eram do tipo que um pai costuma lançar para uma filha, a não ser que quisesse dormir com ela.

Eu não podia deixar de imaginar qual era o jogo de Lily. Eu não conseguia acreditar na história que ela apoiava tanto o sonho de salvar a fazenda que estivesse disposta a me acompanhar até a China. Estavam me levando para a China por outras razões que não eram abrir um mercado para o café; disso eu não tinha dúvidas.

Lily, junto com Cesar e talvez até Josh, tinha seus próprios compromissos. Por mim, tudo bem, contanto que a viagem também atendesse aos meus propósitos. Mas eu não me sentia à vontade com ela. Tinha a sensação de que ela sabia alguma coisa que eu não sabia: algo que podia me fazer mal. Às vezes parecia que ela estava se divertindo, que estava rindo de mim pelas costas; mas eu tinha de admitir, ela também era assim em relação a Cesar, como se soubesse algo engraçado que ele não sabia.

Não que Cesar estivesse mostrando suas cartas. Juana deixara escapar uma coisa sobre Cesar: que ele conhecera Lily em Xangai. Tentei dar prosseguimento ao assunto, mas quando tive a chance, ela se fechou. Juana parecia me dar apenas o suficiente e depois se tornava cuidadosa.

Mais tarde, perguntei a Cesar se ele já tinha estado na China, e o que recebi como resposta foi que não era da minha conta.

Eu estava praticamente certa de que estava sendo usada como desculpa para uma viagem a Xangai. Mas quais eram os planos de Lily, ou deles, eu não sabia. Eu certamente não estava sendo levada para me tornar uma escrava sexual, não era sensual o bastante.

Não que os motivos de Lily fossem tão importantes para mim naquele momento. A vida é feita de opções, e naquele momento a única alternativa que eu tinha era me fingir de boba na esperança de que o que quer que ela fosse fazer virasse a meu favor no longo prazo.

Voltei a ler o *Guia de viagem de Xangai e Hong Kong* que comprara no aeroporto. Nele, vinha mais ou menos o que eu conversara com Lily: negócios, sexo e crime eram os três principais produtos de Xangai e Hong Kong. Eu não costumava me interessar muito por política mundial quando era uma executiva em Seattle, mas achei melhor saber um pouco mais sobre quais eram as regras do jogo no Oriente, mesmo se isso significasse estudar um pouco de história. Não expus minha ignorância sobre a história asiática para Lily dizendo o quanto eu estava horrorizada por ler como as potências ocidentais tinham tratado a China.

Fiquei sabendo que, no século XIX, os chineses foram forçados a fazer concessões para a Grã-Bretanha e para outros países como resultado da Guerra do Ópio. As guerras eram "guerras de comércio" que começaram quando os britânicos insistiram que o governo chinês permitisse que seus comerciantes vendessem ópio para o povo da China. O comércio da droga transformou milhões de chineses em viciados em ópio. Era uma época no mundo durante a qual a ganância imperialista era uma força maior do que a bondade humana. Quando perderam a guerra, Xangai, Hong Kong e outros lugares foram forçados a aceitar o comércio e outras concessões.

Primeiro, a Grã-Bretanha ocupou a ilha de Hong Kong e, no decorrer dos anos, aumentou o tamanho da colônia. Em 1898, a China entregou uma grande área vizinha à colônia, pelo período de 99 anos, para os britânicos. Esse acordo estava marcado para expirar em 1997, dali a quatro anos. Os britânicos concordaram que, quando o acordo expirasse, toda a área englobada por Hong Kong voltaria a pertencer à China Comunista.

O ópio não foi substancialmente erradicado até depois da Segunda Guerra Mundial quando a China Comunista o atacou. Eles conseguiram diminuir, mas não acabar totalmente com ele.

Quando os comunistas assumiram o controle do território principal da China, em 1949, muitas pessoas da elite rica de Xangai, incluindo gângsteres da tríade, pegaram seu dinheiro e se mudaram para Hong Kong, mas continuaram com negócios em Xangai. Conforme os comunistas abrandaram sua postura em relação ao contato de Xangai com o resto do Mundo Livre, muitos desses exilados ricos, tanto executivos quanto criminosos, aumentaram seus negócios em Xangai.

Em nenhum lugar do Guia, li que os chineses estavam ansiosos por uma chance para tomar café.

Suspirei e abaixei o livro. Como Lily, eu só podia lidar com um tanto de conhecimento por vez.

— Café ou chá? — perguntei. Lily tinha ido ao banheiro, então minha pergunta ficou no ar.

Um senhor de cabelo branco com ascendência chinesa sentado na poltrona do corredor me lançou um olhar interrogativo.

— Cultivo café — disse eu. — Vou tentar abrir o mercado em Xangai.

Começamos a conversar e ele me disse que era professor de história em Hong Kong.

— Você vai ver que vender café para a China é uma tarefa árdua, o que vocês americanos chamam de osso duro de roer. O chá faz parte da cultura do Oriente há muito tempo. No Ocidente, não é assim. Na Grã-Bretanha e em muitos outros países europeus, o chá é a bebida preferida não por causa do sabor, mas porque estava disponível. Os britânicos costumavam tomar café, mas quando começaram a cultivar chá na Índia, o governo forçou o povo britânico a comprar chá em vez de café, aumentando muito o preço do café importado. Foi economia pura e simples: o governo e os negociantes ganhavam mais dinheiro com chá do que com café. Como você sabe, a rebelião norte-americanos contra os britânicos começou em parte por causa do monopólio e dos impostos sobre o chá.

— A Festa do Chá de Boston — citei o evento. — Cobrança de imposto sem representação política. Então teria acontecido isso com o café se os britânicos tivessem cultivado café na Índia em vez de chá?

— Teria. Eles passaram a tomar chá porque ele podia ser cultivado nas colônias britânicas. Depois da revolução, os americanos precisavam de outra bebida porque o chá era cultivado muito longe.

Se as zonas temperadas da América Latina tivessem plantado chá em vez de café, os americanos hoje tomariam chá.

— Mas os chineses sempre tomaram chá?

— Sempre. Na época em que a China quase tinha o monopólio do cultivo de chá, ele era um produto tão importante que o governo chinês tentou guardar a sete chaves o segredo para o cultivo das melhores combinações. O monopólio foi quebrado quando um provador de chá holandês chamado Jacobson arriscou a vida para se infiltrar nas plantações proibidas de chá e contrabandeou sementes para fora do país.

"A coisa mais importante que você deve saber sobre a rivalidade chá versus café é que não se bebe chá na China apenas porque é cultivado lá, mas porque se tornou parte da cultura. Nós chineses tomamos chá há pelo menos 5 mil anos, talvez até mais, embora não tenhamos registros mais antigos. Começamos a tomar chá primeiro porque era acessível, e agora não só tomamos porque agrada nosso paladar, como, no decorrer dos séculos, o chá também passou a ter um papel medicinal e cerimonial na nossa cultura."

— O café está tendo sucesso no mercado de Hong Kong.

— Hong Kong foi exposto por muito tempo à cultura ocidental. Talvez o café tenha aberto caminho lá, mas Xangai estava com as portas fechadas há quase cinquenta anos. Isso significa que não foi exposta à revolução do café que está acontecendo nos Estados Unidos e na Europa. Você deve entender a cultura chinesa para nos fazer tomar café. Esse é o segredo para você obter sucesso. Mostre como o café se encaixa na nossa cultura e terá sucesso.

Ele apontou um dedo magro para mim.

— Lembre-se disso, jovem. Chá é Oriente; café é Ocidente.

32

O Hong Kong Mandarin Empress era um hotel pequeno e superluxuoso. Todas as suítes tinham três cômodos com vista para o Victoria Harbor. No momento em que vi o piso de madeira tropical, o mármore italiano e o corrimão de bronze, soube que fora construído para os ricos e famosos e que não tínhamos como pagar a diária.

— Não se preocupe — disse Lily. — Meu tio vai pagar.

O tio de Lily também nos convidou para jantar em um restaurante que ela disse ser dele. De alguma forma, o fato de Lily ter um tio rico não se encaixava com a minha imagem mental dela e Cesar conspirando para ficar com a fazenda.

Vesti para o jantar a minha única roupa para ir a um lugar respeitável, um terninho. Enquanto Lily se arrumava, esperei uma hora no sofá da sala de estar, mudando os canais da TV, que pareciam vir em idiomas suficientes para acomodar uma reunião da ONU.

Quando ela saiu, usava muito menos roupa que eu, e estava com uma aparência muito melhor também. Vestia uma túnica chinesa sobre calças de seda, mas a túnica era de uma seda dourada que deixava a impressão de que podia ser transparente, o que as calças certamente eram. Seus sapatos tinham saltos tão altos que eu pareceria estar sobre pernas de pau se os calçasse.

As joias, a maquiagem, a postura, tudo fazia dela um dinamite sensual. E eu parecia a velha tia solteirona.

Levantei-me e sorri.

— Alguma chance de eu ficar no hotel e pedir serviço de quarto?

— Meu tio quer conhecê-la. Talvez ele queira investir no seu café.

OK, e talvez o inferno congele.

Uma surpresa agradável nos esperava em frente ao hotel: uma limusine Rolls Royce preta. Escandalosamente elegante e pomposa, diferente das limusines que garotos alugam para a festa de formatura.

— Seu tio deve ser muito rico mesmo — comentei.

Ela sorriu, mas não disse nada.

A segunda surpresa veio quando chegamos ao nosso destino. Não era um restaurante, mas um clube noturno no bairro de Lan Kwai Fong. O meu Guia de Viagem dizia que era o bairro da vida noturna da colônia. Quando entramos, meus olhos saltaram. Começou com a galeria de fotos nas duas paredes do longo e estreito corredor de entrada. Elas não eram do gerente do restaurante ao lado de celebridades. Conforme eu avançava ao lado dela, vi fotos de luta na lama, striptease erótico e competições esportivas, algumas delas com pessoas nuas.

Entramos no clube e eu fiquei boqu aberta. Era construído em forma de anfiteatro, com o interior redondo, com um grande palco central embaixo que podia ser usado para shows de dança ou outros espetáculos. Patamares em diferentes níveis começavam de baixo, todos cheios de mesas e cadeiras.

O clube já era interessante o suficiente, mas o show no palco era ainda mais atraente: acrobatas chinesas se apresentando em barras, balançando entre elas com movimentos fluidos como dos artistas do Cirque du Soleil. A única diferença era que as acrobatas eram mulheres e o seu figurino era pintado sobre a pele, deixando pouco o que se imaginar sobre sua anatomia.

Olhei para as pessoas sentadas às mesas. Umas duzentas Lily Soongs estavam no recinto, uma ou duas em cada mesa, atração sexual suficiente para abastecer um foguete da Nasa.

Merda. Eu parecia mesmo uma idiota usando meu terno. A minha vontade era de me esconder embaixo da mesa.

A maioria das mulheres era asiática, mas, como nos canais da televisão do hotel, todo o espectro de nacionalidades estava representado, a beleza feminina de todo o mundo estava presente, de deusas de ébano e mediterrâneas com pele bronzeada a louras nórdicas.

Os homens nas mesas também representavam o espectro mundial: executivos e turistas de todas as nacionalidades. E nenhum deles estava lá para assistir à apresentação circense.

— O que é este lugar? Um prostíbulo da alta sociedade? — perguntei.

— Um clube de acompanhantes.

Reconheci a expressão. Meu guia de viagem descrevia um clube de acompanhantes como um clube noturno onde mulheres faziam companhia a executivos "solitários". As mulheres tinham cartões de tempo e os homens pagavam pelo minuto. O guia também mencionava que além do tempo das garotas e do custo das bebidas, os homens podiam pedir "extras".

Enquanto seguia Lily até um elevador, escutei um americano de meia-idade, com pinta de executivo, segurando a conta na mão, reclamando que a garrafa de champanhe que ele pedira custava o equivalente a 2 mil dólares americanos.

— Dois mil dólares por uma garrafa de champanhe — disse eu para Lily. — Espere até ele descobrir o preço do sexo.

— Sexo é barato; está incluído no preço das bebidas. Um homem consegue uma transa em qualquer lugar de Hong Kong, mas não pode aparecer na sua prestação de contas. Uma garrafa de champanhe pode.

Um segurança grande com cara de mau que ficava na porta do elevador assentiu para Lily quando subimos. Ele indicou que podíamos entrar.

O elevador nos levou para o patamar mais alto, quatro níveis acima do andar principal, onde o tio de Lily estava recebendo convidados em uma grande mesa redonda. Não me disseram o nome dele; Lily apenas disse para mim em inglês:

— Este é o meu tio.

E ele assentiu para mim.

Ele parecia um pouco com o historiador de cabelo branco que conheci no avião, o mesmo terno simples e gravata conservadora, mas tinha algo de indiferença nele. Como Escobar, ele tinha a personalidade impessoal de um assassino frio. Tive a impressão de que ele estava me avaliando e analisando como poderia tirar proveito de mim algum dia, ou se livrar do corpo.

Ele também gostava de mulheres muito jovens. A Boneca de Porcelana ao seu lado não parecia mais velha do que a Lolita colombiana de Josh. E ele gostava de joias. O anel de diamante no dedo médio era menor do que uma bola de golfe, mas definitivamente estava na categoria de joias da coroa.

Havia outros três homens na mesa. Como o Tio, cada um deles tinha uma linda acompanhante ao lado: brinquedos sexuais para velhos endinheirados e assanhados.

Eu fui ignorada. Toda a atenção foi para Lily. A conversa na mesa era toda em chinês e se dava rápido demais para os meus ouvidos, que não estavam sintonizados no idioma.

Depois de me sentar, escolhi um ponto na parede e fiquei fitando e lutando contra o impulso de ir embora, ou pelo menos de me levantar e perguntar por que todo mundo estava fingindo não saber falar inglês para pelo menos dizer: "Oi". Sei que tenho aquela ideia errada dos norte-americanos de que todo mundo sabe falar inglês, mas também achava difícil acreditar que nenhuma pessoa em uma mesa cheia de adultos em um lugar que tinha sido uma colônia britânica havia quase 150 anos soubesse falar inglês suficiente para dizer oi, ou pelo menos tomar conhecimento da minha presença com um sorriso.

Embora as palavras chinesas não fossem inteligíveis para os meus ouvidos destreinados, a linguagem corporal era. Lily estava sendo interrogada pelo Tio, e estava tendo de se defender. E mais uma vez percebi a falta de calor familiar que poderia se esperar de parentes próximos que se encontram depois de algum tempo.

Eu não perguntara a ela de que lado da família aquele tio estava, mas ele não se parecia em nada com o Dr. Soong.

A apresentação no palco abaixo terminou e dois garotos muito magros entraram e começaram a lutar kickboxing. Ninguém parecia prestar atenção neles, e acreditei que a apresentação deles fosse um intervalo.

Minha mente estava flutuando pelo ambiente, captando os diálogos intensos entre homens excitados e mulheres sensuais que tinham como profissão aumentar o nível de testosterona nos homens, quando percebi três homens entrando no clube pela mesma entrada que eu e Lily tínhamos usado. Eram jovens, chineses e estavam vestidos de preto.

E cada um deles tinha uma arma que parecia aquelas metralhadoras modernas chamadas Uzis.

Olhei estupidamente para os homens enquanto eles levantavam suas armas na nossa direção e disparavam. Não sei se mergulhei da cadeira ou simplesmente caí, mas logo estava no chão junto com todas as outras pessoas da mesa enquanto o som explosivo dos disparos enchiam o ar.

Lascas e blocos do teto caíram.

E então acabou. Apenas alguns segundos de disparos que pareceram durar uma eternidade. O rugido das armas parara, deixando para trás um silêncio mortal. Então, o clube encheu-se de gritos, lágrimas, berros e passos. As pessoas à minha volta se levantaram, conversando umas com as outras. Fui a última a ficar de pé.

Olhei em volta. Ninguém na mesa estava sangrando. Olhei para os patamares abaixo, muitas pessoas estavam indo na direção das saídas enquanto outros estavam parados ou escondidos embaixo das mesas, mas não vi qualquer evidência de que alguém tivesse morrido ou sido ferido.

Meus ouvidos estavam zunindo; minhas narinas estavam cheias do cheiro ácido dos disparos.

Encontrei o olhar do Tio.

— O que houve?

Ele apontou para o teto acima da mesa.

— Tiros de alerta.

O inglês dele era perfeito.

33

A limusine nos levou de volta ao hotel. Dessa vez, o motorista tinha um acompanhante com uma arma.

Lily disse:

— Eles vão nos deixar nos fundos do hotel. Já providenciaram para passarmos pela cozinha e usarmos o elevador de serviço para chegarmos à nossa suíte.

Eu não disse nada. Parara de tremer antes de sairmos no clube, mas ainda estava furiosa. Uma das coisas que fizera meu sangue ferver foi a forma como todo mundo que estava na mesa simplesmente sentou-se e recomeçou as conversas como se nada tivesse acontecido. Tenho certeza de que, se eu não tivesse dito a Lily que estava saindo, ainda estaríamos lá, esperando os próximos disparos.

Lily não disse absolutamente nada sobre o fato de que fazíamos parte de um grupo que foi alvo de tiros. Isso fez meu sangue ferver mais ainda.

Fiquei de boca fechada na limusine porque não sabia se o motorista falava inglês. Era óbvio que o "tio" de Lily era um gângster, e eu não queria falar nada que pudesse ofendê-lo. Mas no momento em que entramos na suíte, quis respostas.

— O que aconteceu lá? Quero a verdade.

Lily me encarou como se estivesse calculando quanto da verdade me contaria.

— Foram tiros de alerta. Ninguém morreu. Desta vez.

— O que quer dizer com tiros de alerta? Alerta de quê? Quem é o seu tio? Se é que ele é seu tio.

— Ele é um tríade. Algumas outras gangues querem algo que ele tem.

Tríades eram gangues asiáticas, como as máfias eram gangues nos Estados Unidos e na Europa.

— O planeta inteiro enlouqueceu. Como pode haver tantos criminosos no mundo?

Lily deu de ombros.

— Talvez se estivesse morrendo de fome, você...

— Eu arranjaria um trabalho honesto antes de machucar outras pessoas.

— Isso depende. Talvez o único trabalho disponível seja matar ou morrer.

Fui para meu quarto e bati a porta. Levantei as mãos.

— Meu Deus, não posso acreditar que isso esteja acontecendo.

Meus joelhos ainda estavam bambos. Por um breve momento no clube, encarei de frente o que parecia ser a minha morte repentina e violenta.

Agora eu tinha quase certeza de que o que quer que Lily, Cesar e o tio estivessem envolvidos tinha a ver com drogas. Cocaína era o que trazia dinheiro para a Colômbia. Pablo era o mandachuva do cartel de drogas, o suposto tio de Lily era o chefe de uma gangue criminosa, então tudo isso levava a uma conexão de drogas.

Tirei as minhas roupas e tomei um banho quente, relaxando meus nervos à flor da pele. Eu voara metade do mundo, deixando pra trás o "lugar mais perigoso do mundo", para quase ser assassinada em uma civilizada colônia britânica.

Quando saí do banheiro, vestindo o robe do hotel, Lily estava sentada na minha cama, encostada nos travesseiros arrumados na cabeceira. Ela usava uma camisola fina. Eu estava começando a me perguntar se ela tinha alguma roupa que não fosse transparente. Ela estava com uma garrafa de champanhe e duas taças nas mãos.

— Temos de comemorar.

— Comemorar o quê?

— O fato de estarmos vivas.

Lily bateu nos travesseiros ao seu lado.

Hesitei.

Lily disse:

— Por favor, não fique com raiva de mim. Eu não sabia que seríamos alvo de tiros.

— Acho que tem uma lista de muitas coisas que *eu* não sei.

— Verdade, mas você também deve entender que tem coisas que é melhor não saber. Você tem os seus motivos para ter vindo à China; eu tenho os meus. Não vou interferir nos seus. E você não deve interferir nos meus. — Ela bateu na cama de novo. — Pode ser que haja mais momentos ruins no nosso caminho. Eu vim fazer as pazes porque podemos precisar uma da outra.

Isso fazia sentido. Sentei-me na cama. Ela serviu champanhe para mim. Tomei um gole e fechei os olhos. Depois de um momento, eu disse:

— Aquele homem, ele não é seu tio, é?

— Eu o chamo de Tio, muitas pessoas o chamam assim.

— Você tem alguma família em Hong Kong? De sangue?

— Não.

— Então toda a sua família está em Xangai, com exceção do seu pai?

— Sim.

Ela disse "sim" mas meus ouvidos escutaram "não".

— E o Dr. Soong não é seu pai, é?

Ela não respondeu e tomou mais champanhe. Estava com a cabeça para trás, os olhos fechados, quando ela disse:

— Eu faço o que for preciso para sobreviver. Eu costumava precisar fazer coisas só para ter o que comer. Agora quero mais do que o estômago cheio.

Eu não sabia como responder ao que ela dissera nem sabia se ela esperava uma resposta. Finalmente, eu disse:

— Tive uma criação estranha, mas não foi uma vida terrível; certamente nunca tive de me preocupar com comida. Minha mãe era uma maluca maravilhosa. Se ela fosse irlandesa, as pessoas diriam que pensava como um duende. Ela lutava a favor de causas, mudanças sociais, mas nunca se prendeu a nada, a nenhum lugar, nem a nenhuma causa. Nós mudávamos de cidade frequentemente, eu mudava de escola quase todo ano, morava em casas diferentes, mas acho que esse tipo de vida cigana, em muitos aspectos, me tornou mais maleável, mais capaz de lidar com mudanças, emergências, qualquer coisa fora do normal.

Continuei falando sobre como os ciganos não se firmam em lugar nenhum e mais sobre a vida com a minha mãe enquanto bebericava o meu champanhe. O álcool estava relaxando minha mente e meu corpo. Eu só falava para ocupar o silêncio. Tinha a sensação de que precisava continuar a conversa para que Lily não revelasse detalhes da sua vida dos quais tinha vergonha, ou que me deixariam triste.

Após um tempo, Lily abriu outra garrafa de champanhe. Eu estava me sentindo confortável e à vontade quando escutei a voz dela.

— Minha mãe trabalhava como um burro de carga.

Eu não disse nada. Meus instintos me diziam que eu escutaria coisas que fariam eu me sentir como uma americana rica e feia em um mundo cheio de necessitados.

— Ninguém queria meninas porque elas não podiam fazer tanto trabalho físico quanto um menino. O governo proibiu matar as bebês meninas, mas existem milhões de camponeses na China que mal sabem que o governo existe. Eu tive sorte de ser a primeira menina da família, nenhuma das minhas irmãs viveu mais do que um dia. Elas tinham de morrer antes que meus pais se afeiçoassem a elas.

Meu Deus.

— Minha mãe era uma velha enrugada aos 30 anos. Ela me mandou para fora de casa quando eu tinha 12 anos. E não foi para uma escola na Suíça. Nem para uma vida que alguém como você possa imaginar. Ela não achava que estivesse fazendo algo terrível para a filha; ela se sacrificou para me mandar embora na época em que finalmente atingi a idade em que poderia trabalhar como uma adulta nos campos. Ela fez isso para me ajudar.

— O que ela acha da sua vida agora?

— Não sei; nunca mais voltei.

— Você nunca mais voltou para ver seus pais?

— Não. Eu os envergonharia.

— Que tal um pouco de música?

Liguei o rádio e escolhi uma música suave para esquecer os horrores da vida.

Lily não revelou para que tipo de vida sua mãe a mandara, mas não era necessário ser nenhum gênio para perceber que não havia muitas opções para uma menina pobre e sem educação na China. Eu não queria escutar mais nada. Senti pena dela. Inclinei-me e dei um beijo em seu rosto.

— Você fez a coisa certa; a sua mãe também. Você fez o que tinha de fazer.

Terminei meu champanhe e coloquei a taça na mesa de cabeceira. Meus olhos estavam fechando. Era o efeito da bebida sobre mim: vinho, cerveja, champanhe, todos em excesso me deixavam com sono. Mas também me relaxavam e me deixavam com uma sensação boa por dentro.

Eu estava apagando quando ela me beijou.

Não sei se eu estava esperando; talvez eu tenha até estimulado. Não me sinto atraída sexualmente por mulheres, mas às vezes surge uma intimidade que vai além do beijo e de um abraço entre amigas.

Quando senti os lábios dela roçarem os meus, lembrei-me da outra vez em que algo assim acontecera. Eu estava no colegial; uma amiga passara a noite na minha casa e dormira na cama comigo. Nós conversamos, rimos e falamos sobre garotos, sexo, comparando a anatomia masculina que cada uma de nós já tinha visto e sentido. Estávamos bem perto uma da outra, excitadas com o que a nossa imaginação estava criando, quando minha amiga se aproximou mais e me beijou. Ela disse:

— Estou com tesão.

Não tive reação. Fiquei lá deitada pensando, então ela disse:

— Estou com sono. — E se virou.

Senti a boca de Lily de novo. Na primeira vez, ela apenas a roçara na minha, mal tocando-a. Agora seus lábios se afastaram e pressionaram os meus. O beijo durou apenas um momento. Ela se aninhou em mim, sua testa em meu rosto, sua respiração quente em meu pescoço. Senti algo no rosto e percebi que ela estava chorando, baixinho.

Meu coração se entristeceu. Eu podia imaginar o que tinha acontecido com ela nas ruas de Xangai.

Fechei os olhos, deixando o champanhe bloquear minha mente. Ela se agitou do meu lado e seus lábios encontraram os meus de novo. Dessa vez, ela os lambeu, primeiro contornando-os, depois enfiando a língua na minha boca.

Ela abriu meu robe. Eu estava com calor, muito calor, e abrir o robe causou uma sensação gostosa. Os dedos dela brincaram na minha barriga, contornando meu umbigo, e descendo até meus pelos púbicos. Sua mão voltou para acariciar meus seios. Ela apalpou-os gentilmente. A cabeça dela começou a descer para meus seios, mas coloquei a mão para impedir.

— Obrigada — disse eu. — Vamos dormir agora.

Fechei o robe de novo e virei-me para o lado, afastando-me dela.

Ela não disse nada, apenas deixou o braço sobre mim.

Acordei no meio da noite com a ponta do dedo dela acariciando meu mamilo. Assim que reconheci a sensação prazerosa, fiquei imóvel, depois o desejo começou a tomar conta do meu corpo. Meu mamilo estava rijo e o dedo dela era macio como uma pluma.

Ela se debruçou sobre mim e sua boca úmida encontrou meu mamilo. Ela chupou-o, depois tocou-o com a ponta da língua. O toque fez meu corpo estremecer.

A mão dela foi até a minha região pubiana e abriu os lábios da minha vagina. Conforme ela começou a massagear meu clitóris inchado, ela me beijou na boca. Sua boca era quente e gentil.

— Lily... — sussurrei.

— Shhh.

O desejo dentro de mim crescia conforme ela me tocava mais. Ela acariciou um mamilo, depois o outro, alternando-se, enviando ondas de prazer para todo meu corpo. Eu não impedi e me entreguei ao êxtase.

Ela desceu pela minha barriga. Não consegui controlar a explosão que tomou conta do meu corpo. Ela pegou meu clitóris com a boca e os dentes e eu gemi alto enquanto meu corpo atingia o clímax.

Conforme acalmei depois do orgasmo, ela se sentou em cima de mim, com um joelho em cada lado do meu peito.

Era a primeira vez que eu via uma mulher sem pelos pubianos.

XANGAI

Em todos os lugares, se tropeçava em aventuras e se passava por pessoas que não faziam ideia do quanto eram extraordinárias; o extraordinário se tornara ordinário; o excêntrico lugar-comum.

— Sir Harold Acton
Memoirs of an Aesthete

Chá é Oriente;
café é Ocidente.

34

Uma limusine Mercedes, com um motorista com cara de gângster e um acompanhante carregando uma arma, nos pegou no aeroporto.

— Outro tio da tríade? — perguntei.

Lily não disse nada. A Boneca de Porcelana se recolhera de novo para si mesma. Mal nos falamos desde que acordáramos aquela manhã e nos vestimos. Nenhuma de nós mencionou a intimidade que compartilhamos. Mas havia uma mudança sutil nela. Meu instinto me dizia que ela não era desonesta o tempo todo. Parecia um pouco mais relaxada, mas, definitivamente, introspectiva. Eu não sabia bem o que a esperava em Xangai; tinha esperança de que não fosse nada pior do que os três homens com armas automáticas que atiraram no clube.

Já estávamos no carro havia dez minutos quando ela falou. Ao fazer isso, ela levantou uma revista e a colocou na frente da boca e sussurrou:

— Nós não vamos mais nos ver depois que chegarmos ao hotel. Tenha cuidado. Você não correrá perigo desde que fique longe de mim.

— Isso explica muita coisa — respondi, também em um sussurro.

Ficaríamos em quartos separados, mas eu tinha achado que ela me ajudaria a agendar reuniões e iria junto comigo. Lily já sabia o básico sobre café, seria muito mais difícil com um tradutor. Mas, na verdade, eu estava feliz por ficar sozinha. Não queria mais trocar intimidades com ela. Já tinha complicações suficientes na minha vida; não precisava de uma complicação sexual.

Xangai me pareceu como todas as cidades que tinham enormes áreas metropolitanas, com infinitos prédios de apartamentos e comerciais. Eu disse a Lily o que eu lera no guia de viagem.

— Xangai é a maior cidade da China, mas se contarmos todas as milhões de pessoas que vivem aqui sem registro no governo, é provavelmente a maior cidade do mundo.

Ao longo da avenida Bund, os arranha-céus tinham vista para o rio.

— Na década de 1930, Bund era chamada de avenida de 1 milhão de dólares — disse Lily. — Mas agora a chamam de avenida de 1 bilhão de dólares.

Conversa fiada. Era a primeira vez que nos falávamos assim. Ela me falou mais sobre a cidade, mais uma vez me surpreendendo com o seu conhecimento. Eu sabia que ela era de Xangai, mas até recentemente, não tinha percebido como ela era inteligente.

Por estar na costa do mar do Leste da China, Xangai era tanto um porto fluvial quanto marítimo, e era o centro de transporte mais importante do país. O rio Huangpu corria pela cidade antes de desaguar no Yang-tzé, o maior e mais importante rio da China.

— O primeiro porto chinês a ser aberto para a Europa foi o nosso — disse ela.

A derrota da China nas Guerras do Ópio resultou não apenas na permissão do comércio de ópio, mas nas concessões para a

Grã-Bretanha e, mais tarde, para outras potências. Essas concessões permitiram que os países ocidentais dominassem e colocassem seu carimbo em determinadas áreas da cidade. Ao explicar como os europeus fizeram com que milhões de chineses se tornassem viciados em ópio por pura ganância, ela disse:

— É por isso que os anciões chineses ainda se referem aos ocidentais como demônios.

Os comunistas chineses causaram um grande impacto físico na cidade, mas o foco deles foi nas áreas do subúrbio. Houve pouco desenvolvimento na área do centro da cidade; muitos prédios construídos antes da Segunda Guerra Mundial, que um dia abrigaram missões diplomáticas e corporações estrangeiras, ainda estavam de pé, dando a algumas partes da cidade uma aparência retrô da década de 1930, um pouco de art déco oriental.

Ela fez um comentário em chinês com o motorista e me disse:

— Eu pedi para ele nos levar à Cidade Antiga. É a velha China com suas ruas estreitas. Já fui lá mais de cem vezes e ainda me perco.

Ficava perto do rio, semicercada pela antiga Concessão Francesa.

— Havia um muro cercando-a. Os estrangeiros achavam que o muro estava ali para protegê-los, mas os chineses acreditavam que era para manter os demônios afastados. — Ela disfarçou uma risada.

Achei Xangai uma cidade fascinante. Nunca tinha ido a uma cidade com tantos conflitos históricos e culturais. A atmosfera fora criada por imperadores e gângsteres chineses, pelos ocidentais imperialistas — britânicos, franceses, americanos —, pelos "russos brancos" fugindo das revoluções comunistas, dos exércitos e militares chineses comunistas e capitalistas, durante décadas de austeridade comunista e da teoria do Bravo Mundo Novo; e agora estava voltando como a Rainha do Extremo Oriente.

O hotel Peace era remanescente dos dias dos grandes hotéis de Xangai do passado. Era conhecido como hotel Cathay na época em que Xangai estava decadente, mas os chineses comunistas mudaram o nome, provavelmente em uma tentativa de afastar o estigma do hotel como um dos locais quentes quando a cidade era chamada de Prostituta do Oriente.

Diferente do moderno hotel cinco estrelas em que ficamos em Hong Kong, o hotel Peace tinha um charme do velho mundo. Era art déco, uma relíquia da época de ouro antes da Segunda Guerra Mundial. Gostei dele na mesma hora. O hotel era elegante e envelhecera graciosamente. Comprido e estreito, com 12 andares, tinha uma estrutura que lembrava uma coroa na frente. Ficava no Bund, de frente para o rio Huangpu, estava no centro do coração financeiro da cidade.

Nossos quartos ficavam no mesmo andar. Quando saímos do elevador com o carregador, um homem saiu de um quarto no final do corredor e encostou na parede ao lado da porta da qual saíra.

Ele era um chinês bonito, talvez de 30 e poucos anos. Agora eu já me acostumara aos ternos pretos e camisas coloridas e caras que pareciam ser a preferência dos homens que eu passara a identificar como gângsteres da tríade, e ele se encaixava no molde perfeitamente.

Olhei para Lily. Ela abriu um enorme sorriso ao vê-lo, e seus olhos se tornaram sensuais. Velhos conhecidos, com certeza.

Fiquei aliviada. Não me importava se ela transava com gângsteres; era melhor fazer sexo do que o hotel ser alvo de tiros comigo dentro.

Enquanto o carregador colocava as minhas malas no quarto, fiquei parada na porta ouvindo Lily falar baixinho comigo.

— Tenha cuidado. Xangai é mais perigosa que a Colômbia. Pablo é um assassino louco, mas o meu país está milhares de anos à frente em intriga e violência.

— Certo.

— Pode ser que você seja chamada para encontrá-lo. Se isso acontecer, tome cuidado com o que disser. E seja agradável e submissa. Não faça perguntas. Responda com sinceridade; ele saberá se você mentir.

— Encontrar quem? — perguntei.

— O Mestre da Montanha.

Quando fechei a porta, três coisas me surpreenderam. Primeiro foi a preocupação genuína por mim na voz dela. Eu sabia que não era por causa da intimidade que tivemos, ela era uma mulher cuja profissão envolvia este elemento, sem dúvida com ambos os sexos. Algo mais, porém, fluiu entre nós quando expusemos um pouco de nossos passados, talvez compreensão mútua e respeito.

A segunda foi a confirmação do que ela dissera mais cedo sobre não nos vermos, qualquer desejo que ela tenha sentido por mim evaporara. Agora ela estava de volta a Xangai e eu era excesso de bagagem. Ela tinha de se livrar de mim.

Não me incomodava com isso, mesmo se tivesse sido mais fácil com ela junto; embora eu já tivesse pensado mais de uma vez que ela seria mais uma distração do que uma ajuda, pois eu provavelmente teria reuniões com compradores homens que ficariam flertando com ela enquanto eu tentava chamar a atenção deles com uma xícara de café.

Joguei minha mala na cama e fui até a janela.

— Eu vim para Xangai vender café e tenho um plano! — anunciei.

Ninguém na rua dez andares abaixo de mim pareceu escutar meu anúncio.

Antes de sair da Colômbia, entrei em contato com uma empresa de pesquisa na área de negócios que eu costumava usar com frequência na época estável em que eu analisava operações de negócios na consultoria em Seattle. Pedi que eles fizessem uma pesquisa sobre as redes de fast-food operando em Xangai. Melhor de tudo, como eles não sabiam que eu não estava mais na firma de consultoria nem no país, disse para eles mandarem a conta para meu ex-noivo traidor.

Por fast-food não quis dizer lanchonetes que vendem hambúrguer, batata frita e refrigerante. Ainda não havia muitas na cidade, que ainda estava sob o regime comunista. Eu estava procurando empresas que tivessem experiência em vender diretamente para o público em diferentes lugares. Fiquei surpresa em saber que havia poucas operações do tipo. Talvez fosse capitalista demais para a liderança comunista que abrira a porta de Xangai para o ocidente. Mas a empresa de pesquisa apresentou vários nomes, incluindo um vendedor de chá com contatos em Hong Kong e Honolulu.

Melhor de tudo, o vendedor de chá, Feng Teh, falava inglês. O Sr. Feng estava no topo da minha lista. Havia outros vendedores de chá, mas nenhum deles tinha o tamanho nem o tipo de operação que Feng tinha.

E nenhum falava inglês.

É claro que havia uma terceira coisa me perturbando: o último comentário de Lily. De quem, ou do que, ela estava falando quando me avisou sobre encontrar o Mestre da Montanha?

Lembrei-me do comentário de Ramon no avião de que a palavra "assassino" vinha de "hashish" e que o líder dos terroristas era chamado de Velho Homem da Montanha.

Eu só esperava que o Mestre da Montanha não fosse uma versão chinesa de um mestre de assassinos.

35

Eu precisava absorver a atmosfera de Xangai, entender a cultura da cidade. O professor de história de Hong Kong que conheci no avião estava certo. Se eu ia vender café para pessoas que bebiam chá, tinha de saber como encaixá-lo no estilo de vida deles.

O melhor lugar para começar era na vida noturna.

Eu estava muito tensa para dormir ou mesmo descansar. O sol já baixara quando me preparei para andar o máximo que pudesse pela cidade desconhecida.

O porteiro me dissera que a maioria dos restaurantes e bares da moda de Xangai era administrada por estrangeiros ou por chineses que estudaram ou trabalharam fora do país. Muitos dos chineses eram filhos de pessoas que haviam fugido para Hong Kong ou Taiwan décadas antes.

O que descobri imediatamente enquanto caminhava pela rua foi que a geração chinesa mais jovem adotara a cultura ocidental em diversos aspectos, mas acrescentara um "quê" de Xangai a ela.

Entrei em uma boate na mesma rua do hotel. Os frequentadores estavam vestidos de forma bem parecida, de como se vestiam nas boates de Seattle e Nova York, a música era parecida, mas a atmosfera era diferente. Não era apenas a cor da pele; havia muitos descendentes de chineses em São Francisco e Seattle, mas uma boate em Chinatown era como qualquer outra boate na cidade. Uma boate em Xangai era uma experiência oriental asiática, porque as músicas, os drinques, as roupas, os cortes de cabelo e, claro, o ruído verbal tinham um leve sabor exótico.

O que não era diferente era a música barulhenta que podia derrubar paredes finas, e os preços não eram baratos. O lugar estava cheio de "yuppies" da cidade, o que me mostrou que havia dinheiro lá, além do que os velhos comunas escondiam embaixo de seus colchões.

Também havia alguns estabelecimentos populares entre os homens "yuppies" e os estrangeiros que ofereciam sexo. Os mais populares eram as "casas de banho", onde um homem podia tomar um banho de banheira, fazer uma refeição, talvez cantar no caraoquê ou jogar sinuca, e "se encontrar" com uma linda mulher. Isso era a Xangai tradicional, com algumas amenidades modernas.

Enquanto vagava pela rua e olhava para dentro de bares e restaurantes, assentindo com a cabeça para porteiros e seguranças que me olhavam de forma questionadora, de repente descobri o segredo para vender café em Xangai.

36

Depois de 12 horas revigorantes de sono, na manhã seguinte, liguei para o número de telefone que me deram como sendo do escritório do Sr. Feng. O relatório que encomendei sobre ele dizia que falava inglês, mas caí na armadilha americana de achar que *todo mundo* falava meu idioma. E logo percebi que a pessoa que atendeu ao telefone no escritório do Sr. Feng não entendia uma palavra do que eu estava falando.

Após uma série de ligações entre a recepcionista do hotel e o escritório do Sr. Feng, consegui marcar uma reunião. O intermediário do Sr. Feng exigira saber a natureza exata dos negócios que eu queria discutir com o seu chefe. Pedi para que a recepcionista dissesse apenas a simples verdade: eu apresentaria um produto que aumentaria as vendas em suas lojas de chá.

A recepcionista me disse que as lojas de chá ficavam em áreas sofisticadas: grandes arranha-céus e regiões de compras caras.

Ela me ofereceu um carro de aluguel com um motorista e um intérprete para me acompanhar, e pedi que reservasse para o dia seguinte. Naquele dia eu queria absorver o sabor e o ritmo da cidade, e das lojas de chá do Sr. Feng.

Ela me deu as indicações para chegar na mais próxima, uma loja em um prédio que eu poderia visitar no caminho para o escritório do Sr. Feng.

Meu informante em Seattle dissera que ele era associado a uma *tong* com ramificações em São Francisco e Honolulu. Eu não sabia o que era exatamente uma *tong*. Perguntei à recepcionista.

Ela balançou a cabeça.

— Acredito que essas *tongs* são organizações benéficas formadas principalmente por executivos chineses. Elas existem nos Estados Unidos, mas também têm membros na China. Não sei muito sobre elas. São antiquadas, algo que estava na moda antes da nossa República Popular. Não acredito que sejam legais agora, pelo menos não na China.

— Fiquei sabendo que, no passado, algumas *tongs* eram associadas ao crime, importando ópio para os Estados Unidos, esse tipo de coisa. As tríades não fazem esse tipo de coisa?

— Desculpe, também não conheço bem esse termo.

Eu não sabia se ela estava sendo evasiva ou se "tríade" era uma palavra em inglês e que em chinês havia uma palavra diferente para as gangues.

— Nós as chamamos de tríades — expliquei —, mas talvez vocês as conheçam por outra palavra. Gangues, crime organizado que lida com drogas, prostituição, contrabando, máfia, esse tipo de coisa.

— É verdade, nós tínhamos esses tipos de gangues no passado, mas os nossos líderes livraram a sociedade desses pervertidos sociais.

Eu não quis mencionar que havia um casal desses pervertidos ali no hotel, em um quarto no mesmo corredor que o meu, sem mencionar os membros de uma gangue que nos trouxeram do aeroporto. Agradeci, dei uma gorjeta para a recepcionista e já ia embora quando resolvi tentar uma outra pergunta.

— Quem é o Mestre da Montanha?

A recepcionista reagiu como se eu a tivesse esbofeteado. Olhou em volta, nervosa para ver se alguém escutara meu comentário.

— Onde você escutou essa expressão?

— Uma amiga disse. O que significa?

— É de antigamente; o chefão de cada tríade era chamado de Mestre da Montanha. Eles recebiam esse nome porque as reuniões aconteciam fora da cidade, geralmente nas regiões serranas, onde podiam ficar longe da polícia e dos ataques de outras gangues.

— Ainda existem tríades em Xangai?

— Claro que não. Já disse, o governo as proibiu.

Claro, assim como os governos americano, italiano e russo proibiram a máfia. E o colombiano, os cartéis de drogas.

Da mesma forma como ela primeiro fingira não conhecer o termo "tríade".

Antes de sair do hotel, peguei minha mala grande e a deixei com o porteiro de plantão. Ali dentro, estavam as minhas amostras de café e o moedor. Era muito grande para carregar comigo o tempo todo, mas queria que estivesse no térreo no caso de eu precisar voltar correndo para pegar mais amostras.

Eu já colocara vários pacotes de meio quilo na minha bolsa. Junto estava a cafeteira que preparava duas xícaras por vez. Acreditava que haveria água e xícaras em todos os escritórios, levando em consideração a quantidade de chá que era consumida no país.

Saí do hotel e pedi um táxi. Enquanto esperava um Fusca parar, notei um homem a uns 15 metros de mim lendo jornal. Tentei não ficar olhando, mas a semelhança dele com um cara com quem saí algumas vezes em Seattle me surpreendeu.

Seu nome era Joey Chin e ele era um gato. Eu o conheci em uma boate. Ele dançava muito bem, e seus movimentos eram ainda melhores na cama; o único problema com ele foi que depois de me conhecer carnalmente, descobri que era casado e tinha dois filhos, um pequeno detalhe que ele esqueceu de mencionar.

O prédio onde estava localizada uma das lojas do Sr. Feng ficava a poucas quadras na mesma rua do hotel. Com linguagem de sinais, consegui que o motorista do táxi entendesse que deveria me esperar.

A loja ficava no primeiro andar. Nela, havia um balcão onde era servido chá, um outro balcão comprido onde as pessoas ficavam de pé tomando o chá, e algumas mesas redondas. A loja me fez lembrar uma cafeteria na Itália. Ela ficava entre uma loja de jornais e uma que vendia tigelas de macarrão.

O Sr. Feng era dono de oitenta lojas como aquela, todas localizadas em áreas financeiras e turísticas da cidade.

Não seria difícil acrescentar café ao cardápio. Melhor ainda, deixar de vender chá e começar a vender café.

Como o chá, preparar e servir café não necessitava de muito espaço. Basicamente, era necessário pouco mais do que uma bancada para prepará-lo e um pequeno balcão para separar os vendedores dos clientes.

Quando voltei para o táxi, um homem saiu do mesmo prédio e entrou em um carro poucos metros atrás do táxi.

Forcei-me a não olhar de novo e continuei olhando para a frente.

Tudo bem, eu podia entender que um homem parecido com Joey Chin estava no mesmo hotel que eu, ou nas redondezas. E que ele tivera um compromisso muito rápido no mesmo prédio que eu, e que levara o mesmo tempo que eu tinha levado para conhecer a loja de chá.

Coincidências acontecem.

Mas o acaso deixou de existir e um plano ficou claro quando ele me seguiu até outro destino na mesma rua.

Eu não sabia quem estava atrás de mim ou o que fazer. *Fique calma; você está sendo seguida.* Isso eu sabia. Será que era alguém que o Mestre da Montanha enviara? Eu duvidava. Depois de ver membros da tríade em Hong Kong e Xangai, eu sabia que o homem não se encaixava no molde: os gângsteres usavam ternos pretos, camisas coloridas, cabelo liso e tinham uma postura arrogante.

O cara era apagado, do tipo que trabalhava em um escritório, era mais provável que tirasse uma caneta do bolso do que uma arma. Eu nem o teria notado se não se parecesse com Joey, o Rato. A camisa branca, a gravata preta e o terno marrom, conservador e barato me fizeram lembrar do terno de poliéster amarrotado que o policial que queria me prender em Seattle usava.

Era isso. Um policial. Era isso que ele devia ser. A única outra possibilidade era ele ter sido contratado por um cultivador de chá para evitar a invasão do café colombiano, e essa teoria não fazia sentido.

Por que um policial estaria me seguindo?

Por que não? Eu chegara à cidade com uma mulher que tinha contato com o crime organizado da Ásia à América do Sul.

Onde ela tinha me metido?

Lembrei-me de que não trouxera nada para o país, exceto algumas poucas mudas de roupa e uma mala cheia de café. O que quer que estivesse acontecendo devia ser uma vigilância da polícia apenas porque viajara com Lily.

Eu esperava.

Paramos em outro prédio e entrei para ver a loja de chá. Era uma cópia da anterior. A minha sombra no carro de trás não me seguiu até lá dentro. Ele deve ter percebido que só entraria para olhar como no último prédio. Mas ele me seguiu até o meu destino final.

O escritório do Sr. Feng ficava em um depósito em uma doca no rio. O carro que me seguia nos ultrapassou lentamente enquanto eu saía e entrava no depósito, resistindo à tentação de desafiá-los com o olhar.

Embora as lojas que eu visitara fossem modernas, o depósito parecia ter sido tirado do século passado. Havia sacas de chá com aqueles símbolos chineses misteriosos e incompreensíveis para os olhos ocidentais por todo lado. O aroma doce e temperado do chá enchia o ambiente.

Eu amava a aparência enigmática e elegante da escrita chinesa. Os idiomas de origem europeia se baseavam no "som" das palavras, usando letras do alfabeto para criar palavras. Palavras com sons parecidos geralmente têm alguma semelhança na escrita. O meu guia de viagem dizia que a escrita chinesa era baseada em como um "caractere" era desenhado, sendo o caractere uma combinação do que parecia, para os meus olhos destreinados, um monte de riscos. Cada caractere representava uma palavra ou pensamento, e porque os caracteres não se baseavam no som, duas palavras com o som exatamente igual não tinham semelhança na escrita. Isso significava que era necessário memorizar muita coisa. Lily me dissera que para ser alfabetizada, uma pessoa tinha de saber o significado de pelo menos 2 mil caracteres e, para ser considerado instruído, precisava saber por volta de 4 mil. Os ocidentais só tinham de aprender o alfabeto e algumas regras para usar 26 letras e alguns símbolos.

Dentro do depósito, apresentei-me em inglês para uma funcionária que estava na mesa da frente, ela respondeu em chinês mas compreendeu o que eu queria. Não devia haver muitas mulheres americanas fazendo visitas todo dia. Ela desapareceu por um momento e voltou indicando que eu devia segui-la.

Quando entrei em seu escritório, o Sr. Feng se levantou atrás de uma escrivaninha antiquada. Ele era baixo, gorducho, tinha o rosto redondo cheio de pintas e cabelo despenteado muito preto, sem qualquer fio branco. Ele usava um terno de três peças de lã cinza de boa qualidade fabricado muitos anos antes.

Na hora percebi que ele não era apenas um executivo conservador, mas também tradicional. Ele e seu escritório bagunçado não pareceriam estranhos na época vitoriana. Eu podia vê-lo como o mandachuva de uma empresa tradicional de chá, mas não conseguia imaginá-lo como o dono de modernas lojas de chá, ainda menos de um lugar que eu esperava que logo estivesse vendendo café com leite com café descafeinado, leite desnatado e adoçante.

O relatório que eu recebera sobre os potenciais compradores de café recomendava que eu tivesse cartões de visita escritos em inglês de um lado, e do outro lado o máximo de chinês possível. Lily traduzira. O relatório também sugeria trazer um pequeno presente para a reunião, nada pomposo, a não ser que fosse necessária uma propina.

Eu levara a cafeteira para preparar uma amostra de café. Quando saísse, deixaria a cafeteira e 1 quilo de café com o Sr. Feng.

Ele se levantou e fez uma reverência. Entreguei a ele meu cartão usando as duas mãos, com o lado escrito em chinês para cima, como o relatório aconselhava.

Ele me entregou seu cartão da mesma forma, exceto que com a parte escrita em inglês para cima. Ele apontou uma cadeira de madeira em frente a sua.

— Por favor, sente-se, Sta. Novak.

Seu inglês era excelente, com um leve sotaque apenas. Ele não estendeu a mão para um aperto. Ofereceu chá.

— Na verdade, eu ia oferecer café ao senhor — disse eu.

Ele levantou as sobrancelhas.

— Mas não precisa ser preparado?

Tirei minha cafeteira da bolsa.

— Se o senhor puder arranjar um pouco de água, duas xícaras e uma tomada elétrica, eu ficaria feliz em preparar um bule.

Nos Estados Unidos, talvez me mostrassem a porta da rua, mas os chineses são muito mais tolerantes e civilizados. Rapidamente estava preparando o café.

Conversamos sobre amenidades enquanto o café gorgolejava — nas cafeteiras modernas ele não gotejava mais. Decidi ser muito honesta com o Sr. Feng, parando logo pouco antes de contar que eu era fugitiva da Justiça americana, convivendo com gângsteres da tríade e que, recentemente, me envolvera com o mais famoso traficante de drogas do mundo, enquanto uma acusação de homicídio recaía sobre mim.

Eu não conhecia todas as regras nem a etiqueta para fazer negócios na cidade, mas com a polícia na minha cola, decidi ser direta, pois, no caminho para o escritório do Sr. Feng, eu já decidira que, após sair dali, só passaria no hotel para pegar a minha mala e o meu passaporte e minha próxima parada seria o aeroporto.

Saber que eu estava sendo seguida me apavorou. Combinado com o comentário de Lily sobre encontrar o Mestre da Montanha, ser seguida pela polícia era excepcionalmente ameaçador, ainda mais em um país onde eu suspeitava que ainda não haviam adotado um sistema judicial em que os réus tinham direitos.

Eu tinha certeza de que a polícia estava me seguindo, mas estava confusa. Podia até entender que membros da tríade estivessem me seguindo. O que quer que Lily, seu "pai", Cesar, Dom Pablo e o restante do cartel estivessem prestes a fazer envolvia dinheiro do crime, e como foi bem lembrado pelos três atiradores em Hong Kong, as gangues eram muito competitivas. Mas a polícia era um assunto diferente; eu, pessoalmente, não cometera nenhum crime. Pelo menos não que eu soubesse.

Estava na hora de deixar tudo para trás e ir embora, outra fuga em que não podia deixar rastros.

Continuamos conversando sobre amenidades, sem falar em negócios, até que servi o café para nós dois. Quando tomamos o café fresco, eu disse:

— Vim aqui convencê-lo a vender café.

Ele levantou as sobrancelhas.

— Vocês americanos são tão impulsivos. Fazem tudo tão rápido. Acho que sou produto de uma cultura antiga que faz as coisas em um ritmo mais lento.

— Eu sei, apareci aqui do nada, mas preciso disso urgentemente. É inevitável que se ganhe muito dinheiro com o café em Xangai no futuro próximo, e por toda a China no longo prazo, e quero fazer parte disso.

— Desejo-lhe boa sorte. Muitos estrangeiros estão vindo para Xangai para enriquecer. Isso me faz lembrar do que li sobre a corrida do ouro e o boom do petróleo. Esta semana, uma empresa alemã entrou em contato comigo para me vender um computador; uma empresa americana, para me vender um programa para usar no computador; uma empresa suíça que dizia ser capaz de fazer um controle de estoque mil vezes melhor que o meu... — Ele levantou as mãos. — Não comprei nenhum desses produtos. Estou no ramo do chá, um ramo em que meu pai e meu avô já estavam antes de mim. Como vocês dizem, seria muito difícil este cachorro velho aprender truques novos.

— Não tanto quanto supõe. Seu depósito já está pronto para receber e armazenar café, já que ele é embalado da mesma forma que o chá. Suas lojas só precisariam de um pequeno espaço no balcão para o café, e seus funcionários, um rápido treinamento para aprender a fazer drinques de café. Até que a operação esteja funcionando bem, podemos torrar os grãos antes de embarcá-los. Não é uma operação complexa, porque se encaixa bem no que o senhor já tem. Café e chá não são opostos, são complementares.

— Você não é a primeira pessoa a vir aqui me oferecer café. Um homem recentemente veio me oferecer café de doninhas do Vietnã. Disse que é produzido de café excretado por doninhas. Eles também oferecem uma variedade processada em gatos. Esses drinques exóticos são vendidos por muito dinheiro.

Eu conhecia esse processo nojento. Alimentar os animais com grãos de café e vender o excremento como café. Algumas pessoas pagavam uma fortuna por isso. Principalmente chineses tradicionais que acreditavam nos mais diversos remédios fitoterápicos. Eu já ouvira falar de pessoas que pagavam 10 mil dólares por um pedaço de fígado de tigre.

— Café produzido a partir de merda de gato e rato? — perguntei. — Isso pode funcionar com pessoas velhas que acreditam que o fígado do tigre é afrodisíaco; mas não são eles que vão pagar vários dólares para tomar uma xícara de um café gourmet.

— Já me ofereceram café do Vietnã por metade do preço do seu café colombiano e por uma fração do custo de transporte.

— As pessoas em Xangai não vão pagar caro por café do Vietnã. Sem contar o fato de que o seu país e o Vietnã são inimigos há milhares de anos, a parte da população financeiramente capaz de Xangai quer produtos do Ocidente, não do Vietnã. E querem o melhor. Se for para usar grãos Robusta inferiores, é melhor poupar seu dinheiro e colocar poeira nas xícaras de café; seria muito mais barato e teria o mesmo gosto. Café *significa colombiano*. Nosso café Arábica cultivado na sombra é o melhor do planeta.

— Mas uma questão ainda mais importante é se ele vai agradar ao paladar de uma nação acostumada a tomar chá.

— As pessoas costumam dizer que chá é Oriente e café é Ocidente — comentei.

Ele assentiu.

— Exatamente. Somos uma nação acostumada a tomar chá. O café é estranho para o nosso paladar. E é por isso que você não vai encontrar portas abertas para o seu produto. Não é só uma questão de marketing, mas de fazer as pessoas adotarem novos hábitos. Como eu já disse, a China é um país muito antigo. Não temos pressa de mudar.

— Sr. Feng, não vou insultar sua perspicácia nos negócios dizendo que sei mais que o senhor, que é um executivo bem-sucedido com uma empresa bem estabelecida, que vende produtos que existem provavelmente desde que os humanos descobriram o fogo. Mas eu me identifico com um grupo de pessoas diferentes do senhor. É verdade que pessoas tradicionais não vão correr atrás de café. Mas, com muito respeito, quero destacar que isso é uma corrida para a mudança, e o senhor é um dos líderes dessa corrida aqui em Xangai. Pode não estar pronto para começar a tomar café, mas os seus clientes, pessoas que chamamos de yuppies no meu país, querem ter a possibilidade de comprar café.

Ele levantou as sobrancelhas.

— Se isso é verdade, para mim é uma revelação. E uma conclusão e tanto para uma jovem que está na China há pouco mais de 24 horas.

— Consegui chegar a essa conclusão exatamente porque saí de um avião ontem. Não nasci nem cresci aqui; não sou executiva aqui; meus ancestrais nem são da época dos Três Reinos. Por isso vejo a cidade com olhos completamente diferentes.

— E o que esses olhos diferentes veem?

— Mudança radical, acelerada e revolucionária. Conduzida por uma invasão da cultura ocidental. — Tomei um gole do meu café e deixei-o digerir essa informação. Seu rosto permaneceu inexpressivo. — Por séculos, a China tem exportado e importado cultura, muitas vezes na forma de comida. A comida chinesa é comum nos Estados Unidos e na Europa, assim como tomar chá. Neste momento, os negócios americanos e europeus estão invadindo a cidade e o país com tecnologia; e isso está mudando a forma como os jovens sedentos por mudança se vestem, dançam, tomam bebidas alcoólicas, refrigerantes e... chá.

Ele sorriu e assentiu.

— Minhas lojas de chá. Muitas pessoas falaram que eu era um idiota por oferecer uma xícara de chá pelo preço que as pessoas podiam fazer um bule em seus escritórios.

— O segredo do sucesso das suas lojas é a localização. O senhor as abriu onde os yuppies chineses trabalham. Diferente dos pais deles, eles pagam caro por uma xícara de chá, principalmente se acharem que é algo especial.

— E sua ideia é que nós simplesmente comecemos a vender café junto com chá. — Ele balançou a cabeça. — Nós temos a estrutura, mas ainda existe uma questão de gosto.

— Deixe-me concluir: os *yuppies* de Xangai estão imitando a cultura ocidental. Nos Estados Unidos e na Europa, está acontecendo o boom do café, que deixou de ser uma bebida tomada pela manhã para se tornar a bebida da moda.

Sua expressão ainda era indecifrável. Minha vontade era pegá-lo pelo colarinho e sacudir. Eu estava começando a perder a minha paciência.

— No avião, conheci um professor de história chinesa que me disse que eu não conseguiria vender café para os chineses até que fosse capaz de encaixá-lo na cultura. Ontem à noite, andei pelas ruas de Xangai. O que vi foi um encontro de culturas, o Oriente encontrando o Ocidente; o Oriente imitando o Ocidente enquanto mantém sua própria identidade. Não vai demorar para os hambúrgueres das redes de fast-food atraírem o dinheiro das barracas de peixe... E para as pessoas que ficam na fila para comprar uma xícara de chá comprarem café.

Peguei a minha bolsa.

— O *seu* café.

37

A reunião com o Sr. Feng acabou comigo. Eu estava exausta não apenas por gastar minha energia, mas por me preocupar com o que ele pensava. Sua expressão era indecifrável. Eu não sabia se tinha conseguido alguma coisa. A expressão dele não mudou em momento algum. Agora eu sabia o que significava o termo "cara de pôquer".

Ele me agradeceu por ter vindo, me deu de presente um raro chá de jasmim e uma delicada xícara antiga de chá.

Tudo menos concordar em vender meu café.

Sua resposta para a minha pergunta sobre a possibilidade de entrar no ramo do café com a Café de Oro foi murmurar:

— Vamos ver, vamos ver.

O homem que me seguira não estava lá quando saí do depósito. Ou a polícia perdera o interesse por mim ou eu apenas imaginara estar sendo seguida. O fato de não estar sendo seguida mudou meus planos de ir embora.

Decidi não parar no hotel correndo e partir para o aeroporto logo em seguida. Se a polícia não estava me seguindo, não tinha pressa para ir embora. E o desespero havia se instalado. Tolamente, colocara todas as minhas esperanças no Sr. Feng. Acho que porque ele falava inglês e sua rede de lojas de chá era perfeita para vender café. Certamente, eu precisava ver outros executivos da lista, e com todos eles seria mais difícil, pois nenhum deles falava inglês nem tinha lojas prontas para vender o meu produto.

O telefone do meu quarto tocou assim que entrei. Atendi.

— Sou eu — disse Josh. — Escute, não fale...

— O que você...

— A polícia está chegando!

— O quê?

— Você tem de se livrar da mercadoria.

— Que mercadoria?

— Tem uma embalagem de droga, talvez duas, junto com as uas amostras de café; está escondido em algum lugar na sua mala.

— O *quê*?

— Jogue a droga no vaso sanitário e puxe a descarga; rasgue as embalagens em que elas estão e jogue no vaso também. Escute... tenha cuidado: não cheire a droga; não respire quando jogá-la fora, nem deixe entrar em contato com as suas mãos ou roupas. Cubra seu nariz e sua boca com uma toalha quando jogar no vaso. *Não respire nada.*

— O que está acontecendo? Como você sabe...

— Faça isso, e logo.

Ele desligou.

Fiquei olhando boquiaberta para o telefone, minha mente girava. Larguei o fone e me virei. Eu tinha de me livrar da...

Alguém gritou em chinês do lado de fora da minha porta.

E então ela foi arrombada.

Ai, meu Deus!

38

Sentada a uma pequena mesa em uma sala de interrogatório da polícia, olhei o homem à minha frente que estava preocupado com a papelada sobre a mesa. Minhas mãos estavam no meu colo, uma apertada na outra. Quando as coloquei sobre a mesa, elas tremeram.

Minha mente gritava: *Isso não pode estar acontecendo comigo!*

Policiais armados me interceptaram no meu quarto. Em poucos segundos, eu estava fora do quarto, algemada e dentro do carro da polícia.

Ninguém me dissera nada, nem em chinês nem em inglês.

O homem na minha frente era o que se parecia com Joey Chin que eu vira me seguindo. Outro homem entrou na sala e falou com o oficial sentado.

Depois que ele saiu, o homem à minha frente disse em inglês:

— Quem traz narcóticos para a República Popular da China é condenado à morte.

Fiquei aterrorizada e queria chorar, mas uma calma tomou conta de mim. Não que eu não estivesse mais assustada. Mas naquele momento a minha vida tinha ficado diferente, surrealista, como se eu estivesse sonhando.

Aqui estava eu em uma delegacia de polícia em Xangai com um policial chinês me dizendo que eu ia encarar a pena de morte.

Isso não pode estar acontecendo comigo.

— Isso é muito engraçado — disse eu.

Ele levantou a cabeça, franzindo a testa para mim.

— Você disse... engraçado?

— Humor, ha ha, engraçado.

— Pena de morte é uma piada para você?

— Ah, não, não. Eu não estava falando sobre o que você disse; isso é sério. Eu estava pensando sobre Seattle e Xangai. Um criminoso chinês quase me matou em Seattle; agora um policial chinês me diz que talvez me matem aqui em Xangai. — Fiquei tagarelando, minha mente estava em um estado de histeria calma.

Ele apenas me olhou. Consegui deixá-lo sem palavras.

Esfreguei a minha testa.

— Desculpe; você deve estar achando que sou louca, completamente maluca. Mas é que a minha vida virou um inferno nas últimas semanas. Tudo era normal, agora tudo está uma loucura.

— Foi por isso que você traficou drogas? Porque precisava de dinheiro?

Ele entrou no assunto de forma casual. Mas as palavras carregavam uma acusação letal: uma resposta afirmativa me qualificaria para a pena de morte.

— Não sei nada sobre drogas.

Minha mente não estava funcionando plenamente, e a situação toda me deixou com os nervos à flor da pele, mas eu não estava pronta para confessar algo que não fizera. Na verdade, eu não estava pronta para declarar nada, só meu nome e endereço, algo do tipo nome, posto e número de série que os prisioneiros de guerra se limitavam a dizer quando eram interrogados.

Uma amiga que sempre chamava a polícia por causa do marido, e vice-versa, me dizia que a melhor forma de lidar com a polícia era *negar, negar, negar*.

— Senão, eles vão distorcer tudo o que disser — concluiu ela.

Então era a única tática em que meu cérebro aturdido conseguia pensar. Seria particularmente fácil naquele caso já que eu realmente não sabia de nada.

— E as drogas achadas no seu quarto?

— Eu não trouxe narcóticos para o seu país. Se alguma coisa foi encontrada no meu quarto, não fui eu quem colocou e nem sabia que estava lá.

— Será melhor para você se disser a verdade. Alguém pediu que você trouxesse drogas aqui para Xangai. Quem foi?

— Eu não trouxe drogas. Se vocês encontraram alguma coisa, estava escondido na minha mala.

Ele balançou a cabeça.

— Nós sabemos que você trouxe drogas. Será mais fácil para você se nos disser onde ela está. Se tivermos que procurar onde você escondeu, vamos pedir pena máxima.

A insinuação de que eles não tinham encontrado a droga me surpreendeu. Isso podia significar duas coisas: ou eles não sabiam que eu tinha deixado a minha mala com as amostras com o porteiro... ou Lily já pegara a droga na minha mala.

Em todo caso, eles não tinham encontrado a droga. Se ela realmente existisse. Pelo que eu sabia, aquilo era tática da polícia para me pressionar; talvez eles estivessem...

Não, Lily me usara para trazer drogas para o país. Tudo se encaixava perfeitamente.

— Não sei do que você está falando. Vim a Xangai para vender café, não narcóticos.

Enquanto ele continuava repetindo sobre o quanto eu precisava cooperar, eu continuava dando a mesma resposta: eu não sabia nada sobre drogas.

— Você veio para Xangai na companhia de uma mulher que se chama Lily Soong.

— Viemos no mesmo voo, se é isso que está dizendo. Ela veio pelos motivos dela; eu vim vender café.

— É ela quem está fazendo o tráfico de drogas, correto?

— Não sei nada sobre Lily Soong e tráfico. Se ela estava contrabandeando alguma coisa, eu não sabia. Quero entrar em contato com o consulado dos Estados Unidos.

Deliberadamente, evitei colocar a culpa em Lily. Dizer para a polícia que a droga pertencia a Lily tinha um problema: mostrar que eu sabia de alguma coisa me envolveria com o tráfico. Eu estava entre a cruz e a espada. Eu nem podia colocar a culpa no culpado sem provar para a polícia que eu sabia que ela estava contrabandeando drogas para o país, e que eu a ajudara; mesmo inadvertidamente, colocando-a na minha bagagem.

E isso continuou indefinidamente, ele me perguntando onde estava a droga, ou pelo menos tentando confirmar sua existência, e eu negando saber de qualquer coisa e pedindo para falar com o consulado americano.

Minha cabeça estava estourando; meu estômago, roncando; minha garganta, seca e doída, depois do que pareceram horas do mesmo filme monótono: perguntas-acusações do policial, minhas respostas negativas.

Eles tinham tirado meu relógio e minhas joias, mas eu ainda estava com a mesma roupa com que fui presa quando me levaram para a cela. Tinha uma única cama e um buraco no chão para ser usado como vaso sanitário. A "pia" era uma torneira que saía da parede e despejava água no buraco do chão, o mesmo usado como vaso. Ela não fazia parte de um conjunto de celas, era uma cela única.

Eu estava enjoada de tanto medo, mas mantive a minha versão de ficar com cara de pôquer.

Deram para mim uma tigela com uma sopa de arroz e peixe condimentado. Não conseguia tolerar comida, mas me forcei a tomar o caldo. Ele queimou na minha garganta doída.

Deitei na esteira em cima da cama e virei-me para a parede. Certa de que estava sendo observada por câmeras escondidas, escondi o rosto enquanto soluçava.

39

— Você vai ser solta — disse meu interrogador.

Ele apareceu na minha cela pela manhã e me escoltou até um balcão onde uma mulher me devolveu meus pertences.

— Você deve deixar Xangai dentro de 24 horas.

— Estarei no próximo avião. É só me levarem até o aeroporto. — Queria dizer: *O avião pode estar indo para o inferno que não me importo.*

— A Colômbia é um país sem leis e você é uma fora da lei.

Segurei uma resposta que provaria a tese dele.

— Se voltar à China, será presa e processada.

— Garanto que não me verá de novo. Já vi o bastante da hospitalidade chinesa para uma vida inteira.

Uma limusine estava esperando do lado de fora. A janela se abriu e Lily mostrou um rosto sorridente.

— Nós te damos uma carona.

Retribuí o sorriso.

— Sua piranha, prefiro tomar veneno a pegar uma carona com você.

Um homem com cara de mau usando um terno preto, que estava encostado no muro de um prédio, deu um passo à frente. A mão estava no bolso. Ele não estava segurando um pente. Assentiu para a limusine. Entendi o recado e entrei.

Lily e seu namorado eram os únicos ocupantes da parte de trás do carro. Ele falou alguma coisa para mim em um chinês muito rápido. Não entendi uma palavra, mas o fato de que estava irritado comigo ficou claro na mesma hora.

— Onde está a nossa droga? — perguntou Lily.

— Sua droga?

Ela sorriu.

— Meu namorado não é paciente. Precisamos saber o que você fez com a embalagem.

— Não fiz nada.

— Você deve ter escondido... se a polícia tivesse achado, você ainda estaria presa. E eu também.

— Não escondi nada; não sei do que você está falando.

O namorado puxou uma arma e colocou no meu rosto.

— Não! — gritou Lily.

Ele afastou a arma. Ele me pareceu ser alguém que poderia pegá-la de novo a qualquer momento.

Ela deu um tapinha no rosto dele.

— Eu o amo, mas ele é maluco.

— Que bom para vocês dois. Talvez algum dia curtam uma aventura homicídio-suicídio juntos. Você se importaria em me deixar no hotel para que eu possa pegar as minhas coisas e ir para o aeroporto? Acabei de passar a noite na prisão e quase fui condenada à morte por sua causa.

— O que você disse para a polícia?

— A verdade. Foi fácil. Não sei de nada.

— Havia um pacote na sua mala, uma das embalagens com grãos de café, mas não havia café dentro.

Balancei a cabeça e sorri docemente.

— Não sei nada sobre nenhuma embalagem, a não ser as que tenho com café. Se tivesse alguma coisa lá, a polícia teria encontrado. E você e Bugsy* estariam enfrentando a pena de morte.

Bugsy entendeu meu recado. Ia pegar a arma de novo mas Lily o impediu.

Ela disse para mim:

— Estou tentando evitar que ele use essa arma contra você porque sou sua amiga. Mas não vou conseguir impedi-lo por muito mais tempo; ele se irrita facilmente. Precisamos do pacote. Não está com a polícia, senão você não estaria solta. Paguei uma arrumadeira para entrar no seu quarto e pegar o pacote, mas sua mala sumiu. O que você fez com ela?

— Roubaram.

— O *quê?*

A mentira simplesmente escapuliu. Mas se adequou perfeitamente. Se eu dissesse que deixara a mala com o porteiro e ela fosse pega com a mala, eu voltaria para a prisão de Xangai em um piscar de olhos.

Lily fixou o olhar em mim.

— Escute aqui. Se não dermos a droga para ele, ele vai ficar furioso e matar nós duas.

Eu estava prestes a chorar. Sufoquei o choro e falei com a voz firme:

— Lily, use a cabeça; você sabe que não tenho drogas. Se eu tivesse, a polícia teria achado e eu ainda estaria na prisão.

---

*Bugsy foi o mafioso americano que abriu o primeiro cassino em Las Vegas. (*N. da T.*)

O namorado dela não entendeu meu recado. Puxou a arma. Lily se jogou em cima dele, gritando alguma coisa. Escutei o tiro, uma explosão alta, e ela foi jogada para trás.

O motorista freou e nós três fomos jogados para a frente. Tínhamos batido em alguma coisa; vi outro carro ao nosso lado. De repente abriram a minha porta e um homem com uma arma atirou na parte de trás. Abriram a outra porta e dispararam ainda mais tiros.

Tudo aconteceu muito rápido. Meu ouvidos estavam atordoados; meu nariz sentia o forte cheiro ácido de pólvora.

Um homem armado me puxou do banco e me jogou em outra limusine.

O Sr. Feng assentiu e sorriu.

— Que gentileza a sua se juntar a nós, Srta. Novak.

40

Havia outro homem sentado na parte de trás da limusine, um chinês que devia ter mais ou menos a mesma idade do Sr. Feng e que estava vestido de forma tão conservadora quanto ele. O comerciante de chá disse que o nome dele era Sr. Chow.

A limusine passou tranquilamente pelo tráfego de Xangai.

O Sr. Feng escutou o que lhe falavam pelo telefone do carro por um momento. Ele desligou e me ofereceu um sorriso tímido, mas educado.

— Você deve ter muitas perguntas. E, sem dúvida, uma péssima opinião da nossa cidade. — Ele apontou o dedo indicador para mim. — Mas não julgue uma cidade de milhões por poucos.

Assenti. Ou pelo menos a minha cabeça se inclinou sobre o meu pescoço. Minha mente estava entorpecida.

— O amante da mulher que você chama de Lily trabalhava para o Sr. Chow. Mas recentemente decidiu que queria trabalhar sozinho.

Olhei para o sangue nas minhas roupas.

O Sr. Feng disse:

— Sim, sangue dele. Ele não trabalha para mais ninguém.

— Lily...?

— Ela teve um pequeno ferimento, uma queimadura do disparo da pistola dele. Ele tentou matá-la?

— Ele tentou me matar; ela o impediu.

O Sr. Feng murmurou alguma coisa em chinês para o Sr. Chow, suponho que um relatório sobre Lily.

Falei devagar.

— O senhor vai me explicar o que está acontecendo?

O Sr. Feng suspirou.

— Estou com vergonha dos meus compatriotas, envergonhado pelo país inteiro. Mas, como eu disse, existem apenas poucas pessoas más entre tantas boas.

Assenti para o Sr. Chow.

— Quem é esse cavalheiro?

— Como eu disse, ele é... era... chefe do homem que morreu.

Assenti.

— Tríade?

— Já ouvi essa palavra.

— Ele é o Mestre da Montanha?

O Sr. Feng riu e falou em chinês com o Sr. Chow, que o acompanhou no riso.

— Como a recepcionista do hotel lhe disse, não sabemos nada sobre tríade ou Mestre da Montanha.

O que significava que eles sabiam muito. O Sr. Chow parecia feito no mesmo molde que o "tio" de Lily de Hong Kong. Eu não estranharia se fossem irmãos.

— A recepcionista lhe contou sobre a nossa conversa?

— Ela é sobrinha do Sr. Chow.

Suspirei.

— Ótimo. Agora vocês vão me matar.

— Deveríamos? — Ele riu de novo e falou com o Sr. Chow. Ambos riram bastante.

— Existe uma mala que todo mundo está procurando...

O Sr. Feng balançou a cabeça.

— Não existe mala alguma.

— Mas eu...

Ele balançou novamente a cabeça. Entendi o recado, mesmo com o meu cérebro anestesiado. A mala não existia... mais. A recepcionista deve ter cuidado disso. Por isso a polícia não a encontrou.

Abri um sorriso imbecil.

— Bem, esta viagem foi maravilhosa. Vim para Xangai em busca da minha sorte. Em vez disso, fui presa, passei uma noite na prisão, escapei por pouco de ser assassinada e de ser condenada à morte... e agora...

— Agora você voltará para seu país e começará a mandar suas cargas de café para mim.

— Sr. Feng, o que está dizendo? O senhor vai comprar meu café?

— Depois que falei com você ontem, perguntei ao meu filho o que ele achava do café. Ele ficou muito animado. Ele estará no comando. — Ele sorriu, com orgulho. — Ele é um yuppie de Xangai.

Mas eu podia perceber que havia algum fio solto. A maioria das peças se encaixava bem: o Sr. Feng e o Sr. Chow, quem quer que fossem, souberam pela recepcionista que eu fui presa e que a polícia estava procurando drogas. Ela também devia ter dito que eu deixara a mala na portaria.

O Sr. Chow era obviamente chefe de algum tipo de gangue, tríade, ou qualquer outro nome que dessem. E soube pela sobrinha, a recepcionista, que eu entrara em contato com o Sr. Feng.

Mas onde o senhor Feng entrava naquele cenário no qual pessoas eram mortas a tiros em uma rua de Xangai?

— Você é tríade? — perguntei.

— Não. — Ele sorriu e fez uma reverência com a cabeça. — Sou *tong*. Muito mais antigo que tríade.

Ele soltou mais um de seus risos.

— Cachorros velhos mordem muito mais que os novos.

MEDELLÍN

DEPARTAMENTO DE ESTADO
INFORMAÇÕES CONSULARES REPÚBLICA DA COLÔMBIA

Os criminosos às vezes usam a droga "escopolamina" para incapacitar turistas com o objetivo de assaltá-los.

A droga é administrada em bebidas (em bares), por meio de cigarros e chicletes (em táxis), e na forma de pó (alguém pedindo informações se aproxima do turista, com a droga escondida em um pedaço de papel, e o criminoso assopra o pó na rosto da vítima).

A droga deixa a pessoa desorientada e pode causar inconsciência prolongada e sérios problemas médicos.

Como bloqueia a memória e causa comportamento submisso, a droga tem sido usada como droga de estupro e por prostitutas para roubar seus clientes.

O efeito da escopolamina no sistema nervoso central também a torna útil como "soro da verdade", sendo um meio de forçar pessoas que não querem cooperar a responder perguntas. Por causa dos seus efeitos colaterais, essa droga não pode ser usada nos Estados Unidos.

A forma da escopolamina usada como droga de rua é chamada *burundanga*. É um método de abordagem muito apreciado pelos criminosos colombianos. Contrabandeada para os Estados Unidos, essa droga foi classificada pela DEA, Agência de Combate às Drogas, como a droga mais perigosa que surgiu nas últimas décadas.

41

Como voltar para a fazenda sem ser assassinada?

Essa era a pergunta que atormentava a minha mente e me deixava com calafrios quando embarquei em um voo em Xangai que me levaria para Hong Kong. Intencionalmente, não reservei uma passagem para depois da colônia britânica por duas razões: ainda não decidira qual rota pegar e não queria deixar migalhas de pão que ajudariam a rastrear meu destino.

De Hong Kong, o primeiro voo transatlântico ia para Lima, no Peru. A Colômbia ficava na América do Sul, e eu tinha certeza de que o Peru também ficava por ali. Nunca fui boa em geografia. Depois de confirmar que o Peru ficava na América do Sul, comprei uma passagem para Lima.

Quando cheguei a Lima, comprei uma passagem para Quito, capital do Equador, que também fica na América do Sul. Em um enorme mapa no terminal, Quito parecia um trampolim conveniente para a Colômbia. Em Quito, eu hesitei. Havia voos para Bogotá, Medellín e Cali.

Cali. Lembrei-me imediatamente de duas coisas a respeito de Cali. Era quase tão famosa quanto Medellín por ter seu próprio cartel de drogas, e *não era* nem Medellín nem Bogotá. Eu estava com medo de encontrar um comitê de recepção de criminosos contratados por Cesar ou Escobar se pegasse um voo para Medellín, onde eu era esperada e queriam me matar.

Comprei uma passagem para Cali. No aeroporto de Cali, peguei um táxi para a cidade e pedi para o motorista parar em algum lugar em que eu pudesse enviar um fax. Mandei três faxes, depois peguei outro táxi para a estação de trem. Comprei passagem para um trem que passaria por Medellín e outras cidades do norte. Não desembarquei em Medellín, fiquei no trem e só saí na pequena cidade em que Cesar me esperara chegar e eu não chegara.

Contratei um táxi na estação para me levar para a fazenda. Recostei-me no banco do táxi para a viagem de uma hora e pensei nos meus planos.

Quando cheguei à fazenda depois de quase três dias de viagem, eu estava cansada, mas inteira. A casa e o quintal estavam estranhamente quietos quando saí do táxi. Ao entrar na sala de estar fresquinha, senti-me em casa na mesma hora.

Parei perto da escadaria, sorri e balancei a cabeça para o quadro de Carlos.

— Você não faz ideia do que passei — disse para a imagem pintada dele.

Juana saiu de um quarto no segundo andar, parou no topo das escadas e me olhou como se eu fosse um fantasma.

— Estou em casa.

Ela se benzeu e murmurou uma oração.

42

Tomamos limonada à mesa da cozinha, como fizemos no dia em que nos conhecemos. Ela me deu um abraço choroso quando desceu as escadas.

— Fiquei preocupada, já que não recebemos notícias suas. Contaram para Cesar que você estava presa em Xangai.

— Onde ele está?

— Foi para Medellín cuidar de negócios para a fazenda. Só vai voltar à noite.

— Tem certeza de que ele não foi encontrar Pablo Escobar?

Juana parecia prestes a chorar.

— Não se marca encontro com Dom Pablo, pode ser uma armadilha da polícia. Ele procura a pessoa ou manda pegá-la sem aviso e levar até ele. O motor de uma das máquinas quebrou; Cesar foi comprar um novo.

— Desculpe; estou paranoica a respeito de tudo.

— Não posso culpá-la. Você não deve ficar aqui; não é seguro. Deve voltar para Seattle.

— Não posso voltar. Fiz um acordo para vender nosso café, com preços diferenciados, todo o café que a fazenda e os colonos conseguirem produzir. Podemos conseguir lucro, bastante, na verdade; só temos de entregar grãos verdes no prazo. Não existe razão para não conseguirmos fazer isso.

— Existe uma razão: aqui é a Colômbia, não um país civilizado. Você não vai conseguir mandar café para a China se estiver morta. Por alguma razão, Dom Pablo está interessado no trabalho dos dois químicos. Ele deve acreditar que eles vão conseguir criar a planta de café descafeinado. Se ele quer a fazenda, vai conseguir. Cesar diz que ele vai pagar para ficar com a fazenda, mas às vezes ele paga com tiros.

Fitei-a, perguntando-me se ela podia ser tão ingênua a ponto de acreditar que eles realmente estavam trabalhando em um novo tipo de planta de café; e decidi que ela era. Passara a vida inteira na zona rural, longe das armações do mundo. Estava na hora de ela saber a verdade, para o seu próprio bem, pelo menos.

— Juana, eles não estão trabalhando em uma planta de café.

Ela apertou o pano de prato entre as mãos.

— Eu temia isso. Cesar disse que eles estavam, mas eu achava que ele estava mentindo para mim.

— Ele estava... E está. Não sei exatamente o que eles estão fazendo, provavelmente alguma coisa que tenha a ver com cocaína, como processá-la, alguma coisa assim, não tenho certeza. Mas não são grãos de café. O que quer que seja, havia um pouco escondido nas amostras de café que levei para a China; foi isso que me fez ser presa.

A expressão de Juana era sombria e triste.

— Está tudo tão diferente de quando Carlos estava aqui; ele não deixaria essas coisas acontecerem. Sempre houve problemas, mesmo naquela época, no fim da vida dele, problemas de dinheiro, doença, mas criminosos não faziam parte da nossa vida. — Juana fitou a mesa. — Sinto muito, Nash. Você não merece as coisas terríveis que têm acontecido na sua vida. Você não merece vir para cá reivindicar a sua herança e encontrar criminosos ameaçando a sua vida.

Apertei a mão dela.

— Preciso saber a verdade sobre as coisas, sobre Carlos, minha mãe, minha herança e sobre você e Cesar. Como você veio parar na fazenda?

— Nasci aqui; meu pai era um colono. Vim trabalhar na casa grande com 14 anos. Minha tia era a empregada de Carlos e da esposa dele, María; me trouxeram para a casa para ajudar no serviço e cuidar de María. — Juana sorriu e balançou a cabeça. — María era muito bonita, mas muito frágil. Coração fraco, algo que talvez hoje os médicos pudessem curar, mas naquela época, três décadas atrás, era uma sentença de morte. Carlos a amava muito. Eu tinha 17 anos quando María morreu. E me apaixonei perdidamente por Carlos na primeira vez que o vi. É claro que, por muitos anos, ele não soube do meu amor. Eu era apenas uma jovem que o idolatrava, como todas as mulheres que o conheciam. Alguns homens amam *coisas*; outros amam mulheres. Uma mulher reconhece isso em um homem; pode sentir onde está verdadeiramente o coração de um homem.

— Ele não era devotado à fazenda?

— Era, mas Carlos não amava a fazenda como um bem físico, mas como um modo de vida. Ele nunca viu a fazenda em termos do dinheiro e do poder que poderia trazer para ele. Ele acreditava que administrar a fazenda era uma tarefa que Deus designara para ele, para preservar a terra para as pessoas que dependiam dela.

— Você e Carlos foram amantes?

— Chegou o dia em que ele me viu como mulher, não apenas

como uma jovem que ajudava na casa, mas isso foi muitos anos depois que María morreu. A luz dele se apagou quando ela morreu. Ele ficou em um luto profundo, mal falava, só trabalhava. Quando estava escuro demais para trabalhar, ele se sentava na varanda e pensava nela. Eles não tiveram filhos para amenizar a perda.

Ela suspirou.

— E antes que ele me notasse, outra mulher entrou na vida dele. Três ou quatro anos depois que María morreu, uma jovem *norte-americana* veio à fazenda para falar com Carlos.

— Minha mãe.

— *Sí*, a sua mãe. Ela era muito bonita... Porém mais que isso, ela amava a vida. Era curiosa, fazia muitas perguntas, ria bastante. E era muito sincera. Poucos minutos depois de conhecer Carlos, ela o acusou de ser um ditador antiquado que mantinha centenas de colonos como escravos. Ele a olhou por um momento, completamente espantado. Por um momento, achei que fosse expulsá-la da fazenda. Mas ele caiu na gargalhada.

— Minha mãe era assim; falava o que pensava, mesmo se estivesse completamente errada.

— Se um homem o tivesse insultado da forma que a sua mãe fez, ele teria dado um soco nele, mas a sua mãe era mulher, e ele era um cavalheiro. E ela não era qualquer mulher, ela amoleceu o coração dele imediatamente e fez com que ele sorrisse com o olhar. Era a primeira vez que eu o via rindo desde a morte de María.

— Então, eles se tornaram amantes.

Juana baixou o olhar.

— Isso mesmo, a sua mãe conquistou o coração do homem que eu amava.

— Sinto muito.

— Não precisa; a vida é assim. E Carlos não estava pronto para me notar; eu era parte da mobília da casa.

Ela se levantou.

— Espere um minuto. — Saiu da cozinha e voltou um momento depois com um envelope. Abriu-o e procurou entre fotografias. — Aqui.

Ela me entregou uma fotografia. Era minha mãe sentada no capô do Nash. Estava rindo, com a cabeça jogada para trás. Fiquei emocionada. Ela era linda, cheia de vida. Como eu sentia saudades dela.

— Nesse dia, eles foram fazer um piquenique; providenciei o almoço para eles. Eles só voltaram na manhã seguinte.

Agora eu sabia com certeza por que meu nome era Nash. Eu fora concebida naquele carro. No calor de uma paixão quase adolescente. Não era algo que eu pudesse compartilhar com Juana, mas sentia uma espécie de orgulho por isso.

— Mas ela não estava disposta a passar o resto da vida na fazenda — disse eu para Juana.

— Não, não estava. Ela tinha muita...

Ajudei a encontrar a palavra:

— Energia; estava sempre em movimento.

— Sim, energia; ela nunca ficava parada. A fazenda era o mundo de Carlos. Para a sua mãe, era uma prisão.

— Ela voltou para casa, grávida de mim. Ela viu Carlos outra vez?

Juana balançou a cabeça.

— Não. Ela foi embora; ele chorou mais uma perda, mas se devotou ao trabalho para esquecer.

— Como ele me descobriu? Ela avisou?

— Não, por alguma razão, e não conheci a sua mãe o suficiente para julgá-la, mas ela preferiu não contar a ele que tiveram uma filha.

— Minha mãe não precisava de razões, ela agia com a emoção, não importando as consequências. Era extremamente independente, autossuficiente. Provavelmente nunca contou para ele porque achava que ele interpretaria como um pedido de dinheiro.

— Mas ela deixou a filha crescer sem saber quem era seu pai. Uma mãe não deve fazer isso, não importa como ela se sinta em relação ao homem — disse ela.

— Minha mãe errou. Mas ela fez o que achou que era certo. É difícil para mim voltar e julgá-la; ela morreu e não pode se defender. Eu gostaria que ela tivesse me contado sobre o meu pai, mas isso não aconteceu... e ela era uma boa mãe. Só não era uma pessoa perfeita.

Juana me entregou outra fotografia.

Fiquei olhando como uma boba para ela, uma foto minha, descendo as escadas da faculdade. Não era uma fotografia posada.

— Eu devia ser caloura aqui. Devem ter tirado a foto sem que eu percebesse. Não me lembro dela.

— Carlos mandou tirar.

— Minha mãe disse para ele que eu estava na faculdade?

Ela balançou a cabeça.

— Ele soube de você por acaso. Um dos voluntários dos Corpos de Paz que trabalhara com a sua mãe vinte anos antes voltou para fazer uma visita. Ele ainda tinha contato com ela e mencionou com Carlos que ela tinha uma filha de 19 anos. Não sei se o homem imaginou que fosse filha de Carlos e estava dando uma dica, ou se falou no meio de uma conversa qualquer, mas fez Carlos pensar. Ele contratou um detetive em Santa Barbara, onde você e sua mãe moravam na época. O homem descobriu a sua data de nascimento, o que confirmou que você provavelmente era filha de Carlos. E o detetive tirou uma foto que confirmou isso. Qualquer um que conhecesse Carlos conseguia ver alguma coisa dele em você.

— Nesta época, você já era amante de Carlos?

— Era, nós nos tornamos amantes muitos anos antes, logo depois que a sua mãe voltou para os Estados Unidos.

— Por que ele não entrou em contato comigo?

— Ele não sabia o que fazer. O detetive relatou que a sua mãe morava com um homem. Carlos achou que você tivesse sido criada achando que aquele homem era o seu pai. Se esse fosse o caso, faria com que você sofresse...

Balancei a cabeça.

— Não, minha mãe teve muitos homens na vida; ela mudava de namorado como quem muda de roupa.

— Ele não sabia disso e ficou com medo de estragar a sua vida. Conversamos sobre se ele devia procurá-la ou não. Uma das razões para ele não fazer isso foi para não me magoar. Fiquei com ciúmes da sua mãe de novo. Saber que ela tinha dado uma filha para Carlos abriu feridas de mais de vinte anos.

— Mas você também teve um filho de Carlos.

— Tive, Cesar é filho dele. Mas eu achava que era seu único filho.

— Por que acabei sendo sua única herdeira? Cesar foi deserdado, não foi?

— Carlos sempre tivera a intenção de deixar algo para você; não a fazenda, que iria para seu filho, mas ele tinha joias valiosas que eram da família havia muitas gerações, e elas seriam suas. Ele acabou tendo que vender as joias para salvar a fazenda, mas teria deixado alguma outra coisa de valor para você.

— Por que acabei com a fazenda?

— Já no fim da vida, quando Carlos estava doente e a fazenda sofria com a queda dos preços do café, Cesar teve um papel importante na administração da fazenda. Isso fez com que pai e filho brigassem. Cesar é bom nos negócios; em certos aspectos, acho que é melhor do que Carlos era; mas para Carlos, a fazenda e os colonos eram uma família, não apenas um negócio. Durante uma discussão, Cesar disse para Carlos que quando ele morresse, ele venderia a fazenda para algum grande cafeicultor que cortaria as árvores que fazem sombra e expulsaria os colonos.

— Transformá-la em uma fazenda mecanizada ao sol. Isso teria despedaçado o coração de Carlos.

— Verdade, acho que isso acelerou sua morte. Não sei se Cesar estava falando sério; às vezes ele falava com mais machismo que bom-senso. Cesar é uma boa pessoa. Mas disse isso, a pior coisa que poderia ter dito para Carlos, ainda mais quando ele estava tão doente. Carlos não era o tipo de homem que permitia que alguém passasse a perna nele; tinha bom coração, mas era um lutador. Ele contratou um detetive de novo, descobriu que você tinha um negócio bem-sucedido, e no ramo do café. Não dá para descrever como ele ficou animado. E o nome do negócio era Café de Oro.

Ela apertou meu braço.

— Nash, ele chorou quando ficou sabendo disso; de alegria e culpa.

— Foi minha mãe que falou o nome...

— Não importa; para Carlos, isso vinha de Deus, um milagre. Conversamos novamente sobre procurá-la, e ele decidiu que faria isso. Mas antes de morrer, ele passou por uma época com muitas dores. Havia pouco tempo quando decidiu deixar a fazenda para você.

— Ele a deserdou também?

— Não. Quando tive o filho dele, Carlos começou um fundo fiduciário para mim para que eu tivesse uma renda independente do que acontecesse.

— Mas ele deserdou seu filho.

— Eu o encorajei a fazer de você sua única herdeira.

— Isso é inacreditável. Por quê?

Ela estava à beira das lágrimas.

— Você deve entender, eu era mulher de Carlos, e filha de colono. Passei minha vida toda na fazenda. Permitir que o meu filho destruísse a vida de tantas pessoas seria um crime imperdoável. Não foi culpa só do Cesar; também tive culpa. Eu amava Carlos mais do que ele me amava. Carlos permaneceu fiel a mim como a mãe de seu filho, mas nunca se casou comigo. Ele nunca me amou com a paixão com que amou Maria e a sua mãe. Mas para mim era suficiente apenas ser sua mulher, mesmo que ele nunca tenha feito de mim sua esposa. No seu país, não é nada demais para uma criança que os pais não sejam casados. Mas aqui é. Cesar cresceu com o estigma de ser um bastardo. Acho que era por isso que ele se ressentia tanto com Carlos; por isso ele nunca amou a fazenda. Carlos nunca o aceitou da forma como ele queria, se casando comigo. E foi por isso que, no final, ele provocou Carlos dizendo que a destruiria. Ele sabia que Carlos amava a fazenda mais do que qualquer outra coisa. Como a sua mãe, Carlos era uma ótima pessoa, mas não era perfeito.

— Eu gostaria... gostaria que Carlos tivesse me procurado. Eu teria gostado de conhecê-lo.

Os olhos de Juana se encheram de lágrimas.

— Quando ele estava pronto para conhecê-la, era tarde demais. Ele estava muito doente, magro e pálido. Ele não queria que o visse naquele estado.

— *O que você está fazendo aqui?*

Quase dei um pulo da cadeira. Juana se assustou tanto quanto eu. Josh entrara na cozinha sem que o notássemos.

43

— Está maluca? Não deveria ter voltado para cá.

Levantei-me tão rápido que a cadeira caiu para trás.

— Você não tem o direito de falar assim comigo.

— Até parece que não tenho; arrisquei a minha vida para avisá-la em Xangai. Você deveria ter voltado para os Estados Unidos.

— Por favor, não grite com ela — disse Juana.

— Tudo bem. — Dei um beijo no rosto dela. — Tudo vai ficar bem. Preciso conversar a sós com Josh. Já volto.

Ele saiu primeiro e eu o segui. Queria que ele ficasse onde ela não pudesse escutá-lo. Quando estávamos a uma distância segura, pulei em cima dele.

— Agradeço a sua ligação, mas por que você não me avisou *antes* que eu fosse presa e quase me matassem?

— Antes de você ir, eu disse para voltar para os Estados Unidos...

— *Não posso voltar para os Estados Unidos!* Você não sabe...

— Eu sei o que aconteceu em Seattle, assim como todo mundo na Colômbia, incluindo Cesar e Escobar. Mas isso já foi esclarecido. Você não é mais suspeita.

— O que você está dizendo, não sou mais suspeita? Como sabe?

— Tenho minhas fontes; eles também; estão vigiando de perto as coisas. Uma câmera de segurança em um caixa eletrônico próximo à sua loja captou Jorge dando dinheiro para o incendiário antes de ele entrar e explodir tudo consigo dentro.

— Cesar planejou explodir a minha loja em Seattle comigo junto?

— Acho que não.

— Escobar fez o trabalho sujo para ele.

— Não, eu acho que ele contou para Escobar que Carlos deixara a fazenda para você, e o próprio Escobar planejou tudo. Dom Pablo não faz o trabalho sujo de ninguém; ele mata sozinho para conseguir lucro.

— Então por que ele simplesmente não me matou quando cheguei aqui?

Ele deu de ombros.

— Quem sabe? Ninguém consegue entender Dom Pablo. Talvez tenha decidido que não precisava mais de mídia negativa americana. Talvez tenha gostado da ideia de você e Cesar se engalfinhando. Talvez...

— Existem centenas de fazendas de café; por que Escobar não compra outra?

— Essas são perguntas que nem o Oráculo de Delfos conseguiria responder. Acho que Cesar foi burro o suficiente para procurar alguém próximo de Escobar para pedir ajuda financeira quando o banco começou a pressioná-lo. Sei lá, talvez Escobar seja o dono do banco que tem as promissórias da fazenda; ele tem um pouco de tudo que dá lucro na região. Independente de como tenha acontecido, uma vez que Dom Pablo decidiu que precisava da fazenda,

Cesar só tinha duas opções: cooperar ou bater as botas. Fazer um acordo com Escobar é pior do que vender a alma ao diabo.

— Acho que Cesar está envolvido até a raiz dos cabelos com drogas. Lily Soong estava envolvida, e ele estava com ela.

— Isso veio depois. Escobar mandou Cesar se encontrar com a tríade em Xangai. Foi lá que ele conheceu Lily.

— Então Cesar *está* envolvido.

— Ele foi recrutado. Dom Pablo faz umas ofertas que são difíceis de se recusar... se você quer continuar respirando. Não se esqueça de Juana. Se Cesar saísse da linha, chegaria em casa e encontraria Juana esquartejada depois de ter sido estuprada. Eu já disse para você, não cometa o erro de pensar de forma civilizada. Nem a Máfia faz as coisas que Escobar faz.

— Como um contrabandista de pedras preciosas sabe tanto sobre Escobar e seus negócios? O que você é, espião dele? É isso que você faz, o mantém informado do que acontece na fazenda?

— Olhe, volte para os Estados Unidos, se case... Se arranjar um homem burro o suficiente para se casar com você.

— Vá para o inferno. Tenho um contrato de 500 toneladas de café, e isso é só o começo. Não vou a lugar nenhum. Pablo Escobar pode fazer o trabalho sujo dele em outro lugar. Ele não vai me expulsar da minha fazenda.

— Você está completamente louca? Não está falando de uma pessoa normal. Escobar é um assassino cruel; ele mata policiais e presidentes; ele esmagaria você como a uma mosca.

— Talvez eu não seja tão burra quanto você pensa. Tem uma coisa que Pablo Escobar não aguenta, e é a pressão. A polícia e o Exército deste país estão atrás dele, assim como a Agência de Combate às Drogas, e estão procurando embaixo de cada pedra que encontram. Antes de eu voltar, avisei a eles onde procurar.

— Como assim?

— Eu estava blefando da última vez que disse que uma amiga notificaria o mundo se algo acontecesse comigo. Mas agora eu mandei um fax para o ministro da Justiça e para o embaixador dos Estados Unidos em Bogotá, e para a Agência de Combate às Drogas, em Washington, dizendo a eles que Escobar está tentando tomar a minha fazenda.

— *Minha Nossa Senhora.* — Ele bateu as mãos fechadas na testa. — Diga que você não fez isso, você não pode ter feito...

— Ele não vai aparecer aqui porque todo mundo vai procurá-lo aqui.

Ele balançou a cabeça, os olhos arregalados, apavorado, aterrorizado.

— Você não é burra; é doente mental. Precisa ser internada... vai fazer com que matem todos nós.

Dei um passo à frente e coloquei o indicador no peito dele.

— Quero que você saia da minha propriedade ou o próximo fax será para os donos das minas das quais você está roubando. Não sei qual é o seu jogo, mas pelo que estou percebendo, você sabe demais para ser inocente.

Ele foi para o jipe.

— Tudo bem, estou indo embora para ver se tem algo que eu possa fazer para evitar um desastre total. — Ele sentou-se atrás do volante e gritou para mim: — Voltarei daqui a uma ou duas horas; é melhor que esteja pronta para ir embora. Vou levá-la para o aeroporto, você vai pegar um avião para os Estados Unidos.

Os pneus do jipe levantaram poeira quando ele acelerou.

Juana estava na varanda.

— Nash, o que ele disse sobre Dom Pablo, ele vai nos matar?

Respirei fundo para me acalmar.

— Escobar é um cachorro doido. A única forma de lidar com ele é com uma arma maior que a dele. Eu não tenho uma arma, mas o governo e o pessoal da Agência de Combate às Drogas do meu país têm. Deve haver presas mais fáceis do que nós com a polícia e o Exército por perto esperando por ele.

— Mas e esses químicos e o trabalho que estão fazendo para ele?

— Já pensei nisso. Vou mandá-los embora.

— Eles vão lhe dar ouvidos?

— Vão, se eu botar fogo neles.

Pedi a ela que voltasse para dentro de casa e começasse a preparar o jantar. Isso daria a ela o que fazer enquanto eu começava um incêndio. Literalmente.

44

Havia latões de 15 litros de gasolina guardados atrás do armazém de ferramentas perto da casa grande. Tirei o Nash da garagem e parei para colocar um latão dentro.

Cheguei rápido às barracas onde os químicos chinês e colombiano estavam fazendo sei lá que alquimia desonesta. Não havia ninguém do lado de fora quando me aproximei. A porta de metal estava fechada, e o gerador do lado de fora, ligado.

Tirei o latão do carro e estava despejando gasolina em volta da base da barraca de madeira quando o Dr. Soong saiu. Ele devia ter escutado o carro se aproximando.

Ele me olhou e disse alguma coisa em um espanhol muito ruim, mas entendi o que ele queria dizer, queria saber o que eu estava fazendo.

— Colocando fogo neste lugar — disse eu em inglês. — Estou colocando fogo para vocês saírem da minha fazenda, seus cretinos.

Acho que ele não me entendeu, mas compreendeu quando me viu com o fósforo na mão.

Ele correu, gritando para Sanchez.

Joguei o fósforo e corri para o Nash. Os dois químicos saíram e ficaram parados gritando absurdos para mim.

Mostrei para eles o famoso dedo enquanto me afastava. Nada muito feminino, mas não posso descrever o prazer que tive ao fazer isso.

A barraca de madeira queimou direitinho, e eu estava confiante de que o fogo não se espalharia para longe; certamente só para as barracas próximas. Chovera de madrugada, e as árvores de café e as que faziam sombra estavam molhadas demais para queimar. Pelo menos, eu esperava.

É claro que, com a minha sorte, eu destruiria o coração da região cafeeira e colocaria meu nome na lista dos Mais Procurados do país.

45

Estava na varanda com Juana, olhando de longe a fumaça das barracas desaparecer, quando Josh voltou em seu jipe. Ele entrou no quintal em alta velocidade com um outro carro logo atrás, um Oldsmobile que devia ter uns dez anos de uso. Um colombiano estava dirigindo o carro.

Josh estava furioso. Parou na nossa frente e saiu do jipe, batendo a porta.

Olhei-o com desprezo.

— Mandei que saísse da minha propriedade.

— Estou tentando apagar incêndios e você começa outro. Por que simplesmente não mandou para Escobar um convite para a sua fogueira? Juana, faça as suas malas. Você também — disse ele para mim. — Vocês têm cinco minutos.

— Não vou...

— Vou levar Juana para algum lugar seguro; José vai levá-la para o aeroporto de Medellín.

— É tão ruim assim? — perguntou Juana.

— Pior. Mandei outro homem avisar ao contramestre para garantir que ele e os outros trabalhadores fiquem longe da fazenda.

Josh estava tão frio e furioso que a minha confiança de repente evaporou. Fitei-o, incerta do que fazer.

Ele falou com calma:

— Nash, você não percebe o que acabou de fazer. Não colocou apenas a sua vida em perigo. O que você acha que os homens de Escobar vão fazer quando chegarem aqui? Vão matar todo mundo que virem pela frente. Todo mundo sabe disso, menos você. A única forma de evitar que essas pessoas sejam mortas é você desaparecer.

— Cesar vai estar em perigo — disse Juana.

— Mandei um bilhete para ele. Ele vai me encontrar em vez de voltar para cá. Temos de descobrir como acalmar Escobar.

Eu não sabia o que dizer. Não me ocorreu que Escobar pudesse mandar matar os trabalhadores e suas famílias. Eu me sentia como uma boneca inflável que tinha sido esvaziada. Toda a minha confiança e a minha coragem desapareceram.

Meu Deus, o que eu fiz?

— Arrumem as malas.

Tentando manter a voz calma, eu disse:

— Nem desfiz as minhas.

Peguei a minha mala e fui devagar até o Oldsmobile. Josh e José estavam esperando.

Parei em frente a Josh, olhando para baixo.

— Eu realmente fiz uma grande besteira, não foi?

— Os loucos de carteirinha não são responsáveis por seus atos. — Ele me deu um abraço forte.

Comecei a chorar. Droga, eu não queria, mas tinha de admitir que minha ousadia só tinha trazido tristeza para a fazenda.

— Desculpe, sou tão burra!

Ele continuou me segurando, mas olhando para mim.

— Suma antes do entardecer. Vou tentar acalmar as coisas com El Beneficiador. Quem sabe? Talvez a polícia ou seus inimigos consigam pegá-lo antes que ele queira se vingar.

Abracei-o com força até que ele me afastou.

— Você tem de ir. E, por favor, siga os planos uma vez na vida. Quando estiver segura fora do país, me avise como encontrá-la.

Beijei-o.

— Sabe, se você não fosse um criminoso comum, eu poderia amá-lo.

— Não sou um criminoso *comum*.

Eu não estava a fim de papo no caminho para Medellín. Josh me convencera a usar uma bandana e óculos escuros. Achei que fazia com que eu parecesse uma americana tentando esconder a identidade de assassinos colombianos, mas depois de estragar *tudo*, eu não estava em posição de me opor a nada.

Conversei pouco com José enquanto ele dirigia. Ele parecia um pouco nervoso. Não podia culpá-lo, eu também estava.

Saí do carro em frente ao terminal da companhia aérea e já estava indo na direção das portas quando um homem se aproximou de mim com um mapa parcialmente dobrado.

— *Señorita*, meus olhos estão muito cansados; poderia me ajudar?

Quando virei-me para ele, ele levantou o mapa na altura do meu rosto e assoprou um pó fino para cima de mim. Dei um passo para trás surpresa, ofegando, meus olhos ardendo. Mãos fortes me agarraram e me empurraram para dentro de uma caminhonete preta que já estava esperando.

Eu queria dizer alguma coisa, gritar, lutar, mas meus pensamentos giravam na minha cabeça como um furacão.

José DIMINUIU e viu pelo espelho retrovisor Nash ser empurrada para dentro da caminhonete.

— *Dios mío!*

Ele se benzeu e acelerou.

46

Jorge esfregou a cicatriz no pescoço. Estava sentado ao lado de Nash no banco de trás da caminhonete, olhando-a. O antigo ferimento coçava quando estava entusiasmado ou sob estresse.

Nash estava tonta e submissa. Quase em estado catatônico; seu corpo parecia acordado, mas os olhos e o rosto estavam inexpressivos. Ela inalara droga suficiente para aprisionar sua mente, um pouco mais e ela teria entrado em um sono profundo.

Jorge a odiava. Ela o humilhara, fazendo com que Escobar e outros membros do cartel rissem da forma como ela escapara facilmente. Mas daquela vez ela não escaparia. E ele teria sua vingança. Ele a mataria quando Dom Pablo acabasse com ela.

Ligou de seu telefone celular para Escobar. Durante a ligação, nenhum nome foi usado. "Bueno" foi tudo que ele disse antes de desligar.

Não sabia o quanto da droga "boo" ela inalara, mas sabia que não demorava para fazer efeito. Boo era o nome usado no cartel para burundanga. Ele próprio nunca inalara a droga, mas lhe disseram que não tinha gosto nem cheiro. A matéria-prima da droga eram árvores que podiam ser cultivadas, mas que cresciam livremente em Bogotá. As mães costumavam avisar seus filhos para não brincarem embaixo da árvore *borrachero*, a árvore bêbada. Diziam que o pólen invocava sonhos estranhos.

Quando processada em laboratório, como os dois químicos estavam fazendo na fazenda Café de Oro, a droga escopolamina podia ser retirada dessa planta. A escopolamina era usada como remédio contra espasmos e no passado já havia sido usada como anestesia. Mas sua utilidade para o cartel era seu valor de revenda como uma droga de rua. Como causava inconsciência, comportamento submisso e amnésia, era usada pelos criminosos colombianos para controlar as vítimas. A droga podia ser colocada em bebidas, na comida, em cigarros ou simplesmente assoprada no rosto da pessoa. Quando a vítima se tornava dócil, eles roubavam, estupravam ou sequestravam, qualquer maldade que o cretino tivesse em mente.

A droga deixava a pessoa tão submissa que era usada pelas agências de inteligência e da polícia como um soro da verdade. E como causava amnésia enquanto a pessoa estava sob sua influência, era usada como uma droga de estupro ou por prostitutas para roubarem seus clientes. Diziam que elas colocavam a droga nos seios para o homem lamber.

Boo não apenas deixava as pessoas submissas; acabava com as inibições, até as sexuais. Mulheres sob a sua influência eram estupradas por gangues inteiras sem oferecer qualquer resistência e até usadas como prostitutas.

Era uma droga potente, uma pequena porção tinha um longo efeito. Precisando de dinheiro, o cartel de Escobar viu nessa droga uma nova oportunidade de obter lucro, com uma grande injeção de dinheiro do Oriente, onde se tornaria o novo brinquedo para roubar e chantagear turistas.

Um homem sentado no banco do passageiro virou-se e perguntou para Jorge:

— O que você acha? Ela inalou uma boa dose para ficar quieta durante horas?

— Só tem uma forma de descobrir, não?

Jorge abriu o zíper da calça e colocou o pênis para fora. Já estava inchado e latejando. Estava pensando no que tinha planejado fazer com ela quando a pegasse.

Empurrou a cabeça de Nash em direção ao seu colo.

47

Josh estava sentado em seu jipe, tomando uma cerveja, quando escutou um veículo se aproximando. Estava parado em frente à cabana que costumava usar quando queria ficar sozinho e ter uma boa noite de sono, sem ter de se preocupar com alguma visita noturna de seus inimigos. A cabana estava quente e claustrofóbica, então sentou-se no jipe sem capota enquanto pensava no próximo passo.

Pelo ruído dos freios novos do carro indo rápido demais na estrada de terra estreita, soube que era o Toyota Land Cruiser de Cesar que estava se aproximando. Para o caso de Cesar não estar sozinho, ficou com o dedo no gatilho de uma Uzi que escondera embaixo de um poncho no seu colo.

Quando viu que Cesar estava sozinho, tirou o dedo do gatilho e largou a cerveja que estava bebendo.

Cesar saiu do carro, deixando o motor ligado e a porta do motorista aberta. Com passos pesados, punhos fechados e uma expressão sombria, ele se aproximou de Josh.

— Aquela vadia vai conseguir que matem todos nós. É melhor ela...

— Pablo está com ela.

Isso fez com que ele parasse.

— Como sabe?

— José viu quando ela foi sequestrada no aeroporto.

Cesar olhou para Josh.

— Com certeza está morta.

— Ainda não.

— Então ela vai desejar estar. — Cesar encarou Josh. — Você gosta dela, não é?

— Gosto, sim. E ela é sua irmã, não se esqueça disso.

Cesar lutou contra a afirmação, como se fosse uma acusação e não um fato.

— Ela própria causou tudo isso a si mesma, a todos nós.

— O maldito sistema deste país causou isso a ela e a todos os outros. E você faz parte disso.

— Eu não sabia; achei que eles apenas fossem atrapalhar um pouco a vida dela em Seattle, fazer com que vendesse a fazenda barato para mim. É meu direito, nasci aqui, trabalhei a vida inteira aqui; aquele cretino não tinha o direito de deixar a fazenda para ela, eu merecia.

— Então você atiçou Pablo para cima dela.

— Não fiz de propósito. Eu disse a Jorge que se ele conseguisse que ela me vendesse a fazenda, eu daria a ele um pedaço da terra que transformaria em uma plantação ao sol. Depois disso, ele envolveu Pablo e o cretino passou a reivindicar a fazenda para produzir boo para as gangues asiáticas. Ele até me obrigou a ir a Xangai, onde quase morri. — Ele enxugou o suor da testa. — Matei um homem, você sabia disso? Matei um chinês em Xangai.

Josh balançou a cabeça.

— Mandaram um assassino tríade me matar como um recado para Pablo trabalhar com eles e não com a gangue com quem estava negociando. Lily distraiu o cara com sua boceta nua e eu o matei. Depois vomitei em cima dele. Eu estava com tanto medo que quase mijei nas calças.

Ele fitou Josh.

— O que fizeram com Nash?

— Eles a levaram do aeroporto até um avião em uma pista de decolagem a uns 50 quilômetros de Medellín, um dos campos que Escobar usava para embarcar e desembarcar quando tinha algum encontro por aqui. O avião foi na direção da Amazônia.

A enorme Bacia Amazônica da América do Sul abrangia uma área de 7 milhões de quilômetros quadrados.

A selva fechada era quase inabitada, pouco explorada, recebendo o status de uma das últimas fronteiras desconhecidas do planeta.

A região colombiana era pouco habitada, menos de 70 mil habitantes moravam em uma área do tamanho da França. Como a selva era densa e impenetrável, uma cultura indígena da Idade da Pedra, "índios", conseguia sobreviver em um mundo onde cientistas enviaram naves espaciais para explorar outros planetas.

Não havia estradas colombianas ligando as pequenas cidades e assentamentos na região da selva; o acesso era de avião a partir de Bogotá ou por barco pelo rio Amazonas, vindo do Brasil e do Peru.

A distância e a inacessibilidade da região faziam dela um lugar perfeito para os cartéis de droga administrarem seus negócios.

Cesar balançou a cabeça.

— A culpa não é minha; ela mesma causou isso.

Josh ignorou o comentário e entrou na cabana. Pegou uma mochila que já deixara pronta. Escondeu a Uzi embaixo de uma tábua e prendeu uma Beretta 9mm acima do tornozelo direito e um revólver calibre 38 acima do esquerdo.

— Você é um tira americano — disse Cesar, usando uma gíria para se referir aos policiais. — Os bandidos carregam suas armas na frente para que todos possam ver; só os tiras escondem as armas. De onde você é? Da Agência Nacional de combate às Drogas? CIA?

— É muito complicado explicar agora. Pegue a sua mãe e saia do país. Ela está na casa da irmã dela. É a única forma de protegê-la.

— Que diferença isso traria? Em algum momento, vamos ter de voltar para casa. Além disso, quando Escobar quer alguém morto, ele não liga para onde você está, manda um *sicarii* dele para qualquer lugar do mundo.

— El Beneficiador talvez esteja ocupado demais cuidando da própria vida neste momento. As autoridades sabem que ele está no distrito de Los Olivos em Medellín. Forças-tarefa unidas cercaram a área. Mais cedo ou mais tarde, vão acabar com ele. Ele se expôs muito em Medellín.

— Já fizeram armadilhas para ele antes. Não vou embora. Aqui é a minha casa, o meu país; nenhum bandido cretino vai me fazer fugir daqui. Minha mãe ficará bem até que peguem Escobar ou que eu consiga acertar as coisas com ele.

Josh subiu no jipe.

— Aonde você vai?

— O que acha? — Ligou o carro.

— Você vai atrás dela, não é? Eles vão acabar com você também.

— Talvez, mas vou morrer como um homem, não como um idiota covarde que deixa bandidos espancarem e estuprarem a própria irmã.

Engatou a primeira e o jipe andou.

— Espere!

Cesar agarrou a lateral do jipe como se achasse que conseguiria pará-lo sozinho. Josh parou e o olhou com desprezo.

— Vou com você.

— Você só seria um peso.

— Sei usar uma arma; atiro bem, melhor que você quando treinamos juntos.

— Não é apenas atirar...

— Você pode lidar com o resto; estarei lá quando precisar de mim. Já falei, matei um homem, não sou virgem. Além disso, você não tem escolha, a não ser que me mate. Ou vou com você ou ligo para Jorge e aviso que está indo para lá.

Josh hesitou, pensando no assunto.

— Por que quer ir?

— Você não entenderia; vocês americanos não pensam como nós. Independente de como eu me sinta em relação à Nash, ela é da minha família. Não vou deixar aqueles *bastardos* destruírem a honra da minha família. Foi só o que me restou e já tem uma mancha por causa da minha estupidez.

Josh sabia que ele estava falando a verdade. A Colômbia era uma terra onde as rixas de sangue se tornaram uma ciência. E um parente era vingado mesmo que não estivesse na sua lista de preferidos. Tudo fazia parte de uma honra distorcida e de um machismo que impulsionavam grande parte da violência no país.

Josh levou Cesar até a casa da fazenda para que pudesse pegar uma muda de roupa e sua arma.

Ao sair da fazenda, Josh disse:

— O plano de voo deles dizia que iam para Bogotá, mas não chegaram lá. Começaram na direção da capital, depois mudaram o rumo para Leticia.

— Isso é péssimo.

Leticia era uma pequena cidade ribeirinha na Amazônia onde as fronteiras da Colômbia, do Brasil e do Peru se encontravam. Era cercada por milhares de quilômetros de mata fechada em todas as direções; nenhuma autoestrada ia para lá. A única forma que os colombianos tinham de chegar ao extremo sul do país era pelo ar.

A reação de Cesar se devia à reputação da pequena cidade. Em um país quase sem lei dominado por violentos cartéis de droga, que lutava contra exércitos guerrilheiros de esquerda e esquadrões assassinos paramilitares de direita, Leticia tinha uma atmosfera de faroeste. Sua posição isolada, cercada por selva impenetrável onde três países se encontravam e nenhum patrulhamento sério era feito por ser quase impossível, a cidade era um local natural para o tráfico de drogas e o contrabando de armas.

Pasta de coca, trazida de outros países, era processada e transformada "ouro branco", pó de cocaína, em fábricas nas selvas dos cartéis colombianos, enquanto aviões e barcos traziam armas compradas no leste europeu para equipar as facções políticas.

Cesar disse:

— Deve haver polícia em Leticia capaz de detê-los, o Exército; ela é americana...

— Mesmo que eles estejam dispostos a entrar, o que eu duvido, não a encontrariam. Além disso, o avião não vai pousar em Leticia, não com ela a bordo. Os cartéis têm pistas de decolagem no meio da selva. Quando sequestram pessoas, podem mantê-las lá indefinidamente sem medo de serem descobertos.

— E enterrá-las lá. Achei que fôssemos invadir alguma casa nas redondezas de Medellín e tirá-la de lá. Como vamos conseguir localizá-la na maldita selva? Vamos precisar de um pequeno exército para encontrá-la e helicópteros...

— Temos de fazer isso sozinhos. Ninguém liga a mínima para uma americana cabeça-dura que se meteu em encrenca. Neste momento, estão todos concentrados em acabar com Escobar.

— Eles não vão ajudar?

— Tenho uma informante, uma velha amiga que passa informações obtidas por meio de satélites, aparelhos de rastreamento, e relatórios de informantes e espiões. Ela vai me passar tudo o que puder sobre o avião. Mas ninguém vai tirar aviões e tropas de um confronto com Escobar para procurar Nash na selva.

— Qual é o seu plano?

— Conheço um piloto que vai nos levar até Leticia. É caro, mas a única opção sem ser essa é passar por Medellín e Bogotá, aí só chegaríamos amanhã.

Eles se olharam por um bom tempo.

Finalmente, Josh disse:

— Vai ser perigoso. Esses homens são assassinos frios. Você não pode hesitar em atirar em um deles. Eles o matariam da mesma forma que matam uma mosca.

— Não ligo — disse Cesar. — Lembre-se, ela é minha irmã. É uma questão de sangue. E honra.

SANGUE E HONRA

Na Colômbia, histórias de tragédias de família e da vingança que elas geram têm um nome: "culebras" (cobras). O escritor colombiano Fernando Vallejo uma vez escreveu que *culebras* são "dívidas pendentes. Como você pode entender, na ausência da lei que está sempre sendo refeita, a Colômbia é uma casa de cobras. Aqui, as pessoas arrastam rixas entre famílias que começaram várias gerações antes: passadas de pai para filho, de filho para neto: — e os irmãos não param de morrer".

Às vezes, parece que cada aliança de cada rixa na Colômbia começa com o assassinato ou o sequestro de um membro da família.

— Robin Kirk,
More Terrible Than Death

48

O pequeno avião que levava Nash, Jorge, um dos colegas dele, o piloto e um carregamento de éter e outros produtos químicos usados no processamento da cocaína, tocou o solo de uma pista de pouso estreita e curta que se estendia na selva ao sul da Colômbia. A faixa ficava a 1,5 quilômetro do rio e a menos de 200 metros do laboratório onde a droga era processada.

A região era pouco habitada, mas o cartel não tinha problemas para conseguir trabalhadores. Assim que um laboratório de processamento ficava pronto, os índios que sobreviviam da pesca em canoas de repente conseguiam um emprego muito bem remunerado e por um curto período de tempo. O emprego durava pouco porque a polícia, o exército ou outros traficantes de droga acabavam destruindo o laboratório. Mas, em poucas semanas, outro laboratório era aberto em outro lugar escondido na selva interminável como a ganância dos traficantes.

Charretes puxadas por burros foram encontrar o avião para carregar os produtos químicos. Jorge e seu *compañero* Benito requisitaram uma. Os dois carregaram Nash para fora do avião.

Ela começou a murmurar incoerências e a lutar enquanto eles a agarravam. Jorge colocou um pano contendo boo no rosto dela, e ela rapidamente voltou a ficar dócil. Os trabalhadores que tinham vindo descarregar os produtos químicos viraram a cabeça para evitar olhar para a mulher indefesa.

Depois de a colocarem na charrete, eles pegaram água e outros suprimentos. Jorge a dirigiu, com Benito logo atrás. Eles não seguiram as outras, que carregavam produtos químicos, para o laboratório de processamento, mas desviaram, indo na direção do rio e, depois, margeando-o. Um pequeno caminho tinha sido aberto na selva para a charrete passar.

Jorge e seu companheiro já tinham levado vítimas de sequestro para lá antes. O número de sequestros na Colômbia se aproximava ao de homicídios. Não havia comparação com nenhum outro lugar no mundo em número de pessoas sequestradas, nem em número de pessoas mortas mesmo depois de o resgate ser pago.

O caminho estreito levava a uma cabana com telhado de folhas de palmeira que ficava muito perto do rio. Na época das cheias, na estação chuvosa, só era possível chegar à cabana de barco. Ela pertencia a uma família de índios que levavam uma vida miserável pescando e extraindo borracha de árvores que cresciam em toda a área. Eles aceitaram de bom grado mil pesos para abandonar a cabana, construindo outra a 8 quilômetros dali.

Jorge e Benito carregaram Nash até uma plataforma de troncos amarrados para criar degraus até a varanda na frente da cabana que tinha apenas um cômodo. Carregando-a para dentro, eles a colocaram sobre uma cama de madeira com um colchão imundo.

O único outro móvel era uma mesa de três pernas feita de madeira local. A mesa estava bamba porque uma das pernas estava prestes a cair. A comida era feita do lado de fora.

Depois de a colocarem na cama, os dois saíram. O "quarto" deles eram redes protegidas dos mosquitos penduradas na varanda. A não ser quando chovia, não havia razão para ficar dentro da cabana.

Atrás da construção, havia dois montes de terra, de aproximadamente 30 centímetros, que pareciam formigueiros gigantes. Afastados 12 metros um do outro, formavam um campo de *tejo*, tradicional jogo colombiano parecido com o *horseshoes*,* mas o jogo tinha um detalhe. Em cada um dos montes, havia um cano que subia até o topo. Cobria-se o topo com uma pólvora chamada *mecha*. A maioria das cidades tinha um campo de *tejo*.

Os jogadores se revezavam arremessando um pedaço redondo e liso de metal ou uma pedra no cano carregado. Quando se atingia o cano no lugar certo, o impacto fazia com que a pólvora queimasse, provocando um estouro. Tradicionalmente, era um jogo de homens, que faziam apostas e arriscavam seus egos.

Naquele caso, o vencedor teria o direito de "se servir" primeiro da mulher inconsciente na cabana.

---

*Horseshoes é um jogo em que os jogadores (dois, ou duas equipes) arremessam ferraduras em estacas fixas no chão. (*N. da T.*)

49

O piloto do avião que Josh contratou tinha um interesse particular em Leticia.

— Tem um médico lá que eu conheço, um dos poucos da cidade, que quer entrar em um negócio comigo. Às vezes eu o levo para Cartagena, onde ele pega remédios. Ele quer que eu leve turistas para lá. Depois que os trouxesse para Leticia, ele os levaria para um passeio de barco pelo Amazonas. Ele diz que tem estrangeiros chegando a Leticia o tempo todo, e não apenas o pessoal atrás de drogas, mas jovens canadenses e australianos em busca de aventura que querem conhecer a Amazônia. Tem até um parque nacional perto de Leticia, mas não recebe muitos visitantes. Tem mais animais no parque do que gente em toda a região Amazônica.

A região Amazônica era a vasta área tropical e pouco habitada da qual Leticia era o centro de governo.

Todos eles sabiam por que o parque não recebia muitos visitantes: a região tinha uma reputação de tráfico de drogas e contrabando de armas. Os dois principais "ramos" de atividade da selva eram contrabando para evitar as tarifas alfandegárias e tráfico de pasta de coca para processamento. Cultivar plantas de coca para processamento também estava se tornando um negócio local; os cartéis tinham desenvolvido uma planta de coca que podia ser cultivada na selva e era quase tão boa quanto as cultivadas na Bolívia e no Peru.

— Por que não turistas? — perguntou o piloto. — Os brasileiros organizam excursões. Os barcos deles com turistas vêm até mesmo a Leticia. Temos todos os recursos que Deus deu à região amazônica. A área é maior do que a maioria dos países e quase inabitada.

Do ar, a floresta era um infinito tapete verde que se estendia em todas as direções. Parecia plano do ar, mas Josh lera que havia árvores que tinham mais de 60 metros, quase a altura de um prédio de vinte andares, com a maior parte da floresta 30 metros abaixo.

Não havia apenas poucos humanos; havia animais, macacos e preguiças, que passavam a vida inteira em árvores, nunca tocando o solo da floresta, e outros animais que ficavam tão fundo nas folhagens que nunca viam a luz do sol.

— Não é tão inabitada assim — disse Josh. — Tem muitas surucucus e jararacas — citando duas das cobras mais venenosas do mundo —, sem falar naqueles enormes crocodilos que vocês chamam de jacarés, mosquitos que carregam doenças, aranhas tão grandes quanto chapéus...

— É aí que entra a aventura.

Josh disse:

— Por que você e o doutor não ficam só com as drogas? É por isso que você o leva para Cartagena, não é, para pegar remédios contrabandeados para ele revender em Leticia com mil por cento de lucro?

— Todos temos de sobreviver. — Ele deu de ombros.

Josh sabia exatamente como o piloto sobrevivera até pouco tempo antes. Cesar estava errado, Josh não era da Agência Nacional de Combate às Drogas, da CIA, do FBI, do Exército, da marinha nem da Guarda Costeira, nem das agências de governo dos Estados Unidos operando em toda a Colômbia na guerra contra as drogas. Ele era membro de um grupo multinacional recrutado no mais alto escalão da inteligência militar e policial do mundo que operava de forma independente no país, mas cujo trabalho era indicar o caminho para outras agências.

Ele não mentira para Nash quando dissera que tinha um passado na engenharia e que fora para a Colômbia para trabalhar no setor de petróleo. Mas ele deixara de fora o fato de que fora recrutado pela Agência Nacional de Combate às Drogas depois que traficantes de droga mataram um amigo íntimo seu. Josh não tinha exatamente um cargo na Agência, mas em uma facção que usava espiões como ele que podiam se relacionar com os barões da cocaína, mantendo distância suficiente para não levantar suspeitas.

O piloto do avião que os estava levando para Leticia também fora recrutado depois de ser pego levando produtos químicos para a floresta a serviço dos cartéis de Medellín. Ele não fazia mais missões clandestinas para o cartel, usando a desculpa verdadeira de que a polícia o estava vigiando, mas ele tinha olhos e ouvidos e descobria muita coisa apenas estando nos aeroportos e bebendo com os outros pilotos. Ele contava tudo que escutava para evitar ser preso.

— Algumas dessas pessoas matam para sobreviver — disse Josh. — O que você sabe sobre os aeroportos de Leticia?

Josh não estava perguntando do aeroporto para o qual estavam indo, mas dos ilegais que se estendiam pela floresta.

— Todo mundo sabe que o cartel se mudou para a região amazônica, que eles estão usando a cobertura da floresta para processar cocaína. Isso traz dinheiro para Leticia, mas fazer acordo com criminosos é como vender a alma ao diabo. — Ele sorriu, mostrando que já tinha feito acordos lucrativos com o diabo. — Vocês verão que o dólar americano é mais usado na cidade do que o peso. Além daqueles que estão gastando muito dinheiro, o doutor disse que atende índios todos os dias, vindos de Puerto Nariño, um assentamento a uns 100 quilômetros de Leticia, com as mãos inchadas até o dobro do tamanho normal por causa dos produtos químicos que usam para processar a cocaína nos laboratórios na floresta. O que eles ganham envenenando o próprio corpo com produtos químicos pesados? Eles recebem tão pouco por esse trabalho insalubre, que faz pouca diferença na vida deles. Bebem mais cerveja e pagam mais prostitutas de 2 dólares, mas envelhecem rápido e sofrem até morrer. É uma maldição.

— Você não respondeu à minha pergunta — disse Josh. — O que tem escutado sobre os aeroportos?

— Tem um aeroporto perto de Puerto Nariño, pouco mais do que uma clareira na floresta, mas tanto tráfico passa por ali que o apelidaram de Aeroporto Internacional de Puerto Nariño. A cada dois ou três meses, o Exército simula um show para dizer que está reforçando as leis contra o tráfico. Explodem um aeroporto e publicam a notícia como se tivessem causado um prejuízo enorme para os traficantes, mas esses aeroportos são apenas riscos na floresta. Você se livra de um, e eles contratam índios para abrir outro. — Ele balançou a cabeça e riu. — O doutor me disse que o tráfico de drogas é como um câncer que está em metástase. Você pode descobrir e tratar, mas sempre aparece em algum outro lugar.

Josh sabia que o piloto estava sendo evasivo nas informações sobre o cartel, talvez devido à presença de Cesar. Mas era verdade que os aeroportos tinham uma vida útil curta.

Josh pegou o nome do médico com o piloto. O contato diário dele com os trabalhadores dos laboratórios nas florestas o tornava uma fonte de informações inestimável. Os pacientes dele provavelmente contavam mais sobre a logística e as operações dos laboratórios de droga dos cartéis do que os informantes pagos.

O piloto estava ficando nervoso, então Josh mudou de assunto e começou a falar das antigas histórias do "terror da borracha". No início do século XX, a região amazônica passou por outro *boom*, mas, em vez de cocaína, o produto que trazia lucro era o látex.

Com o advento dos automóveis e das bicicletas, a procura por borracha se tornou fenomenal. A região da Bacia Amazônica do Brasil e da Colômbia produzia a maior parte da borracha do mundo na época. A região não tinha leis e era impossível de se governar. Os homens faziam as próprias leis, com os "barões da borracha" declarando como deles enormes áreas e se apropriando dos "seringais". Eles tinham pequenos exércitos para reforçar a segurança de seus seringais e escravizavam índios para fazerem o trabalho.

Tudo isso acabou por causa de um roubo.

Josh disse:

— Um inglês contrabandeou sementes de seringueiras para a Grã-Bretanha. Primeiro, eles as cultivaram nos jardins botânicos reais, depois enviaram para o Sri Lanka e Cingapura. Agora são os asiáticos que produzem a maior parte da borracha do mundo.

— É justo, não é?

O comentário foi de Cesar, que ainda acrescentou:

— O trabalho na Amazônia provavelmente é mais barato do que na Ásia. Mas quando você escraviza e faz o seu povo trabalhar até a morte, acaba perdendo seu ganha-pão.

50

O terminal do aeroporto de Leticia tinha apenas um prédio. Dentro, não era mais fresco do que o calor sufocante que encontraram ao sair do avião. A diferença entre a umidade confortável da região cafeeira montanhosa perto de Medellín e a floresta tropical de Leticia era surpreendente; o calor tropical era uma sauna. Quente, ensolarado, úmido e com uma temperatura opressiva e tempestades torrenciais ocasionais.

Josh preferia ter pousado em um aeroporto na floresta a um aeroporto público, mas teria levado mais tempo do que ele realmente teria para planejar os detalhes.

Dentro do terminal, um homem usando jeans desbotado e camiseta se aproximou deles. Primeiro, Josh achou que ofereceria um táxi ou hotel, mas o homem mostrou um distintivo.

— Bem-vindos a Leticia, *señores*. Fizeram boa viagem?

Josh sabia que o homem nem teria se importado se o avião deles tivesse explodido.

— Fizemos sim — respondeu ele.

— Documentos, por favor.

O homem pegou os documentos deles e, cuidadosamente, anotou seus nomes e outras informações em um bloco bem gasto.

Nos Estados Unidos, Josh teria perguntado por que estava sendo interrogado, mas ninguém nunca acusara o governo da Colômbia de ser um zeloso protetor da liberdade.

— Qual é a razão da visita à cidade?

— Turismo de aventura — disse Josh imediatamente. — Vamos abrir uma firma colombiana que levará americanos, europeus, canadenses e australianos para fazer excursões pela região amazônica.

Josh gostou da desculpa. Isso dava a eles liberdade para fazerem perguntas. Seria até natural perguntar sobre os lugares que os passeios deviam evitar por serem territórios dos cartéis. Mas, de repente, ficou tenso ao se perguntar qual seria a reação do policial colombiano. E se Cesar fizera uma expressão surpresa. Não tinham discutido uma história de fachada.

O homem olhou com atenção para Josh por um momento, então pressionou os lábios e assentiu, sorrindo.

— Excelente! Já recebemos alemães, australianos e canadenses, mas poucos. Ainda menos americanos; alguns drogados com cérebros derretidos que vêm aqui para procurar cocaína barata. A maioria dos estrangeiros vêm do Brasil de barco, pelo rio, e só ficam aqui uma noite. Os turistas deviam ficar mais; temos florestas e rios cheios de macacos, onças, jacarés, botos cor-de-rosa e papagaios verdes. Um reino animal, não? Como o Mickey Mouse na Disneylândia, só que nossos animais comem gente.

Ele caiu na gargalhada, e Josh se juntou a ele, desejando que Cesar não parecesse tão nervoso. Eles já iam se afastar do homem, quando ele estendeu o braço para bloquear a passagem.

— Uma contribuição para o fundo dos policiais, *señores*.

Uma contribuição para o fundo significava uma propina, também conhecida em alguns países da América Latina como mordida.

Com menos 20 dólares, Josh e Cesar saíram do terminal.

Cesar disse:

— Que bom que ele era policial e não um espião dos cartéis para rastrear os visitantes.

— Você está esquecendo que ainda está na Colômbia. Ele provavelmente trabalha para a polícia *e* para os cartéis.

51

Enquanto uma van enferrujada e caindo aos pedaços os levava pelas estradas de terra até a cidade, Josh pensava que Leticia não deixava nada a desejar às cidades mais perigosas do Velho Oeste.

A maior diferença entre o posto avançado na floresta e o faroeste, além do clima, era que, em vez de as mulheres usarem chapéus e saias, algumas delas usavam uniformes militares camuflados e cortes de cabelo masculinos: marcas registradas de um grupo paramilitar revolucionário ou outro. Outras tinham uma aparência mais feminina: aquelas que vendiam sexo.

Josh pediu ao motorista que os levasse para dar uma volta pela cidade para que pudesse se situar. Oficialmente, a cidade tinha 15 mil habitantes, mas, pelo jeito, o recenseador contara muita gente que já batera as botas e fora morar no cemitério.

Ele não viu nenhum homem carregando uma arma abertamente pelas ruas, eles preferiam deixar a coronha da arma aparecendo ou ostentavam saliências suspeitas por baixo das roupas. Eles não só tinham armas, mas pareciam durões o suficiente para usá-las.

Os tipos paramilitares e dos cartéis de drogas faziam Josh se lembrar do que um treinador de cães uma vez lhe dissera: treinadores de cães de guarda procuram cães grandes que sejam instintivamente territoriais, independente de onde estejam. Josh pensou que devia ser isso que os barões da cocaína e os combatentes das florestas procuravam em um soldado.

A maioria deles, até as mulheres, pareciam durões, misturas de rottweilers e pitbulls, que recebiam, alternadamente, chutes e pedaços de carne até que mordessem qualquer um que se aproximasse, exceto quem que os alimentava.

Mas a verdade sobre os membros dos vários grupos revolucionários era que eles quase sempre vinham de famílias miseráveis, e nem todos tinham largado a família e entrado voluntariamente. Alguns foram "levados" pelo medo ou à força e acabaram se acostumando à vida de soldado, sem outra vida para a qual voltar. Alguns se juntaram depois que a família ou os amigos foram brutalmente assassinados pela parte contra a qual lutavam.

Josh também percebeu que não havia muitos veículos na cidade, não como poderia se esperar em uma cidade com milhares de habitantes. Viu alguns carros "antigos", caminhonetes velhas, motocicletas, lambretas e muitas bicicletas.

Além de cantinas, bares que se passavam por "cassinos" e prostíbulos, a cidade não parecia próspera com o dinheiro do tráfico de cocaína; mas o dinheiro das drogas não costumava ficar com a população local. A maioria das casas era de madeira, algumas de tijolo, a maior parte com telhados de zinco, algumas poucas com azulejos, algumas pintadas de creme.

Alguns negócios ficavam em prédios, mas a maioria dos vendedores ficava nas várias barracas nos mercados, onde peixes, vegetais e quinquilharias eram vendidos.

Embora ainda estivesse no início de uma tarde abafada quando passeavam de carro pela cidade, Josh percebeu que os bares, bordéis e "cassinos" já estavam funcionando a pleno vapor. Os locais de aposta eram pequenos e pareciam sombrios. Sem dúvida, não eram concorrência para Monte Carlo e Las Vegas.

Enquanto Josh e Cesar passavam por propagandas que anunciavam todos os pecados — bebidas, prostitutas e cartas —, Cesar pediu ao motorista que parasse.

— Quero sair — disse Cesar. — Preciso fazer um reconhecimento da área.

Josh ficou feliz por se livrar dele. Na verdade, gostava de Cesar, sentia até pena dele. Como não conseguira estar à altura das expectativas do próprio pai, Josh tendia a culpar o pai de Cesar pela sua postura em relação à fazenda. Mas Cesar não era bom quando havia uma crise. Era emocional demais, ficava perdido entre ter a coragem que se esperava dele e a realidade da Colômbia, onde um homem mostrava que era macho com uma arma.

Josh sabia que o "reconhecimento da área" de Cesar se limitaria a assuntos carnais. Mas ele tinha o próprio reconhecimento a fazer.

AO ENTRAR NO BAR, Cesar parou para curtir o frescor e para que seus olhos se acostumassem o interior escuro.

Duas jovens no bar, brasileiras com pele queimada, usando miniblusas e shorts muito curtos que deixavam tudo exposto, olharam para ele. Ambas tinham idade para estar terminando o colégio e começar a pensar em casamento, mas nenhuma das duas devia entrar em uma sala de aula havia pelo menos quatro anos.

As meninas se entreolharam. Ele parecia ter dinheiro. Elas se revezavam, e a menina "da vez" se aproximou dele.

— Quer me pagar uma bebida, *señor*?

O espanhol dela tinha um forte sotaque português. O Brasil era o enorme país vizinho; a cidade de Tabatinga era literalmente colada a Leticia e ficava do outro lado da fronteira; e a fronteira ficava no final da rua.

As mulheres brasileiras eram consideradas as mais bonitas, ou talvez estivessem apenas mais disponíveis, mas eram as meninas que vinham de Tabatinga de bicicleta ou lambreta que eram as prostitutas da cidade.

— Diga a sua amiga que também quero ela.
— Ela também?
— Vou comer as duas.

Josh entrou em um bar de trabalhadores, pediu uma cerveja e se sentou em um canto escuro. Era o terceiro em que ele entrava naquela noite. Ficava no fundo, fingia estar preocupado com os próprios problemas e apenas escutava.

Além da conversa costumeira sobre esposas chatas e peixes que tinham escapado, escutava histórias sobre os laboratórios de processamento na floresta, sobre moradores e locais que ficavam ricos de um jeito ou de outro lidando com o narcotráfico.

Quando escutou uma conversa sussurrada sobre uma norte-americana, esperou do lado de fora por quem falou, um mestiço, que saiu uma hora depois. Fingindo conhecê-lo, Josh agarrou-o e puxou-o para um beco.

Colocando uma arma embaixo do queixo do homem, disse:
— Fale sobre a norte-americana.
— Não sei nada...

Josh deu um chute no saco dele.
— Onde ela está?
— Não sei...

Atirou no joelho do mestiço. O som foi um ruído abafado, pois a pistola tinha silenciador.

O homem gritou e Josh enfiou o cano quente da arma na boca dele.

— O próximo será na sua boca.

Nos trinta segundos seguintes, Josh conseguiu não um endereço, mas coordenadas: 8 quilômetros rio acima, passando Puerto Nariño, no lado colombiano, do outro lado ficava o Peru. Em um lugar onde havia três cabanas em cima de palafitas, formava-se uma ilha no meio do rio. À direita havia uma passagem para uma baía; ele deveria seguir para o leste, para três cabanas em uma plantação de bananas e seringueiras. As cabanas pareciam abandonadas, mas não eram. O laboratório de processamento de cocaína ficava 2 quilômetros ao norte das cabanas. O aeroporto, mais 1 quilômetro ao norte.

Quando Josh conseguiu arrancar tudo o que podia do homem, bateu nele com a coronha da pistola até que ele ficasse inconsciente. Josh sabia que deveria tê-lo matado, que se ele recobrasse os sentidos antes de Josh chegar ao lugar onde Nash estava, ele avisaria aos traficantes que a mantinham presa. Um profissional de verdade teria matado o homem, mas Josh não era um assassino a sangue-frio. Só esperava que o homem ficasse fora do ar pelo menos pelas próximas 24 horas.

Naquela noite, deitado em uma rede protegida dos mosquitos — o quarto do "hotel" era quente e claustrofóbico demais —, Josh escutou os sons noturnos de Leticia. Tiros, provavelmente apenas alguém comemorando com tiros para o alto, e o som dos *corridos prohibidos*, ritmos proibidos competiam entre si. A música, estilo balada, falava do narcotráfico e das guerrilhas. Um homem tocava no violão um tributo a Pablo Escobar, El Beneficiador, o homem que vendia sonho branco para americanos ricos e construía parques e casas para os colombianos pobres.

A parte sobre matar centenas de seres humanos que atravessavam seu caminho, sem mencionar as milhares de vida que ele arruinava, foi deixada de fora da letra.

Mais tarde naquela noite, sem saber de Cesar ainda, quando os bares e prostíbulos estavam fechados, um som diferente se aproximou... a melodia sutil de uma flauta indígena.

O povo dizia que o som da flauta dos índios era triste, mas Josh o achava mais assustador. Naquela noite, o som estava sinistro, quase sobrenatural, como se o flautista soubesse por que Josh estava em Leticia e qual seria o seu destino.

52

Bem cedo na manhã seguinte, enquanto Cesar ainda dormia, Josh deixou o hotel e seguiu a estrada até onde ela terminava, no porto. A zona portuária já estava agitada, com pescadores carregando e oferecendo seus peixes, e vendedores oferecendo seus produtos, uma grande variedade de comidas e frutas, que ficavam expostas sobre lonas no chão.

Josh fez algumas perguntas até encontrar um barco de carga que ia para Puerto Nariño, o assentamento indígena rio acima. Reservou lugares para ele e para Cesar com o capitão.

Em seguida, Josh comprou um pequeno barco com motor de popa para ser rebocado pelo barco maior. Usar um motor de popa para chegar ao assentamento indígena levaria muito tempo, transformando uma viagem de meio dia em dois dias de luta contra a corrente.

Estava carregando o barco com água e suprimentos quando Cesar chegou.

Cesar estava de ressaca e mal-humorado. Acordara e encontrara um bilhete pregado em sua camisa pedindo que encontrasse Josh na doca.

Josh apontou para o barco de carga.

— Está levando suprimentos para Puerto Nariño, que fica uns 100 quilômetros rio acima. Vai puxar nosso barquinho.

— O seu barquinho não parece uma boa frota para atacar um campo de cartel.

— É só para nos levar até lá. Teremos de atacar o campo com as nossas próprias mãos.

Não estava com paciência para tranquilizar Cesar. Josh mais uma vez se perguntou se não deveria deixá-lo para trás. Para ele, Cesar vacilava muito: às vezes falava grosso, outras vezes, fugia assustado, sempre vítima das emoções que o dominavam. Josh não sabia se Cesar estaria pronto para colocar em prática um plano de "chegar-matar-e-fugir" quando chegasse a hora.

O barco cargueiro parecia um companheiro de rio do *African Queen*, pouco mais que um barco enferrujado e sem pintura com uma pequena amurada e uma proa pontiaguda. A carga estava amontoada no deque: latas de querosene e engradados de produtos enlatados estavam amarrados com cordas de cânhamo.

O barco se movia lenta e ruidosamente enquanto lutava contra a corrente.

Longe dos dois homens que formavam a tripulação, Cesar perguntou:

— Por que escolheu este barco? Podíamos ter alugado alguma coisa mais rápida e chegar lá na metade do tempo.

— Este barco sobe e desce o rio todos os dias; ninguém o nota. Não é o tipo de barco que chama a atenção de traficantes de drogas e de policiais.

— Você quer me dizer o que está acontecendo?

Josh pensou em jogá-lo para fora do barco. Em vez disso, tomou um gole de cerveja antes de responder:

— Vamos resgatar a sua irmã, lembra?
— Como você sabe onde ela está? Alguém contou?
— Contou.
— Quem?
— Pessoal do Escobar.
— Isso não faz sentido; por que eles contariam para você?
— Eles não sabem que me contaram. Relaxe, vou lhe dar uma aula sobre tráfico de drogas. Você sabe que a melhor coca é cultivada na Bolívia e no Peru, mais ou menos na mesma altitude em que se cultiva café na Colômbia. O melhor lugar para se cultivar coca é a centenas de metros de altitude, no lado leste dos Andes, recebendo ar úmido e quente da selva Amazônica. Os cultivadores de coca transportam as folhas para um local central onde a coca é transformada em pasta de coca.

— Eu sei; eles a colocam em barris e enchem os barris com querosene.

— Querosene, ácido sulfúrico e outras coisas. Eles acabam conseguindo uma substância grossa e cinzenta no fundo dos barris. É a pasta de coca.

— Colocamos essa pasta em cigarros e fumamos.

— Isso, mas não se pode cheirar essa pasta, nem se estiver seca e já for pó. É aí que entram os barões da cocaína como Escobar. Eles compram a pasta da Bolívia e do Peru, trazem para a Colômbia e a processam em laboratórios na floresta, a maioria ao norte, perto da fronteira com o Panamá, e ao sul, na região amazônica. Eles vão para onde há menos pressão da polícia e onde podem contratar proteção das guerrilhas.

— Sei de tudo isso. Nasci aqui, lembra?

— Você sabe o que leu nos jornais, mas vou contar uma coisa que não está neles. Nos laboratórios, a pasta é processada de novo, com mais querosene, ácido sulfúrico, álcool, acetona, éter e outras coisas que as pessoas não bebem nem comem, mas que parecem não ter problema de cheirar e fumar. Agora vem a parte crítica. Para processar a pasta em um laboratório do cartel, eles precisam importar alguns produtos químicos. O mais importante é o éter.

— Certo, éter. O que isso tem a ver com encontrar Nash?

— Um dia, alguém envolvido com a guerra das drogas foi inteligente o suficiente para perceber que, se você seguir os produtos químicos, eles vão levá-lo ao laboratório.

Ele finalmente conseguiu a atenção de Cesar.

— Éter é um produto químico crítico porque existem poucos países que produzem quantidade suficiente para suprir a demanda dos cartéis. A Agência Nacional de Combate às Drogas tem colocado dispositivos de rastreamento em barris de éter, com sinais de rádio que são captados por satélites. Aquele avião que saiu de Medellín não estava apenas com Nash a bordo; tinha contêineres de éter que seriam trazidos para um laboratório aqui. E um dos contêineres está com um rastreador.

— E é por isso que você está carregando um telefone celular por satélite? Consegue as informações do rastreamento?

— Aquela amiga de que falei me passa as informações que ela consegue do satélite.

— O contêiner foi rastreado até Puerto Nariño?

— Foi rastreado até o Lago Tarapoto, o lago grande perto do assentamento. A localização exata é a uns 25 quilômetros de Nariño.

— Isso é floresta fechada. Quantos detalhes o rastreamento oferece?

— Aproxima a localização em metros mais do que em quilômetros. O laboratório fica a uns 300 metros do lago, distante o suficiente para não ser visto de um barco no lago, mas perto o suficiente para carregar os suprimentos dos barcos.

— Então, quando a polícia e o exército vão chegar lá para salvar Nash?

— Já disse, eles não vão salvar Nash. Nós é que vamos.

— Mas se eles sabem onde...

Josh balançou a cabeça.

— A polícia e o exército colombiano têm um histórico de quase cem por cento de reféns mortos. Esses laboratórios na floresta são negócios multimilionários; os cartéis têm espiões. Eles sabem quando uma batida está chegando antes de os helicópteros levantarem voo. Mesmo se eles não forem avisados com antecedência, as ordens são para deixar tudo e correr para a floresta. Eles matam as testemunhas antes de fugir.

— Como vamos conseguir? Deve haver dezenas de homens nesse laboratório.

Cesar devia ter feito essas perguntas ontem, pensou Josh. Ele parecia estar ficando nervoso ao encarar frente a frente a realidade de encontrar os assassinos do cartel.

— E há. Mas eles não costumam manter os reféns no laboratório. Costumam deixá-los longe o suficiente para não serem vistos pelos trabalhadores, para que ninguém fique com pena e resolva ajudar o refém a fugir. Fiquei sabendo que tem umas cabanas a mais ou menos 1 quilômetro do laboratório. As fotos de satélite mostram atividade nas cabanas. Elas são o nosso alvo. Se Nash está no laboratório, está em uma delas.

— O que você quer dizer com "se"? Você disse que ela foi rastreada até lá.

— Eu disse que rastrearam o avião até lá. Às vezes eles jogam passageiros do avião na floresta.

Não era um pensamento agradável.

O capitão do barco fez uma pausa para fumar, tomar uma cerveja e jogar papo fora. Josh tinha quase certeza de que o capitão não acreditara na sua história de turismo de aventura. Ele apimentara a história perguntando sobre o contrabando que acontece no rio, vindo do Peru e entrando na Colômbia, fazendo o capitão achar que estava interessado em artefatos pré-colombianos. A ideia de contrabandear antiguidades do Peru para a Europa e os Estados Unidos, passando por Leticia, colou muito mais para o capitão do que a história de turismo de aventura.

— Tem poucos barcos de vigilância do governo no rio, mas não são nem colombianos nem peruanos. Rio abaixo, os brasileiros têm mais. — Ele descreveu como e quem tinha de receber dinheiro para garantir que o barco carregado de contrabando não fosse parado.

O capitão não considerava contrabando um crime, não mais do que um americano que sonega impostos acredita estar cometendo um crime. Era apenas um modo de vida.

53

Depois de jantar frango, arroz e cerveja quente, Josh e Cesar passaram a noite em redes cobertas por telas protetoras de mosquito. O pequeno "hotel" em Puerto Nariño tinha três quartos, e não havia disputa para alugá-los. O chão era coberto por esteiras, não madeira. Não havia água corrente nos quartos. Havia duas casinhas no quintal. Vendiam água engarrafada na recepção, que também era a sala de estar do dono do hotel, mas, depois de ver limo no fundo da garrafa, Josh decidira ficar na cerveja e usar seu próprio suprimento de água.

A cerveja era boa para reabastecer os fluidos corporais e molhar a boca. A coisa mais maravilhosa em relação à cerveja nos países de Terceiro Mundo, onde leite ruim podia matar e água ruim fazia com que se desejasse estar morto, era o fato de ser universalmente seguro beber cerveja.

Como os quartos eram quentes e abafados, eles ficaram nas redes cobertas por telas protetoras de mosquito que estavam penduradas do lado de fora. Pequenos macacos pretos com caras coloridas saltavam por ali, olhando para eles e os importunando. Uma aranha do tamanho de uma mão passou por eles. Cesar jogou uma garrafa de cerveja nela e errou, o que só aumentou o nível de excitação dos macacos.

Josh usara a mesma história de fachada que vinha sendo seu cartão de visitas desde o início: estavam pesquisando lugares para turismo de aventura para canadenses e australianos com dinheiro e coragem.

O dono do hotel lançou o mesmo olhar vago do capitão. Nenhum dos dois acreditou na história, mas nenhum dos dois se importou.

Josh supunha que um dos dois, ou ambos, relatariam sua presença no rio para um representante do cartel, provavelmente usando um radioamador. Decidiu que Cesar poderia trazer algum benefício nesse sentido. Quanto mais perto estavam, mais ele se mostrava emocionalmente instável, bebendo muito, se descontrolando. Não era o tipo de comportamento que se esperava de um policial da divisão do narcotráfico ou de grandes traficantes de drogas que poderiam planejar invadir os laboratórios do cartel na floresta. Josh esperava que a mensagem que fosse mandada para os traficantes não os rotulasse como tiras nem concorrentes.

O fato de não estarem com muitas armas e não parecerem ter equipamentos de comunicação também os afastava da categoria de ameaça. Com um pouco de sorte e um pouco de preguiça por parte dos espiões do cartel, eles conseguiriam chegar perto o suficiente para encontrar Nash antes de serem rastreados e neutralizados. E era de se esperar um pouco de preguiça em um lugar tão opressivamente quente o tempo todo.

Na manhã seguinte, eles alugaram uma pequena canoa chamada *peque-peque* para rebocar atrás do barco. Josh teve de deixar um cheque-caução suficiente para comprar a canoa quando disse que não queria levar um guia junto.

Compraram cobertores e provisões suficientes para uma viagem de três dias rio acima.

Ligaram o motor de popa do barco maior, desamarraram os nós e seguiram rio acima. Levaria uma hora ou duas para encontrar o lugar onde havia uma passagem para um lago, ou uma baía, formado pela água do rio. Quando o pequeno GPS que Josh levava indicasse que estavam perto de onde Nash estava escondida, desligariam o motor do barco. A canoa não apenas seria mais silenciosa como os levaria mais perto.

O assentamento Nariño ficava na junção da foz do rio Loretoyaca, um afluente do Amazonas, e de uma perna do lago Tarapoto. Enquanto seguiam rio acima com o motor ligado, o cenário não mudou do que tinham visto por horas a fio no barco cargueiro que os trouxera para Puerto Nariño: árvores, árvores e mais árvores, algumas com seus troncos na água, todas, em alguma época do ano, ficariam dentro da água. De vez em quando, viam uma única casa ou cabanas de madeira com telhados de palha. Algumas mais permanentes tinham telhados de zinco. Havia algumas clareiras aqui e ali onde se cultivavam milho ou se criavam poucas cabeças de gado.

Passaram por um barco que transportava gado descendo o rio; era um barco feito de troncos de madeira dura com uma amurada. Havia outra amurada no meio do barco quadrado na qual estavam presas folhas de palmeira que protegiam os animais do sol quente.

Em outra área, viram seringueiras com látex escorrendo de cortes antigos e novos. Era possível conseguir alguns dólares juntando o látex e moldando no fogo para se transformar em uma bola de borracha que podia ser vendida em Leticia para algum comerciante. Os barões da borracha atuais negociavam apenas baldes de látex, não cargas de navio.

Em um determinado momento, passaram por um pequeno barco com um pescador, acenaram e trocaram cumprimentos.

A vastidão e a desolação eram quase inimagináveis para Josh. Era o lugar mais isolado em que conseguia se lembrar de estar. Por centenas de quilômetros, não havia nada, a não ser floresta tropical: árvores, árvores e mais árvores.

As criaturas mais estranhas das águas daquela vasta hidrovia eram os botos, mamíferos de água doce, parentes distantes das baleias. Diferente dos golfinhos mais conhecidos que se apresentavam no Sea World e apareciam nos filmes, os botos tinham bicos longos e a testa arredondada.

Cesar disse que os machos, que eram maiores, cresciam até mais de 2 metros de comprimento e chegavam a pesar mais de 150 quilos. Ele se lembrava dessas informações da época em que estava na escola, quando tinha de aprender sobre a flora e a fauna do seu país.

As criaturas eram das mais variadas cores, de cinza-escuro a cor-de-rosa. Os botos cor-de-rosa eram raros. Josh ouvira falar que os botos tinham um sistema sonar para se locomover sem precisar dos olhos, já que a água do rio era muito escura e lamacenta, mas não sabia se era verdade.

O capitão dissera que os indígenas consideram os olhos dos botos um afrodisíaco, e que se um olho seco moído fosse misturado na comida de uma mulher, a deixaria em frenesi sexual. Ele jurou que a lenda era verdadeira, mas para Josh parecia mais uma lenda urbana.

— Lembro de uma história de botos que escutei quando era criança — disse Cesar. — É uma lenda como a das Sereias que cantam para atrair os homens para a sua destruição, e Lorelei, a vadia que atraía pescadores para as pedras do Reno. Me contaram que os botos cor-de-rosa se transformam em mulheres bonitas e atraem os homens para a sua morada no fundo do rio.

    As criaturas com focinho comprido eram definitivamente estranhas, pensou Josh. Faziam sons sinistros quando apareciam na superfície para respirar, soltando ar úmido pelos seus espiráculos antes de submergir de novo. De acordo com o capitão, os botos cor-de-rosa eram muito hábeis, virando-se e dobrando-se como se fossem feitos de borracha enquanto nadavam através de águas às vezes lotadas de plantas.

    Falar sobre os botos pareceu acalmar Cesar um pouco. Quando uma libélula grande pousou no barco, ele disse:

— Algumas pessoas chamam as libélulas de médico de cobra, pois acreditam que elas cuidam de cobras doentes até elas ficarem boas.

    Josh conhecia uma versão diferente.

— A história que a minha avó me contou foi que elas são as agulhas de costura do diabo, que elas costuram os ouvidos, olhos e boca de crianças desobedientes quando estão dormindo.

    Quando tinham passado por um canal de água que se afastava do rio entrando no denso e primitivo mundo da Floresta Amazônica, o capitão dissera a eles:

— O povo que mora às margens do rio acredita que os canais são feitos à noite por uma cobra marinha gigante. Ela é tão grande que pode engolir uma canoa cheia de gente de uma só vez. É por isso que nunca vemos o povo no rio à noite, eles têm medo da cobra.

    O rio era cheio de plantas, não apenas nas margens, mas em ilhas vegetais que às vezes flutuavam com a corrente ou pareciam criar raízes em um determinado local até que a cheia dos rios as liberasse.

Quando chegaram ao lago, Josh pegou um GPS e o usou para comparar a posição deles com as coordenadas do contêiner de éter que o satélite captara.

Vinte minutos depois, puxaram a canoa até a margem do rio, esconderam-na entre as moitas e começaram a difícil caminhada pelo solo molhado da floresta tropical.

54

Olhei para o teto. Troncos seguravam folhas de palmeira. Uma aranha estava na sua teia entre os troncos. Uma coisa grande e peluda do tamanho de um punho. Eu tinha certeza de que a aranha estava me encarando, piscando seus olhos grandes e redondos.

Embora tivesse medo de aranhas, eu tentava não matá-las. Quando era pequena, uma amiga me empurrou em uma grande teia. Entrei em pânico e tentei agarrar a teia. Depois disso, sempre tive medo de aranhas. Minha mãe dizia que matar aranhas dentro de casa dava azar, então, eu sempre pegava um copo e um pedaço de papel para capturar as aranhas e soltá-las do lado de fora.

A ideia de capturar a aranha na teia entre os troncos não era urgente para mim. Pouco tempo antes, percebi que estava em uma cabana, em uma cama, sozinha. Abria os olhos, pegava no sono de novo, acordava mais uma vez... Não sei quantas vezes ou por quanto tempo fiquei nesse ciclo de acordar e dormir. Comecei a sentir o calor e a umidade opressiva e logo percebi que não estava mais na região do café. O que Ramon me dissera? Uma das zonas climáticas do país era a floresta tropical.

Fora o fato de que eu estava em uma cabana com telhado de folhas de palmeira em algum lugar quente e úmido, eu não fazia ideia de onde estava. Por um tempo não sabia nem quem eu era. Os pensamentos apareciam e sumiam. Por um longo tempo, achei que estivesse presa na cama, porque não conseguia me mexer. Agora eu conseguia levantar o braços e as pernas, mas ainda não tentara me sentar. Manter minhas pálpebras abertas tinha sido uma tarefa que conseguira virando a cabeça.

Os calmantes que a minha vizinha de Seattle me dava nunca tiveram aquele efeito sobre mim, mas eu tinha a mesma sensação de separação do corpo e da mente que o remédio causava em mim.

O quarto estava vazio e quase não tinha móveis, apenas a cama e uma mesa feita com madeira da floresta tropical. Entrava pouca luz na cabana, as janelas não tinham vidros, eram cobertas por venezianas de madeira que deixavam apenas um pouco de luz entrar junto com mosquitos e moscas.

Abaixando as minhas mãos, senti a minha pele suada e nua. *Eu estava nua.* Tentei me sentar, mas meu cérebro explodiu. Agarrei a minha cabeça e pressionei para tentar amenizar. Uma imagem apareceu em minha mente em um *flash*: o homem no aeroporto com o mapa, ele assoprara alguma coisa no meu rosto. Mãos fortes. Eu me lembrava disso também. Foi depois que ele assoprou alguma coisa no meu rosto que me agarraram.

Josh me alertara que eu poderia ser sequestrada ou assassinada, e eu não dera ouvidos. *Eles levam as vítimas para lugares remotos onde ninguém as encontra.*

Drogada. Sequestrada. Levada do aeroporto para uma floresta. Por quê? Por que não apenas me matar? Eles precisavam de mim para alguma coisa, talvez apenas para assinar os papéis dando a eles a fazenda, e então me matariam.

Meu coração disparou. Apesar da onda de adrenalina, meu corpo estava paralisado. Minha cabeça doía e latejava. Devagar, me estiquei, causando uma sensação de formigamento enquanto o sangue alcançava as extremidades do meu corpo. Tomei consciência da dor entre as minhas pernas.

Entrou luz por um buraco na parede, caindo sobre as minhas pernas. Havia sangue na parte interna das minhas coxas. Doía e ardia. Gritei quando me dei conta do que tinha acontecido, do que tinham feito comigo enquanto eu estava desacordada.

Uma tempestade de sentimentos — medo, raiva, nojo — tomou conta de mim.

Eles me sequestraram e me estupraram.

Cretinos malditos. Animais. Será que achavam que isso era coisa de macho? Violar uma mulher inconsciente?

A ira tomou conta de mim, a raiva alimentada pelo meu ódio e pela minha repulsa se transformou em fúria. Filhos da puta.

Sentei-me e coloquei os pés no chão, tentando me levantar lentamente, mas voltando a sentar quando a minha cabeça girou. *Não, preciso continuar me mexendo.* Mais uma vez, forcei-me a levantar, fraca sobre os joelhos bambos, mas com tanta raiva que não me permitiria deitar de novo e voltar para o vazio negro do analgésico.

Minhas roupas estavam empilhadas no chão. Usando a cama para me apoiar, vesti a minha calcinha, a minha calça e a minha blusa. Meu sutiã estava do outro lado do quarto, deixei lá. Calcei as sandálias e fiquei em pé de novo.

Meus passos faziam o piso ranger, pisei devagar e me esgueirei até a janela que ficava à direita da porta. As persianas estavam afastadas o suficiente para eu conseguir olhar entre elas.

Vi um homem dormindo em uma rede coberta por uma tela protetora, em uma varanda logo à frente da janela. Não conseguia reconhecê-lo com precisão, mas podia ser um dos homens que estava com Pablo Escobar e o Cicatriz quando foram à fazenda. Tinha quase certeza de que ele estava no grupo.

Não havia mais ninguém à vista, mas eu tinha apenas um pequeno campo de visão através da fresta. Não queria me arriscar a acordar o homem ao abrir as venezianas. Esgueirei-me até a janela do outro lado da porta e espiei pelas frestas. A uns 30 metros, havia um homem pescando no rio. Ele estava de costas para mim. Quando ele se mexeu um pouco, consegui dar uma boa olhada nele. Cicatriz. Isso não me surpreendeu. O cretino estava atrás de mim desde Seattle.

Ele usava um cinto com um coldre onde havia uma arma.

O homem na rede soltou um ronco alto que se transformou em um ruído mais baixo quando ele se virou um pouco.

Congelei e esperei o ritmo dos roncos estabilizar para eu prosseguir. Ele também tinha uma arma, uma pistola em um coldre pendurado em um prego na varanda. Dava para ver apenas a coronha da arma; parecia um revólver.

Olhei para a arma no coldre, tentando me lembrar do que eu aprendera sobre elas no curso de defesa pessoal na faculdade. O curso incluiu duas idas a um campo de tiro, mas não me qualificou para usar uma arma, muito menos atirar em alguém. E primeiro eu tinha de conseguir colocar as mãos nela.

Para pegar a arma, eu tinha de sair pela porta e dar a volta na rede. A questão era, uma vez que eu colocasse as mãos nela, conseguiria usá-la? Eu sabia que atiraria nos filhos da puta; isso nem era uma questão. Era a minha vida ou a deles. Se todos íamos morrer, aqueles animais poderiam ir primeiro. Mas a minha preocupação era se eu conseguiria pegar a arma. Pela coronha, parecia um revólver, uma arma com seis balas em um tambor giratório. Era o tipo de arma que meu instrutor recomendara para ter em casa, pois era à prova de idiotas: só era preciso apontar e puxar o gatilho.

Lembrei-me do instrutor dizendo que, até pouco tempo antes, os revólveres eram as armas quase universais da polícia, porque as pistolas semiautomáticas podiam engasgar. Entretanto, como os criminosos estavam usando armas com cada vez mais poder de fogo, os tiras passaram a usar as semiautomáticas, apesar dos problemas de engasgue.

Apontar e puxar o gatilho.

Sem pensar, sem raciocinar ou planejar, saí pela porta da cabana. Tropecei no piso da varanda, batendo no homem na rede.

Ele acordou sobressaltado, gritou e se virou, caindo da rede.

Agarrei a arma no coldre, *mas uma correia a segurava*. Não tinha pensado naquele pedaço de couro que evitava que a arma escorregasse do coldre.

O homem se desvencilhara da rede e já estava no chão. Ainda deitado com a barriga para baixo, ele agarrou meu tornozelo. Gritei e segurei a arma com força. Em vez de a arma sair, saiu apenas a parte de madeira.

Ele puxou a minha perna. Caí para trás. A varanda não tinha cerca. Voei ali de cima até o chão, produzindo um som oco com a pancada. Meu corpo experimentou um momento de choque quando atingi o chão, mas o solo era coberto de uma grama macia e úmida, e a aterrissagem foi mais suave do que se fosse apenas terra.

Eu ainda estava segurando a arma presa ao coldre quando o homem se levantou. Ele urrou ao pular de pé em cima de mim.

Girei para a direita logo antes de ele atingir o chão com os dois pés. Ele tombou para a frente, sem equilíbrio sobre o solo macio.

Puxei a coronha e a arma saiu do coldre. Ele se virou para mim, pronto para chutar a arma na minha mão. Abaixei a arma e puxei o gatilho quando o pé dele se aproximou de mim. A arma disparou com uma explosão ensurdecedora e caiu da minha mão.

O homem que me atacava voou para trás, segurando a virilha e gritando. Ia começar a gritar de novo, mas o grito ficou preso na sua garganta. Ele tremeu todo, como em uma convulsão, as duas pernas e os dois braços balançando e se contorcendo. De repente caiu para trás, imóvel, morto. A bala o atingira por baixo e subiu como se o empalasse.

O som de passos vinha da margem do rio. Saí tropeçando atrás da arma que caíra da minha mão. Peguei-a pelo cano e a virei, segurando com as duas mãos enquanto o Cicatriz vinha na minha direção. A arma dele, uma semiautomática, estava apontada para mim. Ele puxou o gatilho. *Ela engasgou* — a umidade da floresta não fazia nada bem para o complicado mecanismo de disparo.

Eu ainda estava de costas, segurando o revólver com as duas mãos apoiadas entre as minhas pernas; e ele estava a apenas 3 metros de mim. Quase gritei de prazer quando puxei o gatilho.

Errei.

Filho da puta!

Ele não estava mais lá quando a bala chegou. Ele abaixou e saiu correndo para as árvores, tentando desengasgar sua pistola enquanto corria.

Corri para o outro lado.

55

Josh e Cesar estavam no barco com motor de popa, puxando a canoa, quando os tiros começaram.

— Não foi longe daqui — disse Josh.
— Alguém caçando?
— Talvez, mas pareceu mais um revólver do que um rifle.
— Devemos voltar? — Cesar estava apavorado.

Josh não respondeu, mas desligou o motor e deu um dos remos para Cesar, pegando o outro.

— Não podemos nos arriscar a deixar que ninguém saiba que estamos chegando; comece a remar.

Estavam remando havia cinco minutos quando viram a vegetação se mexendo perto da margem do rio. Não escutaram mais tiros. Olharam para o local onde tinham visto movimento. Não sabiam se era um animal ou uma pessoa e não podiam se aproximar mais com o barco grande. A área perto da margem tinha tanta água quanto terra firme. Algo parecido com o que os locais chamavam de *pantano*, um charco ou lamaçal inundado, cheio de lama e água marrom. Canais estreitos pareciam sem vegetação o bastante para a canoa.

Josh viu um lampejo branco através das moitas. Levantou-se no barco e, em um impulso, gritou:

— Nash!

— Você a viu?

Cesar levantou, fazendo o barco balançar, e ambos se sentaram de novo.

— Vi alguma coisa. — Gritou de novo: — Nash!

Ela respondeu.

Ainda não tinham conseguido vê-la direito, apenas um movimento na vegetação. Josh direcionou o barco para lá.

— Deve haver lama demais para ela se aproximar da água — disse Josh. — Vou até ela. — Ele saiu do barco e entrou na canoa, desamarrando-a e virando na direção em que vira as vegetação se mexendo.

Enquanto prosseguia, ele gritava o nome dela e ela respondia, dando a ele uma noção de sua localização.

Ele estava chegando na margem quando escutou um grito e um tiro vindo da vegetação. Ia gritar o nome dela, mas parou, não queria que ela revelasse sua localização se alguém a estivesse perseguindo. Escutou um barulho na água e, no momento seguinte, a viu na água barrenta. Remou na direção dela enquanto ela nadava. De outro ponto da margem, veio um tiro. A bala atingiu a madeira da canoa.

Josh viu o homem com a arma bem o suficiente para perceber que era o capataz de Escobar, o homem que Nash chamava de Cicatriz.

Josh esticou a mão para pegar sua arma e percebeu, chocado, que a deixara no barco com Cesar.

O Cicatriz disparou de novo, e a bala atingiu a água perto da canoa. As pistolas não eram tão boas quanto rifles àquela distância, mas não era preciso pensar muito para perceber que ele devia ter munição o suficiente para acertar.

Josh escutou o barulho do barco fazendo a volta e se virou, achando que Cesar estava fugindo. Mas Cesar não virara o barco na direção do rio; pilotou-o direto para a barragem onde o Cicatriz estava.

Acelerando, Cesar ligou o piloto automático do motor, assim ele continuou funcionando na velocidade máxima. Ficou de pé no barco e segurou a sua pistola semiautomática com as duas mãos, abaixando-se no barco instável e disparando freneticamente.

Cicatriz revidou os disparos. Para Josh, parecia uma cena de filme de faroeste: dois pistoleiros atirando um no outro.

Cesar caiu do barco como se uma mão enorme o tivesse empurrado. Atingiu a água enquanto o barco ia na direção da barragem.

Cicatriz virou-se na direção de onde Josh estava remando para alcançar Nash na água.

O assassino ficou imóvel por um momento então, lentamente, desmoronou, caindo de joelhos e depois com a cara no chão.

Josh puxou Nash para dentro do barco. Sem esperar que ela recobrasse o fôlego, continuou remando, virando a canoa e indo na direção de onde Cesar caíra na água.

Nash fitou-o, encharcada. A voz dela tremeu ao dizer:

— Que bom ver você. Por que demorou tanto?

— Agradeça depois.

— Cesar foi atingido; ele está na água. Temos de pegá-lo antes que as piranhas e os jacarés cheguem.

Encontraram-no flutuando de bruços na água e o puxaram para a canoa. Uma bala o atingira no peito.

56

Eu estava sentada no barco enquanto Josh acelerava na direção do rio. A canoa era muito pequena, lenta e difícil de remar. Josh remara até chegarmos ao barco maior e embarcarmos. Ele tentara jogar o corpo de Cesar de volta para água, pois era difícil de carregar, mas o impedi.

— Ele é meu irmão — disse eu.

Não chegáramos longe quando escutamos o barulho de helicópteros. No momento seguinte, helicópteros militares verdes, blindados e armados com metralhadoras, voaram por cima de nós, indo na direção do laboratório de processamento de cocaína.

— Delta Force e comandos militares colombianos — disse Josh. — Eles vão acabar com o laboratório de processamento.

Ele me explicara alguma coisa sobre posicionamento global na guerra das drogas, mas não absorvi nada. Estava estupefata demais apenas por estar viva. E pela perda de Cesar.

A cabeça dele estava aninhada no meu colo. Ele nunca saberia do amor que sentia por ele; ele era meu único irmão. E tivera de morrer por mim.

Josh usou um telefone celular via satélite para se comunicar com alguém. Não me surpreendia o fato de Josh ter alguma coisa a ver com a guerra das drogas. Ele era uma caixinha de surpresas.

— Você está bem? — perguntou ele.

Não respondi, apenas assenti e fitei a água marrom que passava. A onda de adrenalina tinha acabado; meu coração não estava mais disparado. Senti frio e sabia que estava entrando em choque.

— Obrigada — disse eu.

Deitei-me, ainda segurando o corpo do meu irmão. E fechei os olhos.

Coisas horríveis tinham acontecido comigo. De uma forma estranha, eu me sentia purgada... mas não da água lamacenta do rio.

Bem no fundo do meu coração, sempre acreditei na justiça bíblica, olho por olho, dente por dente. Muitas vezes quando eu escutava sobre alguma atrocidade que algum cretino tinha cometido, meus pensamentos eram que eu esperava que eles recebessem o que mereciam... lenta e dolorosamente.

Não era muito iluminado da minha parte, nem mesmo legal, mas dizem que você vê os agressores de forma diferente... depois de ter sido agredida.

57

De volta à fazenda, o lugar estava cheio de agentes americanos à paisana e policiais colombianos. Eu colocara fogo no laboratório que produzia a droga que chamavam vulgarmente de boo, mas a polícia peneirou com cuidado entre as cinzas o equipamento queimado para reconstituir como os dois químicos a produziam.

Pablo Escobar, o gênio do crime mais rico e impiedoso que já existira, estava morto.

A conclusão da caçada dramática acontecera quando as forças das inteligências americanas rastrearam a voz de Pablo em um telefone celular em Los Olivos, no subúrbio de Medellín, onde ele era o rei. Houve uma batalha e as forças colombianas mataram o bilionário barão da cocaína. Embora a história oficial fosse de que Pablo morrera em uma troca de tiros, mais tarde fotografias revelaram que ele fora executado com um tiro na cabeça.

Considerando o número de esquadrões da morte, oficiais e não oficiais, atingir Pablo com um tiro certeiro, ao estilo curto e grosso, era o modo mais provável de matá-lo.

A polícia conseguiu recuperar a minha bolsa, mas não a minha mala. Agora eu tinha uma nova mala, que já estava arrumada, pronta para partir. Eu ia deixar o país com Josh. Ia voltar para Seattle, acho que para tentar recomeçar de onde eu parara; como a polícia no laboratório de boo, eu precisava peneirar o que tinha deixado para trás e ver o que o futuro reservava para mim.

Eu insistira em voltar para a fazenda. E insistira em trazer o corpo de Cesar para ter um enterro digno. A mãe dele estava na fazenda esperando por ele. O pai também estava lá. No topo da colina.

Não podia ir embora sem estar ao lado de Juana enquanto ela enterrava o filho. Meu irmão. Juana escolheu o que achei ser o lugar mais apropriado: na colina, olhando para a fazenda, ao lado do pai.

Relembrando as minhas discussões com Cesar, realmente acreditava que ele amava a fazenda e o cultivo do café. Ele tomara alguns caminhos errados, a vida lhe pregara algumas peças e ele reagira da única forma que sabia. No final, lhe restara apenas a coragem e a honra, e ambas haviam brilhado.

Na manhã seguinte ao funeral, peguei minha nova mala e a levei até a varanda. Deixei-a lá para ir até a colina. Tinha de conversar com o meu pai e com o meu irmão antes de partir. Queria que Carlos soubesse que devia se orgulhar do filho. E precisava que os dois me dessem alguns conselhos.

No alto da colina, coloquei flores no túmulo de cada um.

— Bem, meninos, estou em outra confusão. Preciso voltar para casa.

De repente comecei a chorar.

Estava enxugando as lágrimas quando Josh me encontrou.

— Você está bem?

Assenti e assoei o nariz.

— Estão nos esperando — disse ele.

— Eu não vou.

Por um momento, ele não disse nada, apenas me olhou, como se estivesse podenrando, como se eu tivesse dito algo do tipo *será que vai chover?*, ou *gosto de ketchup na batata*.

— Eu não vou — repeti.

— Você não vai.

— Não vou.

Ele assentiu de novo.

— Tiras e soldados estão lá embaixo, armados para uma guerra, prontos para nos levarem para o aeroporto.

— Acabei de ter uma reunião de família. Eles me pediram para ficar.

— Do que você está falando?

Apontei para os dois túmulos atrás de mim.

— Vou ficar para tocar a fazenda. Agora que Cesar se foi, não tem ninguém para fazer isso. Se eu for embora, a fazenda estará perdida; não posso administrá-la a milhares de quilômetros daqui. Prometi ao meu pai que ficaria e cuidaria da fazenda, que continuaria a sua tradição de cultivar o melhor café do mundo. Continuará sem agrotóxicos e cultivado à sombra.

— Nash, você não pode ficar; aqui é a Colômbia.

— Eu sei, continuo pensando de forma civilizada, e esse país não é civilizado. Mas posso e vou ficar. Eles destruíram o meu sonho em Seattle; já foi tudo esclarecido, eu posso voltar, mas nunca mais seria a mesma coisa. Não vou deixar Pablo Escobar destruir outro sonho meu. Fiz um acordo para vender meu café em Xangai. Quando estiver estabelecida lá, terei dinheiro para lançar a minha marca nos Estados Unidos e na Europa. Quando isso acontecer, vou aumentar a fazenda, vou me associar a outros cafeicultores... Josh, se você continuar balançando a cabeça assim, ela vai cair.

— Você está completamente maluca. Não pode ficar aqui.

— Posso sim. Como você sempre disse, é um país lindo com pessoas maravilhosas; só temos de evitar as cobras com cabeça humana. Quero realizar o sonho do meu pai, e da minha mãe também. Não se esqueça de que ela foi voluntária dos Corpos de Paz aqui na Café de Oro. Sei que ela ficaria furiosa se eu desse as costas e deixasse os grandes cafeicultores derrubarem as árvores que fazem sombra e que são moradia de tantos pássaros.

— Você não pode...

— Posso e vou ficar... e você também pode. Você me disse que não é exatamente um tira; que se tornou espião no tráfico de droga porque mataram um amigo seu. Aquilo que você me disse sobre largar casamento e faculdade nos Estados Unidos, aquilo era verdade, não era?

— Era verdade.

— Bem, talvez esteja na hora de você parar e tomar um rumo.

— Não posso ficar aqui; logo a notícia de que sou espião vai se espalhar.

— Você pode largar esse emprego. Escobar morreu. Quem quer que assuma não vai querer lutar as suas velhas batalhas. Em poucos dias, você será passado. Além disso, preciso de você, preciso de alguém que saiba tudo sobre importação e exportação. E como um ex-contrabandista, você é perfeito para o cargo.

Eu não ia deixar o homem com quem eu queria passar o resto da minha vida escapulir assim.

— Você não é boa da cabeça. Fala com os mortos.

Abracei-o.

— Não tem problema, eles não vão contar para ninguém.

Nota Histórica

Nenhum outro criminoso na história deixou uma sombra tão grande quanto Pablo Escobar. Muitos chefes da máfia sem dúvida legaram fortunas pessoais de milhões, mas nenhum era bilionário como Escobar. E enquanto um cara durão como Al Capone sacudiu as estruturas de Chicago, Escobar desafiou um país de quase 40 milhões de habitantes, um país com uma experiência inigualável em violência.

Três presidentes americanos — Reagan, Bush e Clinton — consideraram Pablo Escobar *uma ameaça para a segurança dos Estados Unidos.*

Pablo cometeu o erro de ficar tão rico e poderoso que ameaçou superar o governo colombiano e espalhar uma onda de choque sobre a política mundial.

Os líderes colombianos tentaram lidar com a situação sozinhos. A ideia de ter as forças militares e policiais dos Estados Unidos em solo colombiano era repulsiva para o orgulho dos colombianos, mas quando o presidente da Colômbia percebeu que a situação fugira de seu controle, pediu ajuda. Naquela época, Pablo Escobar estava por trás do assassinato de três dos cinco candidatos à presidência da Colômbia, em 1989, instigara o cerco ao prédio da suprema corte na capital, no qual quase cem pessoas morreram, incluindo 11 juízes da Suprema Corte, e explodira um avião com 130 pessoas a bordo, incluindo americanos. Enquanto outros realizavam o trabalho sujo, ele os apoiava com o dinheiro e conselhos.

Além desses eventos dignos de manchetes mundiais, sequestros e assassinatos de pessoal do governo, policiais (centenas apenas na área de Medellín), jornalistas, juízes e políticos se tornaram acontecimentos quase diários.

Em um certo ponto, Pablo "com muito boa vontade", mandou construir uma prisão em uma pequena cidade perto de Medellín e se encarcerou lá, oferecendo um acordo com o governo. Cumpriria uma pena curta e seria anistiado de seus crimes. Antes de entrar na prisão, mandou matar centenas de pessoas, literalmente qualquer um que pudesse representar uma ameaça para ele.

A "prisão" era uma suíte confortável na qual ele tinha equipamento completo de comunicação e ajuda para administrar seu negócio bilionário de tráfico de cocaína, além de receber visitas de amigas e prostitutas.

Sua decisão de sair da prisão (que era "cercada" por uma brigada de tropas colombianas) e desafiar o governo da Colômbia pelo poder foi fatal.

Depois que os Estados Unidos descobriram que Pablo e seus comparsas queriam comprar mísseis Stinger e um submarino, sua política extraoficial deixou de ser ajudar os colombianos para se envolver ativamente em uma missão de caça e destruição.

NSA, FBI, CIA, Agência Nacional de Combate às Drogas e as inteligências de todas as forças armadas — Exército, Marinha e Aeronáutica — se envolveram nos esforço de mandar informações para os colombianos lutarem contra Pablo. E às informações da inteligência acrescentaram-se os comandos da Delta Force, que poderia entrar em confronto, se necessário.

Na Colômbia, as caçadas políticas e policiais não eram feitas com moderação. A enorme força-tarefa de militares, policiais e inteligência americanos logo descobriu que não estava apenas ajudando a legitimar as forças colombianas mas, inadvertidamente, estava unindo forças com o esquadrão da morte Los Pepes, um grupo que se dizia formado por familiares de vítimas e sobreviventes. Além do esquadrão de morte extraoficial, o Search Bloc, o grupo oficial que procurava Pablo, conduzia seu próprio estilo de execuções sumárias.

Sem conseguir colocar as mãos no próprio Pablo, os esquadrões da morte foram atrás da sua família, dos seus advogados, banqueiros e *compañeros* traficantes de droga. A ideia era isolar Pablo. Quando isso foi combinado à estratégia de mantê-lo sempre fugindo, usando inspeção high-tech da inteligência americana para direcionar as unidades de combate, era inevitável que alguma coisa teria de ceder.

A primeira coisa que cedeu foram as forças que haviam se unido contra ele: conforme seus companheiros eram assassinados, ele mandava sequestrar, torturar e matar pessoas.

Não havia realmente nada de admirável em Pablo. Em vez de admiração, sentimos algo mais parecido com fascinação quando vemos uma cobra venenosa aos nossos pés.

A razão para ele ter subido tão alto no mundo do crime foi simplesmente porque era mais cruel do que qualquer um à sua volta. Diziam que ele tinha a fala mansa, era inteligente e até culto. Mas também tinha uma total falta de consciência e a habilidade de mandar matar. Parafraseando Nash, ele mandava matar com a mesma facilidade com que o restante de nós pede pizza.

Chamar Pablo de o maior criminoso do mundo não faz justiça a ele. Quando um criminoso manda em uma grande área usando a força e a violência e ameaça a segurança de uma nação de quase 40 milhões, transcende o mero rótulo de criminoso.

Pablo Escobar tinha a essência de um militar à moda antiga, um comandante brutal de tropas que dominava um território, e governava como um rei.

A causa suprema da queda de Pablo foi a mentalidade criminosa que o grande autor Malcolm Braly, que passou grande parte de sua juventude na prisão, chamou de "delírios de invulnerabilidade".

Quantas vezes ouvimos falar de criminosos que ganham uma enorme fortuna em um esquema, mas, em vez de se aposentar na prosperidade, continuam cometendo crimes até acabar atrás das grades ou mortos?

Felizmente para aqueles entre nós que têm consciência, os delírios de invulnerabilidade são uma doença da qual a maioria dos criminosos sofre.

A coisa mais trágica da carreira de Pablo Escobar foi a ganância, não sua ganância pessoal. Mas a ganância dos líderes militares e dos políticos colombianos que permitiram que ele obtivesse sucesso. A Colômbia é um país com quase 40 milhões de habitantes com uma força militar significativa. Escobar manteve um reinado de terror por quase uma década porque muitos líderes da nação aceitaram a sua *plata*.

Este livro foi composto na tipologia Goudy
Oldstyle Std, em corpo 11/16, e impresso em
papel off-white 80g/m² no Sistema Cameron
da Divisão Gráfica da Distribuidora Record.